게임의 왕

게임의 왕

한상운 장편소설

차례

.0. 프롤로그

용이 쓰러졌다. 흑룡 루키페르를 죽인 자들은 인간 전사와 하이엘프 성기사, 난쟁이 마법사. 이렇게 셋이었다. 그들은 자신들이 이루어낸 위업을 넋 놓고 쳐다보다 용의 둥지로 들어갔다.

그곳은 보물로 가득했다. 타락한 요정 왕이 만든 명검 글라드릴, 죽은 자를 살려낼 수 있다는 쿠리의 녹색 지팡이, 착용자의 무력과 지력을 세 배로 올려준다는 오말스칼린의 허리띠까지 전설로만 존재했을 뿐 아무도 본 적 없는 보물이 모두 거기 있었다.

용의 둥지는 '세상의 끝'에 있었다. 붉은 하늘에서 잿가루가 떨어지고 용암의 바다가 무저갱으로 추락하는 곳. 무저갱 아래는 악마들이 가득한 지옥이었다.

루키페르는 악마가 세상에 나오지 못하도록 막는 수문장이었다. 물론 그가 원한 임무는 아니었다. 루키페르는 처녀를 산 채로 잡아먹는 걸 즐기는 괴물로, 악마들로 인해 세상이 피바다가 되면 깨춤을 추며 한몫 거들 놈이었다.

그가 '세상의 끝'을 지키게 된 건 창조신 이모르가 목줄을 채워 그곳에 묶어놓은 탓이다. 이모르가 한마디 설명도 없이 천상계로 올라가버리자, 흑룡은 너무나 화가 나 보이는 건 뭐든 죽여 없애기 시작했고 본의 아니게 수문장이 되었다. 덕분에 '세상의 끝'은 아무도 지날 수 없는 장소가 되었고 세상은 평화로워졌다.

루키페르는 천 년간 하루도 쉬지 않고 목줄을 물어뜯었지만 줄은 흠집조차 나지 않았고 천 년 후에도 그럴 터였다. 언제고 지옥의 군주가 루키페르를 죽이고 인간계를 침공할 거라 했지만 지금까지 무저갱을 기어나온 건 호기심이 지나친 하급 악마나 길 잃은 마견 외에 없었고, 그들 모두 루키페르에 의해 불탔다. '세상의 끝'은 자살을 결심한 자가 아니면 아무도 드나들지 않는 저주받은 땅이었다. 오늘 루키페르가 죽기 전까지는.

세 명의 모험가들은 보물을 닥치는 대로 주워 담았다. 사람들의 눈에 띄기 전에 이곳을 떠야 했다. 그들은 배낭을 꽉 채운 후 준비한 마법 두루마리로 공간의 문을 열고 대륙 제일의 항구도시인 파이토스로 이동했다. 목적지는 인적이 드문 부두 뒷골목. 세 사람은 미로 같은 골목을 지나 제국은행으로 향했다.

그들은 용의 둥지에서 가져온 금은보화를 대륙의 공식 화폐인 골드로 바꾸고 각종 무기며 방어구 등의 아이템은 안전금고에 넣었다. 늙은 고블린 은행가는 수상한 모험가를 상대하는 일에 익숙한 직업인답게 산더미 같은 보물을 보고도 어디서 났는지 묻지 않았다.

세 사람이 은행을 나섰을 때 해는 중천에 떠 있었고 거리는 모험가들로 붐볐다. 두툼한 갑옷으로 무장한 팔라딘, 늑대에 올라탄 오크 기사, 양손에 도끼를 든 바바리안 전사, 해골 지팡이를 손에 쥔 언데드 사제. 대부분 막 경력을 시작한 견습 모험가들로 부와 명예로 세상을 쩌렁쩌렁 울리길 기대하고 있었다.

세 모험가는 그들이 원하는 걸 전부 가지고 있었다. 무적이라 불리던 용을 죽였고 둥지에 있던 보물을 챙겼으니까. 보물의 값어치를 전부 합치면 대륙을 통째로 사고도 돈이 남을 것이다. 세 사람은 깨진 접시 여관으로 향했다. 전사는 여관 앞에서 다른 둘을 돌아보며 말했다.

"용 잡은 거 아무한테도 말하지 마라. 들키면 절대 안 돼. 이거 소문나면 길드 애들 전쟁 멈추고 우리부터 잡으려고 할걸?"

성기사가 대꾸했다.

"이 새끼 또 쓸데없는 걱정하네. 우리 같은 쩌렙이 용 잡았다고 어떤 새끼가 믿겠냐."

"그러니까 입 다물고 있으라고. 아이템 자랑하다가 걸리면 아주 죽는다. 특히 글라드릴이랑 오말스칼린, 이런 건 아예 꺼내지도 마."

마법사가 말했다.

"해골 그리핀이나 용기의 글러브 같은 건 괜찮지 않냐? 그런 건 좀 흔하잖아. 자랑하겠다는 게 아니구, 그냥 용돈 좀 벌자 이거지. 어제 시세 보니깐……."

"새끼야, 안 된다니까! 지금은 그냥 입 처닫고 조용히 있어야 된다니까! 우리가 용 잡은 게……."

전사는 벌컥 화를 내다가 갑자기 말을 멈췄다. 잠시 침묵이 흘렀고 마법사가 전사 주위를 맴돌며 중얼거렸다.

"이 새끼 왜 말을 안 해? 접속 끊겼나?"

그때 전사가 전속력으로 여관을 향해 뛰어들며 소리쳤다.

"엄마 왔다. 이따 얘기해!"

▸▸

태식은 Alt+Tab을 눌러 EBS 인터넷 강의로 창을 바꿨다. 간발의 차로 엄마가 문을 열고 들어왔다. 태식은 모니터를 쳐다보며 연습장에 필기하는 척했다. 인터넷 강의 듣겠다고 그래픽카드를 새것으로 바꿔서 다행이다. 예전 컴퓨터는 창을 바꾸기는커녕 게임을 끄는 데도 일 분씩 걸렸다. 책상에 앉아 있는 태식을 보고 엄마가 놀라서 물었다.

"너 뭐하니?"

태식은 힐끔 엄마를 쳐다보곤 다시 화면에 시선을 주며 대꾸했다.

"뭐하긴, 공부하지."

모니터에서는 느끼하게 생긴 안경잡이 강사가 열변을 토하고 있었다. 태식은 연습장에 생각나는 단어를 아무거나 적어내려 갔다. GAME, DRAGON, TREASURE…… 밤새 마우스질을 해서 어깨가 무겁고 눈이 침침했지만 마음만은 뿌듯했다.

내가 용을 잡았어, 용을.

"너 설마 밤새 공부했니?"

엄마가 책상 옆으로 다가오며 물었다. 엄마의 얼굴에는 약간의 의심, 하지만 그보다 큰 기쁨, 우리 아들이 마침내 정신을 차린 게 아닐까 하는 희망 등이 뒤섞여 있었다. 태식은 엄마의 어깨 너머로 시계를 보았다. 아침 7시. 사전 준비 작업을 어젯밤 9시부터 했으니 꼬박 열 시간 동안 화장실 한 번 안 가고 게임만 한 셈이다. 태식은 순간적으로 어지럼증을 느끼고 중얼거렸다.

"벌써 시간이 이렇게 됐나."

엄마는 감격한 얼굴로 태식을 꼭 안았다.

"아휴, 우리 아들 드디어 마음잡았구나. 정말 장하고 고맙네. 엄마는 우리 태식이가 최선을 다하는 것만으로 만족해. 공부 그만하고 누워 있어. 밥 다 되면 부를 테니까. 시험 날 너무 무리하면 안 돼."

태식은 양심의 가책을 느꼈지만 그것도 잠시였다. 죽어라 공부해 전교 1등이 돼도 삼백 명 중 1등에 불과하다. 하지만 루키페르를 잡음으로써 태식은 판타지온라인을 즐기는 한국 중국 대만 홍콩의 오백만 게이머 중 넘버원이 되었다.

엄마가 나가자마자 태식은 주먹을 불끈 쥐며 펄쩍 뛰어올랐다. 야호! 밤을 새웠지만 전혀 피곤하지 않았다. 태식은 흑룡이 쓰러지던 광경을 떠올리며 오르가슴을 느꼈다.

그는 오늘 용을 잡았다.

판타지온라인 역사상 최강의 캐릭터. 개발진조차 죽일 수 없다고 장담한 흑룡 루키페르를 반나절 만에 때려잡았다. 그것도 게임을 갓 시작한 초보 둘과 함께. 대한민국 게임 역사를 완전히 다시 쓴 셈이다. 그는 침대에 앉아 흥분한 마음을 가라앉히기 위해 노력했다. 아이템 때문에 용을 잡은 건 아니지만 기분이 좋은 건 어쩔 수 없었다.

태식은 더 참지 못하고 게임에 다시 접속해 오늘 챙긴 아이템을 확인했다. 현금만 천칠백만 골드. 서버 제일의 사냥터인 크라이덴의 지하감옥에서 하루 열두 시간, 일 년을 앵벌이해도 벌 수 없는 거액이다. 거기에 적에게 받은 타격을 그대로 돌려주는 마법 갑옷, 5만큼의 힘을 더하는 마법 검, 속도를 15만큼 늘려주는 허리띠, 초마다 체력을 1500씩 회복시켜주는 부적까지 서버를 통틀어 한두 개밖에 없는 희귀한 아이템을 모조리 챙겼다. 친구들이 가져간 것까지 계산하면 게임 내 특수 아이템을 싹쓸이한 셈이다.

태식은 동철에게 문자를 보냈다.

―용 잡는 거 캡처했냐?

바로 답이 왔다.

―ㅋㅋ 당삼.

지금처럼 반짝반짝 빛나는 순간이 언제 다시 올지 모른다. 기록으로 남겨서 두고두고 다시 봐야지. 태식은 동영상을 메일로 쏘라고 동철에게 문자를 보냈다.

최중경은 전화벨 소리에 잠에서 깼다. 그는 지끈거리는 머리를 문지르며 사이드테이블 위의 핸드폰을 집어 들었다. 창식의 다급한 목소리가 들렸다.

"형, 빨리 와보셔야겠는데요. 지금 여기 난리 났어요."

중경은 침대에서 내려와 마루를 디뎠다. 땅에 닿는 발바닥의 느낌이 남의 살처럼 낯설었다. 숙취로 두통이 심했고 입안이 까끌까끌해 목소리가 잘 나오지 않았다. 그는 팬티 차림으로 냉장고에 가서 물을 꺼냈다. 냉장실은 500밀리리터 생수로 가득 차 있었다. 중경은 시원한 물을 좋아하며 인스턴트커피나 콜라는 절대 입에 대지 않았다. 그는 생수 한 병을 끝까지 마시고 입을 열었다.

"무슨 일인데?"

"그러니까 용이……."

창식은 말끝을 흐리다가 다시 목소리를 높였다.

"판타지온라인에 누가 장난을 쳤는데 어떻게 한 건지 모르겠어요. 와서 보시는 게 좋겠어요."

중경은 얼굴을 찌푸렸다. 창식답지 않다. 다른 때라면 무슨 일이 벌어졌는지 설명하고 지시를 기다렸을 것이다. 뒤에서 누군가 칭얼대는 소리가 들렸다.

"오빠, 나도 물 한 잔만."

놀라 뒤를 돌아보니 파마머리를 한 예쁘장한 아가씨가 베개에 한쪽 머리를 댄 채 모로 누워 있었다. 이불 밖으로 하얗고 매끈한 팔과 다리가 보였다. 바닥에 브래지어와 팬티, 원피스 등의 옷가지가 널브러져 있었다.

중경은 어제 일을 떠올렸다. 돈은 많지만 할 일은 없는 이십 대 후반의 재벌 3세 둘을 만나 밤새 술을 마셨다. 중간에 게임 잡지 기자 둘이 합류했고 마지막엔 텐프로에서 조니워커 블루와 맥스로 폭탄주를 만들어 먹고 완전히 뻗었다.

술값이 얼마나 나왔을까. 중경은 그들과 어깨동무를 하고 각자의 파트너와 함께 하얏트로 갔던 것까지 기억해냈다. 그런데 애는 왜 여기로 데려온 거지? 중경은 핸드폰에 입을 대고 목소리를 낮춰 말했다.

"삼십 분 내로 들어갈 테니까 그때 이야기하자."

그는 냉장고에서 생수를 꺼내 여자에게 건넸다. 여자는 이불로 몸을 둘둘 감은 채 조금씩 물을 마셨다. 중경은 물었다.

"어제 우리가 호텔로 가지 않았나?"

"객실이 다 차서. 근데 여기 아저씨 집이야?"

"아니, 집은 아니고 작업실."

"여기 엄청 비쌀 텐데…… 오빠, 되게 잘사는구나."

그녀는 벌떡 일어나 창가로 다가갔다. 이불이 흘러내려 벌거벗은 몸이 드러났지만 부끄러워하는 기색은 없었다. 여자는 확 뚫린 창밖으로 보이는 서울 전경을 내려다보며 경치가 끝내준다고 감탄했고 중경은 물을 한 병 더 꺼내 마시며 그녀의 몸매를 감상했다.

여자가 돌아서며 물었다.

"게임 만든다고 하지 않았어? 그게 돈이 많이 되나봐?"

"성공만 하면."

중경은 지갑에서 수표를 두 장 꺼내 침대 위에 놓았다.

"택시 타고 집에 가라. 난 회사에 나가봐야 해서."

몇 분 후, 중경은 말끔한 차림새로 여자와 함께 주상복합 아파트의 출입문을 나섰다. 여자는 아무 때나 전화달라며 중경에게 핸드폰 번호가 적힌 메모지를 건네곤 대기중이던 택시에 올랐다. 중경은 메모지를 쓰레기통에 버리고 회사로 걸어갔다. 작업실로 빌린 주상복합 아파트에서 회사까지는 걸어서 십 분 정도 걸렸다. 술을 깨고 생각을 정리하기에 딱 알맞은 시간이다.

창식이 한 말은 무슨 뜻일까. 누가 장난을 치고 있다니. 중국 유통사 놈들이 로열티를 낮춰달라고 생떼를 부리나, 아니면 애널리스트 새끼들이 또 판타지온라인에 부정적인 의견을 냈나? 중경은 창식에게 전화해서 물어보려다 그만두었다. 어차피 회사에 가면 알게 될 일이다. 미리부터 짜증을 내고 싶지 않다.

주머니에 손을 넣는데 카드 전표가 잡혔다. 내역을 확인하니 룸살롱에서 쓴 돈만 천이백만 원이 넘었다. 반나절 동안 다섯 사람이 개발팀 전체의 한 달 회식비를 써버린 셈이다. 게임 기자 새끼 둘이 끝까지 따라붙지 않았으면 이보다는 덜 나왔을 텐데. 개자식들이 이러고 나서 투자는 안 하겠다고 하면 골치 아파진다. 중경은 짜증을 참으며 전표를 주머니에 구겨 넣었다.

그는 문득 여자의 질문을 떠올렸다. 게임이 돈이 되냐고? 물론이지. 성공한 온라인게임의 금전적 가치는 엄청나다. 매출 대비 영업이익이 50퍼센트에 가까운 산업은 세상에 몇 되지 않는다. 하지만 그만큼 경쟁이 심하고 위험하다.

1990년대 후반, 중경은 대학 동기 몇 명과 함께 만든 온라인 게임으로 상당한 부를 쌓았다. 부천의 열두 평짜리 오피스텔에서 과천의 대형 빌라로 집을 옮겼고, 취미였던 RC카 대신 진짜 스포츠카를 사기 시작했으니까. 게임이나 만들면서 결혼은 어떻게 할 거냐고 성화시던 부모님도 더는 뭐라 하지 않았다.

중경은 두 번째 게임의 개발에 들어갔고 성공을 자신했다. 단순한 레벨업 시스템이었던 첫 게임과 달리 레벨을 올리지 않아도 다양한 콘텐츠를 즐길 수 있는 자유도에 중점을 둔 작품이었다. 하지만 게임은, 그리고 인생은 녹록지 않았다. 목적의식과 경쟁심이 강한 게이머들에게 자유도 높은 게임은 쉽게 흥미를 불러일으키지 못했다. 중경은 그다음 작품까지 연달아 실패했다. 이때가 중경의 암흑기였다. 과천의 빌라는 담보로 잡혔고 스포츠카도 전부 팔아야만 했다. 중경은 잃어버린 것들을 되찾기 위해 이를 악물고 게임을 만들었다. 그게 판타지온라인이었고 결국 화려하게 재기에 성공했다.

중경이 첫 게임을 발표한 지 십삼 년이 지났다. 그사이 세상은 엄청나게 달라졌다. 온라인게임은 점점 복잡하고 화려해졌으며 더불어 제작비도 엄청나게 뛰었다. 시장의 크기는 그대로인데 돈 냄새를 맡은 거대자본이 뛰어들어 경쟁이 치열해진 탓이다. 게임이 하나 만들어지면 로컬라이징 작업을 거쳐 전 세계에 동시발매된다. 온라인게임에 있어 지구촌이라는 말은 비유나 과장이 아니다. 세계인이 인터넷을 통해 동시간에 같은 게임을 즐기고 있으니까.

그러다보니 히트작은 더욱 히트하고 나머지는 더욱 심하게

망할 수밖에 없다. 이른바 하이리스크, 하이리턴High risk, High return. 보다 좋은 게임이 아니라 보다 중독성 강한 게임을 만들 수밖에 없다. 그러지 않으면 시장에서 도태되고 커리어는 끝장 난다. 자본은 절대 두 번의 기회를 주지 않는다.

언제나 문제는 돈이다. 지금의 온라인게임은 초기 투자비용 도, 실패율도 다른 산업에 비해 월등하게 높아졌다. 그럭저럭 괜찮은 MMORPGMassive Multiplayer Online Role Playing Game, 다중사용자 온라인 롤플레잉 게임를 만들기 위해서는 삼 년의 개발 기간에 백오 십 억 내외의 자금이 필요했다.

그렇게 게임을 완성한다 해도 바로 돈을 버는 것은 아니다. 일명 CBTClose Beta Test라 불리는 테스트 과정을 통해 게이머들 로부터 피드백을 받고 대규모 수정, 육 개월에서 일 년 후 2차 오픈 테스트 후 다시 대규모 수정을 되풀이하며 게임을 고쳐나 가야 한다.

그런 피 말리는 과정을 거친 후 유료화에 성공하는 게임은 일 년에 한두 편이 고작이다. 나머지 수십 개의 게임은 엄청난 제작비와 몇 년에 걸친 시간, 수백 명의 개발인력을 쏟아부었 음에도 한 푼 벌지 못하고 쓰레기통으로 직행한다. 유통과 홍 보의 퍼블리싱 과정에도 엄청난 돈이 들기 때문에 수익이 비용 보다 적을 것이라 예측되면 프로젝트 자체를 포기해버리기 때 문이다.

중경은 안정적인 자금 확보를 위해 회사를 코스닥에 상장했 고 지금까지 주주들과 좋은 관계를 유지하며 회사를 이끌어왔 다. 하지만 3분기 연속 매출이 줄어들면서 문제가 시작됐다. 게임에 문제가 생긴 것은 아니다. 서비스를 시작한 지 오 년이 넘어서인지 낡은 게임이란 인식이 강해진 탓이다.

기존 회원의 충성도는 여전히 높은 편이지만 신규 회원 유입은 제로에 가깝고, 동시접속자 역시 줄어들고 있었다. 주요 증권사에서는 판타지온라인의 미래가 불투명하다는 이유로 폴룩스 엔터테인먼트의 목표 주가를 하향조정했다. 회사의 대주주이자 배급 및 유통을 담당하고 있는 제이디 커뮤니케이션에선 현재 상황이 심히 우려스럽다며 매출에 획기적인 변화가 없다면 전문경영인을 파견할 수도 있다고 통보해왔다.

이럴 때는 확장팩을 발매하거나 메이저 업데이트를 통해 새로운 지역, 새로운 몬스터를 공개하고 대규모 홍보전에 돌입할 필요가 있다. 하지만 이번에도 돈이 발목을 잡았다.

최중경은 지난 삼 년간 비밀리에 판타지온라인2를 개발해왔다. 최근의 게임 트렌드에 중경의 비전을 더한 야심작이다. 지금까지 쏟아부은 돈만 백이십 억. 기존 개발인력 대부분을 판타지온라인2에 투입했기 때문에 확장팩을 만들 여력은 없었다. 그렇다고 아예 손을 놓을 수도 없는 일이라 그럭저럭 이름이 알려진 걸그룹의 여고생 아이돌을 모델로 내세워 홍보에 들어갔다. PC방에 포스터를 돌리고 게임 방송마다 광고를 내보냈지만 큰 기대는 품지 않았다. 판타지온라인이 건재하다는 느낌만 줄 수 있으면 된다고 생각했다. 홍보는 중경이 기대했던 것보다 성공적이었다. 얼마 지나지 않아 모델로 썼던 여자애가 월화 미니시리즈에 조연으로 출연해 유명해진 덕분이다.

그 여자애 이름이 뭐더라…….

중경은 곰곰이 생각해보았지만 이름이 생각나지 않았다. 사실 여자에 이름 따윈 아무래도 좋았다. 김태희, 한예슬이 홍보한다 해도 장기적으로는 미봉책에 불과했다. 떨어진 매출을 끌어올리기 위해선 판타지온라인의 확장팩이든 판타지온라인2든 후속작이 나와줘야 했다.

문제는 개발중인 판타지온라인2의 결과물이 신통치 않다는 데 있다. 사업부에서는 반드시 올해 발매해야 한다고 주장했지만 중경이 보기에 앞으로 최소한 이 년은 더 손봐야 CBT에 들어갈 수 있었다. 섣불리 오픈 테스트를 시작했다가 실패하면 정식 서비스를 시작하기도 전에 개발을 중지해야 할지도 몰랐다. 중경이 재벌 3세들을 만난 것도 그 때문이다. 그는 돈이 필요했다. 오 억, 십 억 정도의 푼돈이 아니라 오십 억에서 백 억 사이의 개발자금이. 그것도 가능한 한 빨리.

중경은 그들에게 전화했지만 아무도 받지 않았다. 중경은 잘 들어가셨냐고, 어제 즐거웠다고 문자를 남겼다. 이 자식들이 돈을 대줘야 할 텐데. 중경은 속이 탔다. 둘 다 게임에 대해선 쥐뿔도 몰랐다. 아니 와인과 여자 외에는 아무것도 모르는 것 같았다. 하지만 그들에겐 돈이 있었고 영향력이 있었다. 대여섯 개 투자자문사에 삼사십 억씩 묻어놓고 전업 투자자라고 자신을 소개하는 자들. 지금껏 스스로의 힘으로 아무것도 해낸 일이 없지만 너무 쉽게 돈을 벌어 세상을 우습게 보게 된 자들이다. 지금 상황에서는 그런 바보들의 후원이 아니면 돈을 끌어올 곳이 없었다.

조금만 약해져도 물어뜯기는 곳이 이 바닥이다. 개발에 차질이 생겼다는 소문이 퍼지면 주가가 폭락하고 경쟁 개발사에서 은밀하게 핵심 개발인력의 스카우트를 시도할 것이다. 메인 투자자가 손을 떼는 순간 회사는 공중분해되고, 그동안 만든 게임은 대형 유통사가 인수해 부분 유료화로 서비스를 시작한다.

중경은 그런 식으로 무너진 회사를 여럿 알고 있었다. 그중에는 대학 시절 함께 게임을 개발했던 동기의 회사도 있었다. 친구는 재기를 위해 몸부림치다 약을 먹고 죽었다. 스물두 살 때 천재 소리를 들으며 주요 일간지에 인터뷰가 실렸던 녀석이었는데, 죽었을 때는 기사 한 줄 나지 않았다.

보이는 세계가 화려할수록 기반은 허약하고 몰락은 거대하다. 지금의 온라인게임 시장이 바로 그랬다. 이제 과거의 성취는 중요하지 않았다. 지금 돈을 벌고 있는지가 중요할 뿐이다. 판타지온라인이 무너지는 순간, 중경의 세계도 무너질 것이다.

폴룩스 엔터테인먼트는 여의도 메리어트 호텔과 전경련 회관 사이에 새로 지은 삼십층짜리 오피스 빌딩의 최상층에 있었다. 임대료는 비싼 편이지만 보안관련 통제가 철저해 따로 보안 시스템을 구축할 필요가 없다는 점이 좋았다.

건물 앞 외부 주차장은 차들로 꽉 차 있었다. 정장을 입은 주차요원이 땀을 뻘뻘 흘리며 입구에 늘어선 차량을 지하주차장으로 안내하고 있었다. 길가에 서 있던 빨간색 페라리의 창문이 열리더니 짙은 선글라스를 낀 삼십대 초반의 청년이 담뱃재를 아스팔트에 털었다. 아버지 돈으로 소셜커머스 사이트를 만들어 떼돈을 번 친구다. 중경은 그를 부러운 눈으로 바라보다 고개를 돌렸다.

로비로 들어서자 안내 데스크의 여직원이 인사를 건넸다. 중경은 가볍게 목례하고 엘리베이터로 가다가 걸음을 멈췄다. 관리실 직원이 데스크 뒤편에 걸린 회사 명찰 중 하나를 떼어내고 다른 것으로 교체하고 있었다. 위낙 변화가 빠른 IT 업계라 비싼 임대료를 감당하지 못하고 사라지는 회사가 많았다. 대신 새로운 강자가 그 자리를 차지한다.

중경은 엘리베이터로 뚜벅뚜벅 걸어가며 다짐했다. 절대로 저렇게 무너지지 않겠다고.

▶▶

"너 뭔가 착각한 거 아니냐? 여기가 들어오고 싶으면 들어오고 나가고 싶으면 나갈 수 있는 데라고 생각한 거냐?"

날치 형님이 차갑게 말했다. 동기며 후배들은 형님 뒤편에 무릎을 꿇고 앉아 있었다. 날이 어둑어둑해졌음에도 가정집으로 개조한 컨테이너 박스 안은 습식 사우나처럼 후텁지근했다. 정준은 입안이 바짝바짝 말랐다. 이러다 준비한 변명도 못해보고 뒈지는 게 아닌지 모르겠다.

그가 막 말을 꺼내려는 순간, 날치 형님이 허리춤에서 회칼을 꺼내 바닥에 던졌다. 날이 파랗게 선 칼끝이 낡은 리놀륨 장판에 박혀 부들부들 떨렸다. 형님은 일그러진 미소를 지으며 말했다.

"긴말할 거 없고 새끼손가락 하나는 남겨놓고 가라."

정준이 벌떡 일어서자 동기들이 튀어나와 두 팔을 잡아 뒤로 꺾었다. 그들은 억지로 정준의 손가락을 펼치고 바닥에 대고 눌렀다. 누군가 도마를 가져왔고 형님이 회칼을 집어 들었다.

"힘 빼라. 다른 손가락도 잘린다."

형님이 느긋한 목소리로 말했다.

"형님, 제발……."

인투더레인은 상체를 번쩍 쳐들며 소리치다가 퍼뜩 잠에서 깼다. 온몸이 땀투성이였다.

"씨발, 꿈 하고는."

운전석의 노란머리는 창문에 머리를 댄 채 곯아떨어져 있었다. 부하 앞에서 추한 꼴을 보이지 않아 다행이다. 그는 자동차 창문을 내리고 침을 뱉었다. 십 년 가까이 지난 일인데 방금 전처럼 생생했다. 갑자기 그때 꿈을 꾼 이유가 뭐지?

인투더레인은 담배를 입에 물며 생각했다. 날치 형님은 얼마 못 가 간경화로 죽었고 그도 동기의 연락을 받고 장례식장에 갔었다. 유가족에게 점잖게 인사를 건네고 부조도 백만 원을 했다. 그 뒤로 까맣게 잊고 있었는데 도대체 왜?

다시 위기가 닥쳤기 때문일까.

지금은 본명인 정준보다 게임 아이디인 인투더레인으로 불리는 일이 많지만 한때 그는 조폭, 아니 조폭지망생이었다. 고등학교를 중퇴하고 입대영장이 날아올 때까지 컨테이너 박스에서 합숙 훈련을 했으니까. 제대 후에도 조폭 생활을 계속하면 제정신이 아니라는 말이 있다. 선배들 뒤치다꺼리나 하다가 감옥에 들락거리는 따라지 인생이 성공할 만큼 세상이 녹록지 않음을 깨닫기 때문이다.

정준 역시 제대 후 조폭 생활을 청산하려고 했지만 쉽지 않았다. 날치 형님은 회칼까지 꺼내들며 포악을 떨었고, 정준은 그동안 먹여주고 재워준 값으로 오백을 주기로 약속하고 풀려났다.

하지만 세상은 중소기업조차 대학 졸업장과 토익 점수를 요구하는 곳으로 바뀌어 있었다. 고교 중퇴 얼치기 조폭인 정준이 일자리를 찾기는 쉽지 않았다. 건설 현장의 단순노동조차 조선족, 동남아 노동자와 경쟁해야 했고 일당은 터무니없이 낮았다. 정준은 조폭 시절 알게 된 선배 밑으로 들어가 채권추심 일을 시작했다. 기본급 없이 추심액의 10퍼센트를 가져간다는 조건이었다. 추심 일은 정준에게 딱 맞았다. 살벌한 외모와 저음의 목소리는 빚쟁이들을 겁주기 충분했다. 그래 봐야 푼돈이나 버는 정도였지만.

그의 인생이 바뀐 건 오 년 전, 폐업 직전의 PC방 주인에게 돈을 받아내는 일을 맡으면서부터였다. 정준은 하루 24시간 PC방에 상주하며 주인을 괴롭혔다. 물론 폭력은 쓰지 않았고 험한 말도 전혀 하지 않았다. 그런 짓을 했다간 경찰에 체포돼 콩밥을 먹는 세상이다. 죄질이 무겁다고 그날로 구속된다. 추심의 정석은 사람들 보는 앞에서 빚을 잔뜩 졌다고 망신을 주고 바짝 붙어 다니며 은근한 말투와 눈빛으로 겁을 주는 것이다. 정준은 그 부분에 아주 능했다.

그러던 어느 날 새벽 4시. 정준은 카운터 옆에 앉아 꾸벅꾸벅 졸다 눈을 떴다. 가게 주인은 멍한 표정으로 허공을 바라보고 있었다. 곧 돈이 나오겠군. 정준은 히쭉 웃었다. 그는 뭐라도 해서 잠을 깨야겠다는 생각에 배경화면에 보이는 아무 게임이나 클릭했고, 그게 막 베타 서비스를 시작한 판타지온라인이었다. 인투더레인을 아이디로 삼은 건 고교 시절 비를 맞으며 패싸움을 했던 기억이 떠올라서였다. 조폭이 되겠다는 꿈은 오래전에 접었지만, 게임에선 조금쯤 호기를 부려도 괜찮을 거란 생각이었다.

처음에는 시간이 날 때마다 게임을 즐기는 정도였다. 어차피 남는 건 시간밖에 없는 게 추심 일이다. 게임할 시간은 얼마든지 있었다. 그러다 인투더레인이라는 이름이 유명해지고 별 생각 없이 만든 '알고보니 훈남' 길드가 잘나가기 시작하면서 욕심이 생겼다. 그는 추심 일을 그만두고 폐업한 PC방을 인수해 작업장을 만들고 아르바이트 학생을 고용했다. 추심 일을 하며 알게 된 업자에게 개당 이십 원에 구입한 주민등록번호 1,500개로 계정을 만든 다음, 오토 프로그램으로 하루 24시간 게임을 굴려 아이템과 골드를 모았다. 그렇게 모은 자금으로 길드를 키우고 사냥터를 장악하며 작업장을 키워나갔다. 그야말로 땅 짚고 헤엄치기였다. 그러다보니 어느새 인투더레인은 판타지온라인의 전설이 되어 있었다.

그 빌어먹을 전설도 거의 끝나기 직전이지만.

인투더레인은 담배를 피우다 말고 아스팔트에 던졌다. 밤을 새워서 그런지 입안이 텁텁했다. 그뿐 아니라 작업장에 있던 인원 모두가 잠을 설쳤다. '게임과 인맥' 길드에 있는 첩자로부터 새벽 2시에 총공격이 있을 거라는 첩보를 문자로 받고 오리칼큠 광산에 전원 대기하고 있었다. 그런데 소득이라고는 문자를 보낸 놈이 이중첩자라는 사실을 알게 되었다는 것밖에 없었다. 작업장에 모였던 인원 대부분이 근처 사우나에 한숨 자러 갔다. 이럴 때 기습이 들어오면 꼼짝없이 당하겠지만, 그렇다고 24시간 게임에 접속하고 있을 수도 없는 노릇이다.

개자식들.

인투더레인은 마음속으로 인맥 길드의 비열한 놈들을 향해 욕을 내뱉었다. 놈들은 게임 내에서의 정면승부를 피한 채 현실에서 사람들을 만나 회유하는 방법을 썼다. 믿었던 후배 중 여럿이 편을 바꿨고, 영토의 상당수가 놈들에게 넘어갔다. 어떻게든 전세를 바꿔보려고 대규모 공격을 준비했지만 그때마다 시작 단계에서 정보가 새나갔다. 아직 내부에 놈들의 첩자가 있다는 증거였다.

그가 처음 게임에 빠졌을 때만 해도 이렇지 않았다. 열성 유저들끼리 가끔 오프 모임을 가지고 게임 내 문제로 멱살잡이를 벌일 때도 있었지만 그래도 그걸로 뒤통수치는 일은 없었다. 잘나가던 게임 인생이 무너지게 된 건 오른팔이던 사또딸보가 길드를 탈퇴하면서부터였다. 쥐새끼 같은 놈. 인투더레인은 이를 갈았다. 사또딸보는 서울대 법대 출신으로, 고시원에서 게임을 하다 훈남 길드에 들어온 자였다. 게임에 재능이 뛰어나진 않았지만 머리회전이 빨랐다. 작업장에 처음 오토 프로그램을 도입해 알바의 수를 획기적으로 줄인 것도 사또딸보였고, 법인을 만들어 조직을 합법적으로 관리하자고 제의한 것도 그였다. 그러다 정준의 뒤통수를 치고 새 길드를 만들었다. 공부 많이 한 놈은 믿어선 안 되는데 실수였다.

놈을 손봐주고 어떻게든 예전의 영광을 되찾으려 했지만 판타지온라인이 사양길로 들어선 것이 문제였다. 회원 수가 줄면서 점점 파이가 작아지고 있었다. 사또딸보는 판타지온라인 말고도 다른 게임을 여러 개 손대며 수익을 다변화하고 있었지만 인투더레인에게는 그럴 재주가 없었다. 그는 컴퓨터엔 깡통이나 마찬가지였고 게임 중에선 유일하게 판타지온라인이 적성에 맞을 뿐 다른 게임은 잘 되지 않았다.

그러다 자금을 마련하려고 손댄 주식투자가 실패하는 바람에 일이 꼬였다. 미수금을 채워넣고 보니 남은 돈은 오백이 전부였다. 길드원에게 물약만 나눠줘도 사흘을 못 버틸 액수였다. 남은 방법은 사또딸보를 몰아내고 판타지온라인을 온전히 차지하는 것밖에 없었다. 그래서 그는 전쟁을 일으켰고 패배하는 중이었다. 이제 정상적인 방법으로 이기는 건 불가능했다. 사또딸보가 그랬듯이 그도 상대편을 포섭하지 않는다면 말이다.

오십대 초반의 대머리 남자가 도넛 가게의 셔터를 올렸다. 현실에서는 명예퇴직 후 도넛 체인점을 운영하는 아저씨에 불과하지만 판타지온라인에서는 인맥 길드의 넘버투인 강자다. 녀석이 마음을 돌려먹고 사또딸보의 뒤통수를 친다면 어떻게든 시간을 벌 수 있다. 그는 앞 의자를 걸어차 노란머리를 깨웠다.

"야, 일어나라."

노란머리가 하품을 하며 눈을 떴다. 인투더레인은 선물로 준비한 홍삼 세트를 들고 차에서 내렸다. 다리가 후들거렸다. 남자를 설득하지 못하면 그는 끝장이다. 누군가는 고작 게임에서의 패배 아니냐고 말할지 모르지만 그에게는 인생 자체를 잃는 것이나 다름없었다. 그는 무슨 일이 있어도 이겨야 했다. 문제는 도넛 가게의 쓰레기가 눈치가 보통이 아니라는 데 있다. 녀석은 그가 궁지에 몰린 걸 알고 있을 것이고, 분에 넘치는 대가를 요구할 가능성이 높았다. 뭔가 다른 방법이 있으면 좋을 텐데…… 지금의 위기를 극복할 끝내주는 방법이.

노란머리가 차에서 내리다 핸드폰 문자를 확인하곤 놀란 목소리로 말했다.

"어? 루키페르가 죽었다는데요?"

"무슨 개소리야."

"진짜라는데요. 아침에 시체로 발견됐대요."

인투더레인은 생각에 잠겼다. 설마 인맥 길드 짓일까. 그럴 리는 없다. 그러잖아도 서버 장악을 눈앞에 둔 놈들이다. 괜한 일로 게임 회사와 분란을 만들 이유가 없다. 그럼 누구지? 인투더레인은 가슴이 두근거림을 느꼈다. 어쩌면 그가 애타게 찾던 기회가 온 것인지도 모른다.

그는 도넛 가게로 걸어가며 노란머리에게 턱짓을 했다.

"전화해서 확인해봐. 진짜면 누가 저지른 짓인지 알아내."

▶▶

태식은 학교가 싫었다. 직사각형의 답답한 교실도 싫고 선생님도 싫고 급우들도 싫고 아침의 만원버스도 싫었다. 그래서 등굣길엔 두통과 오한, 복통에 시달리다 방과 후 기적적으로 완쾌되는 나날을 반복해왔다. 하지만 오늘만은 달랐다. 어찌나 몸이 가볍고 기분이 상쾌한지, 등굣길의 만원버스와 재수 없는 담임, 공부 한 줄 안 하고 치르는 기말고사조차 참을 수 있을 것 같았다.

교실은 시험기간 특유의 광기 어린 면학 분위기로 활활 타오르고 있었다. 일부는 전교 1등인 반장에게 예상문제를 찍어달라고 징징대고 있었고, 일부는 때늦은 공부를 시작했으며, 일부는 커닝페이퍼를 작성하는 중이었다.

태식의 짝꿍 준호는 교과서, 참고서, 문제집을 삼중으로 펼쳐 놓고 책상 구석구석마다 핵심사항을 옮겨적고 있었다. 태식은 저 중 몇 문제나 나올지 궁금해졌다. 준호는 교과서를 펴 놓고 시험을 보라고 해도 삼십 점을 맞지 못할 만큼 무식했다.

준호가 말했다.

"공부 좀 했냐?"

"아니."

용 잡았어. 태식은 뒷말을 삼켰다.

"병신 새끼."

준호는 한 명 제쳤다는 듯 해맑게 웃더니 더욱 맹렬하게 작업에 몰입했다. 태식은 준호의 문제집을 보고 첫 시험과목이 영어라는 사실을 알았다. 그나마 다행이다. 아침에 삼십 초쯤 봤으니까.

태식은 물었다.

"영어 다음엔 뭐냐?"

"넌 그것도 모르고 학교 왔냐?"

"내가 요새 좀 바빠."

"정신 차려 새끼야. 학생이 공부를 해야지 처놀고 다니느라 시험과목이 뭔지도 모르냐."

"넌 공부 열라 많이 한 것처럼 군다?"

"난 일찍 와서 커닝페이퍼라도 만들지."

"알았으니까 나 이거 좀 빌려줘. 공부하게."

태식은 문제집을 집어 들며 말했다. 시험 시작까지 아직 한 시간 정도 남아 있었다. 짧은 시간이라도 집중하면 두어 문제는 맞힐 수 있다. 태식은 마음을 다잡고 문제집을 펼쳤고, 시험 범위를 전혀 모른다는 사실을 깨달았다. 준호의 문제집은 순백의 영혼처럼 깨끗해 어디까지 배웠는지 알아낼 방법이 없었다. 너무하네. 어떻게 낙서 하나 없냐. 태식은 문제집을 넘겨 보다 여백에 빨간 글씨로 '시험에 나옴'이라고 적혀 있는 페이지에서 움직임을 멈췄다. 찾았다. 바로 여기야.

태식은 밑줄까지 그어가며 지문을 읽기 시작했다. 하지만 세 문장을 읽기도 전에 스멀스멀 알파벳이 허공으로 떠오르더니 판타지온라인이라는 단어를 만들고는 루키페르가 쓰러지던 장면과 금과 각종 아이템이 산더미처럼 쌓여 있던 둥지의 모습을 3D 영화의 한 장면처럼 보여주기 시작했다. 잠을 못 자서 그런가. 태식은 눈을 감았다가 다시 떴지만 여전히 눈앞에서는 용이 죽어가고 있었고 보물은 반짝반짝 빛났다.

태식은 한숨을 쉬고 책을 덮었다. 솔직히 지금 공부한다고 한 문제 더 맞히겠냐. 용을 잡았을 때의 감으로 찍는 편이 낫다. 공부 잠깐 한다고 성적이 오르진 않는다. 세상 이치가 그렇다. 일조일석一朝一夕에 되는 일은 없다. 공부도, 싸움도, 하다못해 취미로 운동을 배우려고 해도 죽도록 연습해야 그럭저럭 잘한다는 소리를 듣는다. 태식은 지난 몇 달간 게임을 잘하기 위해 최선을 다했고 그 결과 용을 잡았다. 그는 지은을 생각했다. 태식의 아이돌 최지은. 그녀가 아니었다면 그는 용을 잡지 않았을 것이다.

.1. 용을 잡기 전
그들에게 있었던 일

스튜디오로 내려가는 계단은 좁고 가팔랐다. 촬영장은 전체적으로 어두컴컴했지만 할로겐 조명이 켜진 하얀색 무대 중앙은 눈이 부실 만큼 환했다. 비키니처럼 생긴 갑옷 차림의 여고생 모델이 땀을 뻘뻘 흘려가며 포즈를 취하고 있었다. 사진작가는 조금 더 발랄하게, 고양이 같은 눈빛, 입술을 살짝 내밀어 등의 요구를 하며 계속해서 셔터를 눌러댔다. 그 뒤에서 홍보팀 직원 둘이 디지털카메라로 홈페이지에 올릴 메이킹 영상을 찍고 있었다. 최중경은 촬영장으로 걸음을 옮겼다. 홍보팀장은 조명 케이블 사이를 오가며 누군가와 통화중이었다.

"광고는 다음 주부터 시작인데요. 게임 방송 두 곳이랑 엠넷, 엠비시스포츠 채널. 일단 한 달 계약했습니다. 포털 사이트랑은 아직 얘기중인데 설마 배너 한둘이야 따겠죠. PC방은 가

맹점별로 전단지랑 실물 크기 세움간판 하나씩 배포할 예정이
고요. 그때 맞춰서 저희 대표님 인터뷰하시면 될 것 같은데요.
아, 잠깐만요."

팀장이 핸드폰을 손으로 가린 채 중경에게 인사했다.

"오셨어요?"

"어. 김 기자랑 통화하는 거야?"

"예. 근데……."

팀장은 난감한 표정으로 스튜디오 안쪽을 가리켰다. 제이디
커뮤니케이션의 오세영 차장이 벽에 기대선 채 촬영을 지켜보
고 있었다. 저 자식이 웬일이지? 중경은 얼굴을 찌푸렸다. 오
차장의 성격상 좋은 일일 가능성은 제로에 가까웠다. 하지만
모른 척 외면할 순 없는 일이다. 중경은 오 차장에게 다가가 가
볍게 인사를 건넸다.

"차장님. 오랜만에 뵙습니다."

"최 대표님. 잠깐 얘기 좀 하죠."

두 사람은 촬영장 안쪽 복도로 나갔다. 좁고 긴 복도 양쪽에
스튜디오의 대표작이 걸려 있었다. 대부분 영화나 게임 광고 사
진으로 그중에는 판타지온라인의 초기 광고도 있었다. 오세영
차장은 주머니에서 손수건을 꺼내 숱이 적은 이마를 문질렀다.

"벌써 꼰대가 된 건지 직접 보고 있어도 이해가 안 가네요.
게이머란 사람들은 저런 걸 좋아합니까?"

"예쁘장한 아가씨가 비키니를 입고 있으면 웬만한 남자는 다
좋아하죠. 저도 그렇고요."

오 차장은 눈을 게슴츠레 뜨고 촬영장 문을 쳐다보았다.

"그냥 비키니가 아니니까 이상한 거죠."

중경은 오 차장과 비키니와 갑옷의 정의에 대해 논의하고 싶은 마음이 없었다. 그는 단도직입적으로 물었다.

"그런데 오 차장님께서 여긴 무슨 일이세요? 모델 촬영에 관심이 있으신 건 아닌 것 같은데요."

"그게 말이죠 최 대표님, 이번 광고 지출이 너무 큰 거 아닙니까?"

내가 이럴 줄 알았지. 중경은 마음속으로 생각했다. 오 차장은 사십대 초반으로 올 초까지 제이디 커뮤니케이션의 모기업에서 설탕과 라면 판매총괄을 하다가 게임 쪽으로 옮겨온 사람이었다. 그래서인지 게임에 대해서는 하나도 모르면서 돈 계산만큼은 철두철미했다.

"새로운 회원층을 끌어들이기 위해선 꼭 필요한 일이니까요. 그동안 홍보에 너무 소홀했어요."

"제가 보기에는 홍보로 해결될 일인가부터 고민해야 할 것 같은데요. 새 콘텐츠도 없이 오 주년 기념이라고 광고 때리고 신규 가입자에게 선물 준다고 뭐가 나아지나요?"

중경은 짜증이 났지만 꾹 참았다. 지금 오세영 차장을 설득하지 못하면 일이 복잡해진다. 제이디 커뮤니케이션은 국내에서 세 손가락 안에 드는 대형 게임 유통사로 전국에 4,500개가 넘는 PC방을 가맹점으로 두고 있었고, 메이저 포털 사이트와 전략적 제휴를 통해 회원을 공유하고 게임 섹션에 대한 일정한 권리를 가지고 있었다. 텔레비전 광고야 어떻게든 회사 자금으로 처리한다고 쳐도 포털 사이트 광고와 PC방 영업을 위해서는 제이디의 영향력이 반드시 필요했다.

"나아질 겁니다. 판타지온라인2의 베타 테스트가 시작되기 전에 주의 환기를 해두자는 거죠."

"베타 서비스가 언제 시작되는데요? 올해 나오는 건 확실합니까?"

그건 불가능하지. 중경은 마음속으로 생각했다.

"오 차장님. 전에 일해보셨던 분야의 관점으로 게임 산업을 파악하시면 안 됩니다. 돈과 인력을 투입했다고 반드시 예정한 타이밍에 결과가 나오는 게 아니에요. 인내심을 가지고 기다리셔야 합니다. 먼저 계셨던 한 차장님은 그 부분을 잘 이해하셨는데요."

"근데 잘렸죠. 왜 잘렸는지 압니까? 돈은 돈대로 쓰고 결과가 나오질 않았으니 잘린 거예요. 경쟁사들 보세요. 육 개월 내에 매출이 안 나오면 프로젝트 자체를 엎어버려요. 우리만 자선사업하는 것도 아니고 계속 대작 게임 만든다고 시간과 돈을 낭비하다가 작년에 기록적인 매출 적자가 난 것 아닙니까."

오 차장의 표정은 싸늘했다. 그의 별명은 저승사자였다. 온라인게임 총괄이 되자마자 자체 프로젝트였던 온라인게임 개발 세 가지를 모조리 취소시키고 협력 관계를 유지하던 외부 제작사 두 곳과 계약을 해지했기 때문이다. 그렇게 아낀 자금과 모기업에서 내려온 돈으로 오 차장은 상대적으로 저렴한 중국 제작사의 게임 판권을 사들이고 인기 게임 제작사와의 인수 합병을 시도하고 있었다.

중경은 애써 상냥하게 말했다.

"판타지온라인의 매출에 문제가 있는 건 아니지 않습니까?"

"아직은 아니죠. 하지만 앞으로의 상황은 우려스럽죠. 조금씩 회원도 이익도 줄고 있으니까요. 저희는 최 대표님과 폴룩스 엔터의 개발진이 가진 능력을 믿습니다. 하지만 비가 오면 잠시 피해가란 말이 있지 않습니까? 잘 안 될 것 같으면 정리하는 게 나아요. 판타지온라인은 이제 죽어가는 말이에요. 추가자금 투입을 최대한으로 줄이고 기존 회원이 손익분기 이하로 떨어질 때까지 기다렸다가 부분 유료화시키고 마지막 순간에 판권 팔아먹는 게 낫죠. 안 그렇습니까?"

"아까 말씀드렸다시피 판타지온라인2가 있으니까……."

"언제 나올지도 모르는 그 게임 말입니까? 제가 담당자로 있는 한 더 이상 그쪽에 자금 투입은 곤란합니다. 지금까지는 대주주로서 배급유통 과정만 담당했지만 앞으로는 그러지 않을 겁니다."

"그럼 이번 홍보도 반대하시는 겁니까?"

"개인적으로는 반대지만 굳이 밀어붙이시겠다면 말리지 않겠습니다. 어쨌든 지금 회사를 이끄는 건 최 대표님이시니까요. 하지만 매출 대비 수익이 한계치 이하로 떨어지면 저희가 경영에 개입하게 될 테니 그렇게 아십쇼."

중경은 고개를 끄떡였다.

"다행이군요. 그럼 계획대로 진행하겠습니다. 포털 광고와 PC방 홍보 건에 적극 협조 부탁드리겠습니다."

중경은 스튜디오의 문을 열었다. 오 차장이 말했다.

"최 대표님, 한 가지만 충고하죠. 그놈의 대작이니 혁신이니

하는 야망은 머릿속에서 지우고 당장 팔아먹을 수 있는 게임이 무얼까 생각하세요. 귀엽고 예쁜 캐릭터들 나오는 캐주얼 게임들 있잖습니까. 중독적이고 간단한 거. 잠깐잠깐 즐길 수 있는 거. 아이템 캐시 팔아서 돈 벌 수 있는 거."

중경은 문을 열다 말고 오 차장을 쳐다보며 말했다.

"저는 그런 게임 관심 없습니다."

"최 대표, 아직도 모르겠어요? 최 대표의 관심은 중요하지 않아요. 돈을 대는 우리가 무얼 보고 싶으냐가 중요하지."

"두고 보시죠. 보고 싶은 걸 보여드릴 테니까요."

중경은 문을 닫았다. 어느새 촬영은 끝나 있었다. 여고생 모델은 가운을 뒤집어쓴 채 사진을 모니터링하고 있었고 사진작가는 벽에 기대서 담배를 피웠다. 그는 중경을 힐끔 쳐다보곤 여고생 모델을 가리키며 말했다.

"쟤 어디서 뽑았냐?"

"내가 뽑은 거 아냐. 에이전시에서 보내준 애야. 무슨 걸그룹 멤버라던데."

"마스크가 괜찮아. 쟤 얼굴 보고 판타지온라인 시작하는 애들 꽤 되겠어."

중경은 모델의 옆모습을 쳐다보며 혼잣말처럼 중얼거렸다.

"정말 그랬으면 좋겠네."

▶▶

최지은이 가슴을 강조하는 황금색 비키니 갑옷을 입고 장검을 꼬나든 채 입술을 살짝 내민 S라인 포즈로 홍보용 포스터를 찍지 않았다면 태식이 판타지온라인을 시작하는 일은 결단코 없었을 것이다. 지은의 황금 팬티 아래 '새로운 시대, 새로운 영웅이 온다!'라는 문구가 적혀 있었다. 태식은 팬티를 뚫어져라 노려보다 심심한데 영웅이나 되어볼까, 라고 중얼거리며 한 달 정액권을 결제했다.

태식은 게임을 좋아하지 않았다. 스타크래프트나 서든어택 같은 국민 게임조차 친구들과 PC방에 갈 때를 위해 조작법만 익힌 정도고, 판타지온라인처럼 정액제로 서비스되는 온라인 게임은 한 번도 해본 적이 없었다. 현실에서 얼마나 할 일이 없으면 게임에서 돈까지 내가며 일을 만들겠냐는 게 태식의 평소 생각이었다. 하지만 지은이가 영웅을 원한다는데 가만있을 수는 없었다.

태식은 홈페이지에 접속해 게임 설명을 읽었다. 판타지온라인은 한중일 합쳐 회원 수만 오백만, 지난 오 년 간 동시접속자 수, PC방 접속 시간 순위 모두 TOP10 밖을 벗어난 적이 없는 메가히트작으로, 깊이 있는 세계관과 직관적이며 독창적인 시스템, 편리한 조작성, 다양한 종족과 직업 체계, 뛰어난 커뮤니티를 갖춘 MMORPG이라 했다. 그럼에도 한 달 이용권은 부가세 포함 22,000원밖에 하지 않는 양심적인 게임이었다.

인터넷을 통해 제공되는 매뉴얼은 총 350페이지 분량으로 먼 옛날 고대신의 등장부터 인간을 비롯한 각 종족의 기원에 대해 설명하고 있었지만 태식은 두어 장 읽다 포기했다. 국사책도 안 읽는데 세상에 존재하지도 않는 왕국을 알기 위해 책한 권을 읽고 싶진 않았다. 다행히 마지막 페이지에 석 줄짜리 스토리 요약이 있었다. 황제의 권위가 약해지고 아홉 개의 왕국 사이에 전운이 감도는 시기, 북쪽 국경 지방에서 오크 족이 쳐내려오며 세상은 위기에 빠지고 새로운 영웅을 갈망하는데…… 그게 바로 너, 라는 내용이었다.

반지의 제왕 비슷한 거구나. 태식은 나름대로 스토리를 이해하고 잘생기고 의협심 넘치는 인간 전사를 꿈꾸며 이름을 '차도남', 즉 차가운 도시 남자로 정한 뒤 게임에 뛰어들었다. 하지만 차도남의 길은 쉽지 않았다. 단도 한 자루를 가진 레벨1 맨몸뚱이 전사로는 악당 오크를 물리치기는커녕 하수구의 시궁쥐와도 싸워 이길 수 없었다.

처음에는 시작 도시의 NPC^{Non Player Character, 사람이 조작하는 캐릭}터를 제외한 게임 속 모든 캐릭터를 총칭가 주는 잡일을 받아 레벨을 올렸다. 태식은 마구간을 뒤져 잃어버린 결혼반지를 찾고, 식당 부엌에 숨어 사는 시궁쥐를 잡고 우물에 빠진 처녀를 구해내고, 이웃 마을 총각에게 연서戀書를 전하면서 레벨을 올리고 무기를 샀다. 그런 식으로 사흘 동안 죽어라 뛰어다니자 싸구려 가죽 갑옷에 대검을 지닌 레벨10 전사가 되어 있었다.

하지만 아직 시작 도시인 칼리돈을 떠날 실력이 아니었다. 도시 밖 필드는 길목마다 트롤이 꽉 틀어쥔 채 오가는 사람의 금품을 빼앗았고 산속에는 오크의 잔당이 바글바글했다. 더 넓은 세상을 구경하기 위해서는 더 높은 레벨, 더 강한 무기, 더 많은 치료약이 필요했다.

게임은 생각보다 재미있었지만 몰입하긴 쉽지 않았다. 문제는 게임이 아니라 그걸 하는 인간이었다. 전국의 사이코, 꼴통, 쪼다들이 전부 판타지온라인을 하는 듯했다. 그들은 레벨과 아이템을 가지고 나름의 서열을 정한 후, 자기보다 약하면 개초보라 무시하고, 필드에서 마주치면 데리고 놀다가 죽이기도 했다. 특별한 이유가 있는 것도 아니다. 아이디가 마음에 안 든다, 초보 주제에 뻐기고 다니는 게 눈꼴시다 등의 말도 안 되는 핑계를 대는데, 더 충격적인 건 그들 중 상당수가 초등학생이란 점이다. 태식은 더 이상 동심을 믿지 않게 되었다. 세 번 연달아 살해당한 후 "ㅋㅋ나 초등학교 3학년임. 꼬우면 나 찾아오셈ㅋㅋ" 같은 말을 들으면, 진짜로 학교에 야구배트 들고 찾아가고 싶은 욕망을 느끼게 된다.

태식은 나흘 더 게임을 해서 레벨 20을 만들었고, 그사이 스물일곱 번 죽었으며, 오백 번쯤 무시당했다. 그리고 깨달았다.

이건 인생이구나.

잘나야 대접받고, 위로 올라가려면 싸워야 하고, 다치지 않으려면 강해져야 하는 진짜 인생. 학교에서는 성적과 주먹으로 서열이 결정된다면 게임에선 레벨과 아이템으로 결정된다는 점이 다를 뿐이다.

그러지 않아도 태식은 사는 게 힘들었다. 성적은 밑바닥이고, 싸움은 못하고, 얼굴도 그저 그렇다. 아파트 대출 빚 갚기도 빠듯한 부모님 슬하에서 태어나 딱히 예체능에 특기가 있는 것도 아니다. 선생님에게 무시당하고 공부 잘하는 아이들에게 주눅 들고 껌 좀 씹고 침 좀 뱉는 아이들이 부탁하면 소녀시대 윤아 빵과 딸기 우유를 사다 줘야 하는 우울한 인생. 물론 돈도 태식이 내야 한다.

존중받고 살려면 성적이 좋거나 주먹이 세거나 돈이 많아야 한다. 하나는 태식의 힘으로 실현이 불가능하고 둘은 끈기와 인내를 필요로 한다. 그런데 게임에서까지 그런 노력을 하라고? 죽도록 레벨 올려서 강해지라고? 과거의 태식이라면 그쯤에서 포기했을 것이다. 게임을 삭제하고 한 달 결제한 계정은 네이버 중고나라에 팔았겠지.

태식이 사이코와 병신, 쪼다 사이에서 이 악물고 버틴 건 지은 때문이었다. 그는 지은과 유치원 동창으로 초중고를 계속 같이 다녔고 부모님끼리는 친하지만 개인적으로 가까운 사이는 아니었는데 고교 입학식 때 그녀를 보고 갑자기 가슴이 두근대는 걸 느꼈다, 라고 하면 좋겠지만 사실은 고등학교 들어와서 처음 봤고 심지어 같은 반도 아니었다.

물론 누굴 좋아하는 데 어릴 적 인연이 중요한 건 아니다. 누군 뭐 처음부터 아는 사인가? 중요한 건 얼마나 좋아하느냐다. 태식은 지은이 속한 걸그룹의 뮤직비디오는 물론 각종 쇼 프로에 예능, 단역으로 출연한 드라마까지 전부 소장하고 있었고, 그녀와의 끈적한 키스를 꿈꾸다 몽정을 한 일도 있었다. 다시 말해 지은과 친해질 만반의 준비가 되어 있었다.

문제는 전교생 중 3분의 2가 지은에게 반했다는 데 있다. 그중에는 모의고사 전국 석차가 태식의 반 등수와 같은 녀석도 있고, 주먹이 어찌나 빠른지 눈에 보이지도 않는다는 싸움꾼도 있고, 축구부에서 부동의 스트라이커로 군림하며 머지않아 프로 축구단에 스카우트될 것이라는 녀석도 있었다.

하지만 태식에게는 아무것도 없었다. 특별히 못하는 건 없지만 그렇다고 잘하는 것도 없는 고만고만한 능력치. 부족한 능력치를 보완해줄 아이템이 있는 것도 아니다. 태식은 지금이라도 공부를 시작하면 어떨까 고민했지만 곧 머릿속에서 지워버렸다. 머리가 기가 막히게 좋은 놈들이 저 앞에 있는데 지금 시작해서 따라잡는 일이 가능할 리 없다.

태식은 가장 쉬운 방법을 택했다. 판타지온라인의 초고수가 되는 것. 서버에서 알아주는 고수가 되면 지은이도 눈여겨봐주지 않을까.

태식은 열심히 게임을 했다. 야간자율학습이 끝난 밤 12시에도 마우스를 잡았고, 일요일에도 아침 7시에 일어나 레벨을 올렸다. 주위에서는 저 새끼 그나마 게임은 안 하더니 드디어 인생 퇴갤이구나, 하고 혀를 찼지만 그는 단지 사랑에 빠졌을 뿐이다.

그런데 레벨이 올라가면서 게임이 서서히 재미있어졌다. 왕국의 명운을 건 굵직굵직한 임무를 맡아 처리하고 처음 보는 특이한 몬스터를 잡고 랜덤으로 나오는 아이템 중에 뭐가 좋을까 궁리하다보면 어느새 하루가 갔다. 이제는 물색 모르고 나서는 초딩들도 전처럼 짜증나지 않았다. 태식은 뭐든 잘하면 재미있어진다는 사실을 알게 되었다.

그런데 왜 공부는 재미가 없었을까. 못하니까 그랬겠지. 그럼 왜 못했을까. 열심히 한 적이 없으니까. 그럼 왜 열심히 안 했을까. 재미없으니까.

어떻게 보면 당연한 일이다. 공부는 두어 달 죽도록 파봐야

반에서 몇 등 오르는 게 고작이지만 게임은 서버 전체에서 손 꼽히는 고수가 된다. 하지만 그것만으로 밤새 게임하는 인간은 수두룩하지만 밤새 공부하는 인간은 한 줌이라는 사실을 설명할 수 있을까.

어느 날, 게임을 끝내기 전 태식은 차도남의 상태를 확인했다. 레벨50의 돌격과 광폭 특성을 가진 인간 전사. 서버 랭킹 756위. 태식은 레벨 1만 더 올리고 자야겠다는 생각에 게임으로 돌아가 트롤과 오우거를 때려잡았다. 레벨 1만 더. 레벨 1만 더. 눈이 벌개져서 마우스질을 하다 레벨52를 찍는 순간, 엄마가 문을 두들기며 아침 먹으라고 외쳤다. 그때 태식은 깨달았다. 게임에서는 레벨을 바로 확인할 수 있구나. 그게 현실과 다르구나.

살다보면 누구나 한 번쯤은 공부란 걸 해야겠다고 결심하는 날이 오기 마련이다. 아무리 구제불능의 양아치고 공부와 담을 쌓은 놈이라도 그런 생각 한 번 안 하고 졸업할 순 없다. 학교를 휘어잡는 일진이자 폭력 조직의 스카우트 제의까지 받고 있다는 특급 파이터 최성민조차 연초에는 용돈 대신 참고서와 문제집을 빼앗을 정도다. 하지만 선생님이 하는 말은 아무리 들어도 방언처럼 들리고 암호가 끝없이 펼쳐지는 교과서를 보다 보면 이삼일 공부를 시도하다 포기하고 다시 엎드려 자게 된다.

그들이 포기하는 건 두려움 때문이다. 지금 공부해도 성적이 오르기는 할지, 아무리 해도 오르지 않는 건 아닌지, 나란 놈은 공부 쪽으로는 글러먹은 게 아닌지 생각은 많아지는데 실력이 늘질 않으니 포기하는 것이다. 하지만 게임은 다르다. 마우스를 캐릭터에 가져다만 대도 레벨이 몇인지, 종족 특성이 뭔지, 경험치를 얼마나 쌓아야 다음 레벨로 올라갈 수 있는지 알 수 있다. 그러니 쉽게 포기하지 못하고 계속하게 되는 것이다.

레벨55를 찍은 날, 태식은 처음 세웠던 계획을 실행에 옮기기로 결심했다. 우선 그는 학교를 돌며 자신보다 고高레벨이 있는지 확인했다. 활발히 활동하고 있는 자들이 대략 일곱 명. 하지만 하나같이 안경잡이 여드름쟁이 멧돼지에 은둔형 외톨이 같은 놈뿐이다. 게임에서는 태식보다 강할지 몰라도 외모에서 상대가 안 된다. 이모들로부터 이지적인 분위기를 풍긴다는 말을 들은 적이 있는 태식이다. 작지 않은 키에 몸무게 역시 대한민국 표준에 가깝다. 이제 지은을 만나 게임 이야기만 꺼내면 된다.

지은은 전국을 오가며 스케줄을 소화하다 일주일에 한두 번 등교했다. 엊그제는 대학교 축제를 위해 부산에 가고, 어제는 여의도 방송국에서 쇼 프로 녹화를 하고 내일은 완도 홍보대사 영상을 찍는 식이다. 그래서인지 지은은 학교에 와서 병든 닭처럼 졸거나 이어폰을 꽂고 조용히 음악을 듣다가 집에 갔다.

평소의 태식이라면 불쌍한 지은이, 학교에서라도 푹 쉬라고 마음속으로 응원하며 얼굴이나 한번 보려고 쉬는 시간에 지은의 교실 앞을 기웃거렸겠지만 이제는 다르다. 태식은 판타지온라인 레벨55 전사로 지은을 둘러싼 애정전선에서 충분히 경쟁력 있는 남자가 되었다.

다만 한 가지 문제가 있었다. 태식이 아직 지은에게 말을 걸 레벨이 아니라는 점이다. 게임 말고 현실에서. 지은 주위에는 항상 하급 몬스터를 닮은 친구들이 붙어다녔고, 각반 일진들이 사파리 차를 따라다니는 맹수처럼 주위를 맴돌며 자신을 어필할 기회를 노렸다. 7반 영신이 정도가 그 무리에서 빠져 있었는데, 녀석은 게이라는 소문이 있었다.

저런 동물의 왕국에 머리를 들이밀고 판타지온라인 이야기를 꺼내다가는 갈기갈기 찢겨 쓰레기통에 거꾸로 처박힐 게 틀림없다. 공산당처럼 말 많은 지은의 친구들은 태식이 한 말을 전교에 소문낼 것이고, 일진 패거리는 태식을 쓰레기장 뒤편 공터로 불러내 샌드백처럼 두들길 것이다. 그것으로 끝이 아니다. 지금까지는 가끔 일진과 눈이 마주쳤을 때만 매점에 가는 간이 셔틀에 불과했지만, 그 순간부터는 진짜 셔틀이 된다. 태식은 지은을 좋아했지만, 그렇다고 지은에게 말 한마디 걸다가 남은 고교 생활을 지옥으로 만들 만큼은 아니었다.

태식은 지은과 사귀게 되면 게임에서만 만나고 직접 보는 건 최대한 자제할 생각이었다. 소문나면 큰일이니까. 지은 입장에서도 스캔들이 생겨서 좋을 게 없다. 물론 사귈 가능성보다 그러지 못할 가능성이 높다는 걸 태식도 알지만 희망을 버리지 않았다. 세상일은 누구도 모르는 거니까. 사랑은 운명이니까.

가능성이 아예 없는 건 아니다. 지은은 인터뷰마다 판타지온라인 이야기를 꺼냈고, 아무리 바빠도 집에 들어가면 한 번은 접속한다는 말도 했다. 그 정도로 외롭고 게임을 좋아한다면, 함께 게임할 남자친구를 원할 가능성이 높다.

하지만 지은과 따로 이야기할 기회는 좀체 오지 않았고 그럴수록 태식은 초조해졌다. 이러다 지은이한테 말 걸기 전에 졸업하거나 판타지온라인 서비스가 종료되겠다.

태식은 지은이 출연하는 예능 프로 촬영지에 갈 생각까지 했지만 결국 포기했다. 만나면 무슨 말을 하겠나. 안녕. 나 너랑 같은 학곤데 여기서 우연히 만났네? 나 판타지온라인 잘하는데, 넌 얼마나 잘하니? 스토커로 몰리지나 않으면 다행이다. 태식은 스트레스를 게임으로 풀었고 본의 아니게 레벨은 점점 높아져갔다.

때늦은 황사 경보가 내린 5월 어느 월요일, 우연처럼 기회가 왔다. 세상은 뿌연 노란색으로 변해 1미터 앞도 분간하기 힘들고, 모래를 실은 강풍이 쉬지 않고 창문을 두들겨대는 날이었다. 실외 활동은 전면 중지되었고 체육은 자습으로 대체되었다. 농구에 환장한 정신 나간 녀석들을 제외하곤 모두 교실이며 복도에서만 노닥거렸다.

태식은 아침부터 배가 살살 아팠다. 전날 야식으로 먹은 족발이 잘못된 모양인데, 그렇다고 화장실에 갈 순 없었다. 21세기가 시작된 지 십 년이나 지난 지금도 학교에서 똥 싸면 배꼽을 잡으며 놀리는 일곱 살 지능의 고교생들이 있다. 특히 쉬는 시간마다 화장실 문 잠그고 담배 피우는 일진 형님들은 일반적인 급우들보다 감정 기복이 심한 편이라 태식이 똥 싸는 걸 보면 당장 망신 주는 건 물론이요, 여름방학이 올 때까지 폭풍설사라 부르며 놀릴 가능성이 높았다.

태식은 수업이 시작된 다음에 화장실에 가기로 결심했다. 다음 시간이 국어이기 때문에 가능한 묘안이었는데, 국어 선생은 오 분 늦게 수업에 들어오기로 유명했다. 얼른 볼일 보고 국어보다 빨리 교실로 돌아오면 감쪽같이 문제를 해결할 수 있다.

태식의 계산대로였다. 화장실은 텅 비어 있었고 태식은 그나마 깨끗한 변기로 뛰어들어 문을 잠그고 바지를 내렸다. 그는 똥을 싸며 계속 시간을 확인했다. 국어는 오 분 늦게 들어와 오 분 일찍 나가는 훌륭한 교육자이지만, 인격자는 아니었다. 국어보다 교실에 늦게 들어가면 따귀를 연타로 맞는다.

태식은 물을 내리고, 손도 씻지 않은 채 복도로 튀어나가다 가방을 멘 지은과 부딪칠 뻔했다. 지은은 태식을 밀치며 인상을 썼다.

"야, 눈 좀 뜨고 다녀. 너 병신이냐?"

일 년 넘게 짝사랑했지만 단둘이 있어보기는 처음이었다. 태식은 멍청한 얼굴로 지은을 바라보았다. 가까이서 본 지은의 얼굴은 오밀조밀 작고 정신이 혼미해질 만큼 예뻤다. 이래서 연예인이구나. 태식이 품은 사모의 마음은 더욱 깊어졌다.

지은이 말했다.

"야, 너 내 말 듣고 있냐?"

"아…… 어…… 미안."

지은이 갑자기 코를 킁킁댔다.

"너 똥 쌌니?"

"나 아냐. 딴 애가 싼 거야."

태식은 손사래를 쳤지만 지은의 일그러진 얼굴은 펴지지 않았다. 태식은 조급해졌다. 지은과 일대일로 마주친 절호의 찬스다. 똥 싼 애라는 이미지만 심어주고 끝낼 수는 없다.

태식이 간신히 입을 떼려는데 지은의 어깨 너머로 국어가 나타났다. 국어는 특유의 팔자걸음으로 복도 끝에서 걸어오고 있었다. 어떡하지? 지금 고백해야 하나. 아니면 다음 기회를 노리나. 태식은 공황 상태에 빠져 지은과 국어를 번갈아 쳐다보았다.

태식의 고민은 어이없이 끝났다. 지은이 냄새난다고 중얼거리며 교실로 걸어가기 시작한 것이다. 태식은 지은의 뒷모습을 바라보다 입술을 깨물었다.

좋아. 사랑을 위해서야. 그깟 따귀 맞고 말자.

그는 지은을 따라가며 물었다.

"너 오랜만에 학교 온다? 오늘은 스케줄 없니?"

"오디션 있었는데 황사라고 오지 말래. 감독이 황사 때는 집에서 안 나온대. 짜증나게. 그게 감독이야? 미친놈이지."

지은은 태식을 힐끔 쳐다보곤 물었다.

"근데 너 누구냐? 나 알아?"

"알지. 최지은. 너 노래 참 잘하더라. 너 나오는 음악 프로 내가 다 챙겨봐."

"난 너 모르는데?"

"1반 김태식. 내 얼굴 기억 안 나? 우리 만난 적 있는데."

"진짜? 언제?"

"우리 입학하던 날. 사거리에서. 너 창문 열고 나한테 학교 가려면 어느 쪽으로 가야 하냐고 물었잖아."

"난 기억 없는데. 너 뻥치는 거 아냐?"

"진짜야. 내가 왜 거짓말 치냐?"

엄밀히 말해 학교가 어디냐고 물어본 건 매니저였지만 옆에 앉은 지은을 봤으니 거짓말은 아니다. 그때 지은은 입을 살짝 벌린 채 핸드폰 게임에 열중하고 있었다. 태식은 그녀를 보고 첫눈에 반했다. 쟤는 누군데 저렇게 대책 없이 예쁠까.

지은은 어깨를 으쓱거리고는 말했다.

"그렇다고 치고. 1반이라며 왜 일루 오냐? 수업은?"

"이따 가도 괜찮아."

"흠. 맘대로 해라."

지은은 관심 없다는 듯 대답했다. 터프가이임을 좀더 어필해야 하려나. 태식은 머리를 굴렸지만 이거다 싶은 말이 떠오르지 않았다.

그럼에도 지은과 함께 걷는 건 정말 좋았다. 치렁치렁한 생머리와 크고 예쁜 눈, 오뚝한 콧날 그리고 하얗고 매끈한 피부까지, 태식이 꿈꿔온 이상형 그대로다. 지은이가 여자친구가 돼준다면 얼마나 좋을까. 그럼 평생 감사하며 살 텐데.

태식은 눈앞에 보이는 8반 팻말에 정신을 차렸다. 두 반만 더 지나가면 지은의 교실이다. 혼자 좋아할 때가 아니다. 어떻게든 지금 승부를 봐야 했다. 태식은 아랫배에 힘을 주고 말했다.

"지은아. 너 판타지온라인 한다며? 그거 나도 하는데. 게임 닉이 뭐야?"

태식은 지은이 하이엘프 치료사를 키운다는 걸 알고 있었다. 지은이 인터뷰에서 말했으니까. 레벨34. 서버는 모스가르드. 그녀는 캐릭터 닉네임은 비밀이니 알아맞혀보라는 말로 인터뷰를 마무리하곤 했다. 태식이 텃세 심하고 렉컴퓨터가 순간적으로 멈추는 현상 많기로 소문난 모스가르드에 자리를 잡은 것도, 전사를 직업으로 택한 것도 그 때문이다. 전사와 치료사만큼이나 로맨틱한 조합이 없으니까. 지은의 성스러운 힐링^{healing}을 받으며 오크를 잡을 생각을 하니 벌써부터 가슴이 뻐근해진다.

태식의 목표는 하나. 지은이 교실에 들어가기 전 그녀의 캐릭터 이름을 알아내는 것이다. 그다음에는 따로 만나려고 애쓸 필요도 없다. 지은이 접속했을 때를 노려 말을 걸면 되니까. 그래서 친해진 다음, 따로 만나자고 하면…….

지은이 말했다.

"나 그거 안 하는데."

"무슨 소리야. 너 치료사잖아. 인터뷰에서 분명히 그렇게 말했잖아."

"게임 회사 사람이 내 이름으로 키우는 거야. 내가 게임할 시간이 어디 있냐? 그럴 시간 있으면 잠이나 자겠다. 그러잖아도 짜증나 죽겠어. 계약을 더럽게 해가지고 인터뷰 때 게임 이야기 안 하면 위약금 내야 된대. 그거 땜에 판타지온라인 한다고 친한 척하는 애들 얼마나 많이 만나는지 알아?"

지은은 걸음을 멈추고 태식을 노려봄으로써 짜증나는 인간이 누구인지를 분명히 했다. 태식은 변명하려 했지만 말이 나오지 않았다. 그녀가 쿵, 소리 나게 문을 닫고 교실로 들어갔고 태식은 고개를 떨구었다. 이럴 줄 몰랐다. 지은이 캐릭터 이름을 알려주면 태식은 좋은 이름이네, 하고 돌아설 계획이었다. 그럼 지은은 아쉬움과 신선함을 동시에 느끼겠지. 지금까지 태식처럼 이름만 묻고 쿨하게 가버린 남자는 없었을 테니까.

어느 일요일 두 사람은 우연처럼 게임에서 다시 만난다. 태식이 반갑네, 하고 말을 툭 건네면 지은도 반가울 것이고 차도남의 높은 레벨에 마음이 든든할 것이다. 지은과 함께 사냥터를 돌며 몬스터를 잡고, 학교 이야기를 하고, 지은의 노래나 춤에 대해 모니터링을 해준다. 그러다 헤어지는 순간 이거 가질래? 나한테는 필요 없는데, 하면서 방어력 +6짜리 마법 지팡이를 주는 것이 태식의 계획이었다.

그런데 아예 게임을 안 한다니. 전부 계약 때문이었다니. 위약금이라니. 어린애가 벌써부터 되바라져서. 내가 속았지. 죽일 년. 내 시간을 돌려줘! 태식은 10반 문을 박차고 들어가 지은의 멱살을 잡고 소리치고 싶은 걸 참았다. 다 끝났다. 태식은 운동장으로 나가 한참 동안 벤치에 앉아 있었다. 생애 첫 고백이 이런 식으로 끝나다니 허탈했다. 그는 황사 바람을 잔뜩 먹고 교실로 돌아와 국어에게 죽도록 따귀를 맞았다.

▶▶

작업장은 고시원 지하 일층에 있었다. 원래는 게임방과 당구장이 있던 자리였는데 로스쿨이 생기고 난 이후에 고시생의 수가 줄자 폐업한 걸 인투더레인이 인수해 벽을 트고 작업장으로 개조한 것이다. 널따란 지하 공간은 주인 없는 컴퓨터로 가득했다. 하루 24시간 판타지온라인을 가동하며 아이템과 골드를 모으는 컴퓨터들이다. 워낙 전기 사용량이 많아 건물주가 직접 지하로 내려와 무슨 일을 하는지 확인한 적도 있었다. 인투더레인은 눈 하나 깜짝하지 않고 비밀리에 게임 개발중이라고 거짓말을 쳤다.

작업 환경이 터프하다보니 컴퓨터는 쉽게 과열됐고 일반적인 경우보다 빨리 망가졌다. 그때마다 컴퓨터를 수리하고 새로 부팅하기 위해 작업장에는 항상 아르바이트생 서넛이 지키고 있었다. 그들은 컴퓨터 사이를 오가며 상태를 확인하고 오토 프로그램이 그동안 모은 아이템과 골드를 길드 계정으로 옮겼다.

　작업장 끝에는 인투더레인이 쓰던 쪽방이 있었다. 길드 운영을 본격적으로 시작했던 시절, 인투더레인은 라꾸라꾸 침대에서 잠을 자며 그곳에서 하루 열네 시간씩 레벨을 올렸다. 서버에서 확고히 자리를 잡고 매달 상당액의 돈이 통장에 들어오기 시작한 후로 공기 좋은 지상에 따로 사무실을 내고 투자회사 대표라는 그럴듯한 명함까지 만들었지만 그의 기업은 사실 이곳에 있었다.

　인투더레인은 하루에 두 번, 아침과 저녁에 작업장에 들러 그날 확보한 아이템을 확인했다. 아이템 관리 및 판매는 정식으로 낸 사무실의 직원들이 처리했지만 아르바이트 학생들이 괜찮은 아이템을 따로 빼돌릴 가능성이 있기 때문에 결산은 직접 할 필요가 있었다.

　그날따라 수익이 좋지 않았다. 하루에 서너 개는 나오는 특수 아이템이 한 개도 걸리지 않았고, 벌어들인 골드도 평소의 3분의 2 정도밖에 되지 않았다. 인투더레인의 성질을 아는 아르바이트 학생들은 바짝 긴장해 있었지만 그는 별로 화를 내지 않고 저녁이나 먹고 오라며 만 원짜리 몇 장을 건넸다.

　직원들이 나가고 작업장에는 인투더레인 혼자 남았다. 그는 빈 의자에 앉아 컴퓨터로 가득한 작업장을 둘러보았다. 수백

대의 컴퓨터는 요란한 팬 소음을 내며 열심히 판타지온라인을 가동하고 있었다. 씨발, 이래가지고 전기세나 나오겠어.

7시 정각에 요란하게 벨이 울렸다. 입구의 인터폰을 확인하자 지하로 내려오는 철문 앞에 사또딸보가 서 있는 것이 보였다. 인투더레인은 문을 열었다. 그는 오늘 이곳에서 사또딸보와 만나 마지막 담판을 짓기로 했다.

사또딸보는 말끔한 정장 차림이었다. 그는 작업장에 들어서자마자 얼굴을 찌푸리더니 특유의 소곤대는 말투로 빈정거렸다.

"여긴 하나도 안 변했네. 형 위로 좀 옮겨요. 지하라 축축하고 냄새도 잘 안 빠지고. 컴퓨터에도 안 좋다니까."

"너는 어디 경치 좋은 데다 냈나보지?"

"저는 베트남으로 옮겼어요. 인건비에 임대료 빼고 나니까 남는 게 없어서요. 어차피 게임하는 건데 한국말 알 필요가 있는 것도 아니고. 물건이야 인터넷으로 거래하니까 따로 돈 들일도 없잖아요. 형도 그쪽으로 한번 생각해보세요."

사또딸보는 인투더레인의 맞은편에 앉더니 시간을 확인했다. 그는 블루베젤의 롤렉스 서브마리너를 차고 있었다. 인투더레인은 턱으로 시계를 가리키며 말했다.

"너 많이 출세했구나. 내가 처음 봤을 때는 훈련소 앞에서나 팔 싸구려 디지털시계 차고 있었는데."

"저도 이제 나이 먹었잖아요. 적당히 돈을 쓰고 살아야지, 안 그러면 추해 보여서 못쓰겠더라고요."

"나 못 만났으면 아직 고시원 전전하고 있을 텐데. 그치?"

사또딸보는 부드럽게 웃더니 말을 돌렸다.

"그런데 무슨 일이세요? 급히 보자고 하셔서 오긴 했는데, 억지로 시간 낸 거라 여유가 없어서……."

"바쁘다니까 간단하게 말할게. 오리칼쿰 광산, 넘겨라."

"갑자기 그게 무슨 말씀이세요?"

"너 요새 나대는 거 그냥 봐주고 있었더니, 우리 길드 애들 살살 꼬여내가지고 광산을 훔쳐? 이런 식으로 나오면 곤란하지."

"꼬여낸 게 아니라 스카우트를 한 거죠."

"배신자 새끼들은 나도 필요 없는데 광산은 그냥 못 넘기겠다. 도로 뱉어. 후회할 일 만들지 말고."

사또딸보는 한심하다는 듯 고개를 설레설레 흔들었다.

"형, 고작 그 얘기예요? 게임 일은 게임으로 해결해야지, 사람을 불러내서 이래라저래라 하는 건 좀 그렇잖아요? 깡패도 아니고."

인투더레인은 의자를 밀치고 일어나 사또딸보 앞에 섰다.

"내가 뭐라고?"

사또딸보는 평생 공부 말고는 해본 게 없는 약골이었다. 그가 주먹을 쓰기로 마음먹으면 오 분 안에 사또딸보의 입에서 살려달라는 말이 나올 거다. 작업장을 약속 장소로 잡은 것도 그 때문이다. 이곳은 아무도 오지 않으니까. 그만큼 오리칼쿰 광산을 빼앗긴 타격이 컸다.

하지만 사또딸보는 가소롭다는 듯 웃었다.

"쿨하게 구시라는 말씀이죠. 판타지온라인의 전설이라는 분이 이러면 애들이 뭘 배우겠어요. 다 큰 어른이 힘자랑이나 하려고 하고. 형, 여긴 현실이에요, 현실. 게임 속이 아니고."

인투더레인은 의아해졌다. 사또딸보는 배짱 있는 녀석이 아니었다. 오히려 심하다 싶을 만큼 겁이 많았다. 그런 녀석이 이렇게 뻣뻣하게 나오는 데는 나름의 이유가 있을 것이다. 인투더레인은 슬쩍 고개를 들었다. 작업장 문이 활짝 열려 있었고 그 앞에 양복 차림의 남자가 둘 서 있었다. 그들은 아무 말 없이 작업장으로 들어와 컴퓨터 사이를 지나 인투더레인을 향해 다가왔다.

인투더레인은 헛웃음을 흘렸다.

"이제는 저런 애들도 데리고 다니냐?"

"오늘만 고용한 거예요. 형이 워낙 정신이 없으니까 자위 차원에서. 쟤들 일당 십오만 원이에요. 세상에. 형 할 일 없으면 해도 되겠어요."

사또딸보는 벌떡 일어섰다.

"광산은 못 돌려드립니다. 필요하면 게임해서 가져가세요. 이런 데서 이상한 협박 늘어놓지 마시고."

인투더레인은 망설였다. 한 방 갈겨줄까. 두 놈이 달려들기 전에 사또딸보를 묵사발로 만들 자신은 있다. 하지만 그다음이 문제다. 그는 양복 둘을 곁눈질로 살폈다. 둘 다 힘깨나 쓸 것처럼 보였다. 좋아. 싸우는 건 두렵지 않지만 작업장이 부서지면 곤란하니까.

그는 사또딸보가 지나가도록 내버려두었다.

양복 둘은 힘쓸 기회를 잃어 아쉽다는 듯 빙글거리고 있었다. 사또딸보가 나가기 직전 인투더레인을 돌아보며 말했다.

"형 요새 돈 이상한 데다 써서 사정이 안 좋다면서요? 길드 애들이 월급 안 나온다고 불만 많아요. 그래서 제 밑으로 들어온 애들도 여럿이고. 왜 딴 데 눈 돌리고 그래요. 형은 그냥 게임하는 게 딱이라니까. 웬만하면 길드 접고 내 밑으로 들어와요. 길드 제일의 고수 대접해줄 테니까."

그는 윙크했고 양복이 문을 닫았다. 인투더레인은 가까이 있는 모니터를 들어 벽에 향해 던졌다. 콘센트가 당겨지며 멀티탭에 연결되어 있던 다른 모니터 몇 대가 도미노처럼 넘어졌다.

"게임 일은 게임으로 해결하자고? 그래, 그렇게 하자."

.2. *차가운 도시 남자의 각성*

지은과의 사랑은 그렇게 끝났다. 시작한 적도 없지만 아무튼
그랬다. 태식은 교실에서, 학원에서, 침대에서 지은과의 다른
접점을 궁리했지만 아무것도 없었다. 지은이 판타지온라인을
하지 않는다는 사실이 밝혀진 지금, 그에게 남은 기회는 없다
고 봐도 무방했다.

　최지은 안녕.

　초라한 사랑도 안녕.

　태식의 사랑은 그렇게 갔지만 게임은 그만둘 수가 없었다. 집
에 들어오면 엄지발가락으로 컴퓨터를 켜고 판타지온라인을
시작하는 게 습관이 되어버렸다. 태식은 반쯤은 관성으로 반
쯤은 재미로 게임에 열중했고 성적이 떨어지는 만큼 레벨을 올
렸다.

하지만 레벨80을 찍은 날, 태식은 깨달았다. 어떤 게임도 언제까지나 새롭고 항상 즐거울 순 없다는 사실을. 매일매일 출퇴근하듯 아홉 개의 왕국을 오가며 보스 몬스터를 세 번씩 잡기 시작하자 게임은 현실만큼이나 지겨워지기 시작했다. 이제는 레벨도 전처럼 쉽게 올라가지 않았다.

대부분의 게이머가 이쯤에서 그만두고 방금 발매된 따끈따끈한 신작 온라인게임으로 옮겨간다. 새롭고 레벨도 쑥쑥 오르는 새로운 세상. 중간에 갈아탄다고 죄책감을 느낄 필요도 없다. 차도남이 진짜 인간이 아니듯 태식이 해낸 일도 현실이 아니니까. 이건 그저 게임에 불과하다.

할 일 없이 게임을 하던 어느 일요일, 태식은 벌판을 돌다 마주친 초보 게이머 몇 명을 죽였다. 그들이 지니고 있는 건 낡은 장화와 싸구려 단도, 그리고 곰 가죽으로 된 겉옷 정도가 전부였다. 태식은 처음에 흥분했지만 곧 역겨워졌다. 현실의 그도 힘이 있다면 애들을 때리고 괴롭히고 윤아 빵과 초코 우유를 사오게 했을 것이다. 게임을 그만둘 때가 왔다. 계속 잡고 있어봐야 지금껏 그가 비웃었던 자들처럼 추해지기만 하니까.

태식은 마음의 결정을 내리고 '세상의 끝'으로 갔다. 하늘에서는 화산재가 끝없이 쏟아지고 갈라진 땅 틈에서 벌건 용암이 깊이를 가늠할 길 없는 무저갱으로 흘러내리는 그곳. 처음 와본 건 아니다. 레벨10을 간신히 넘긴 초보 시절, 멋모르고 무저갱 주위를 어슬렁대다 흑룡 루키페르의 숨결에 닿아 녹아버린 적이 있었다.

그곳은 인적이 끊긴 불모지였다. 아홉 왕국에서 멀리 떨어져 있을뿐더러, 경험치를 늘려줄 몬스터도 없고 무기 제련이나 마법약 제조를 위해 필요한 금속이나 약초가 있는 것도 아니다. 오직 미친 용 홀로 살고 있을 뿐이다. 곧 발매될 거라던 〈악마의 침공〉 확장팩은 소문으로만 그쳤을 뿐 지금껏 '세상의 끝'과 관련된 마이너 업데이트 한 번 없었다. 유저들은 개발진조차 포기한 모양이라고 수군거렸다. 그곳을 찾는 건 게임을 막 시작한 초보나 게임을 너무 오래해 지겨워진 미치광이밖에 없었다. 그리고 그들 대부분 살아 돌아가지 못했다.

태식은 오늘 게임을 지우고 판타지온라인을 접을 생각이었다. 마지막으로 용과 한판 붙는다. 태식은 영웅이 아니지만, 태식의 캐릭터 '차가운 도시 남자'는 레벨81의 영웅 전사니까 용과 싸우다 죽는 멋진 최후를 맞이할 자격이 있다.

루키페르는 용암 위에 엎드린 채 쇠사슬을 물어뜯고 있었다. 차도남은 그 앞에 서서 루키페르를 도발하듯 발을 쿵, 하고 굴렀다. 루키페르는 처음엔 어리둥절한 표정이었지만 곧 도전자가 나타났다는 사실을 알았는지 숨을 들이마셨다가 콧김을 내뿜었다. 하얀 수증기가 위대한 전사 차도남의 몸에 닿았다. 용은 숨결만으로도 사람을 태워 죽일 수 있었다. 순식간에 차도남의 체력이 반 이하로 줄고 갑옷의 내구도가 바닥으로 떨어졌다.

그래도 한 방은 버티는구나. 태식은 약간이지만 뿌듯해졌다. 대부분의 게이머는 콧김 한 방에 젤라틴처럼 녹아버렸다. 태식은 루키페르의 머리에 커서를 대고 마우스를 클릭했다. 딱 한 대. 한 대만 때리고 끝내자.

갑갑한 세상의 벽을 향해 몸통박치기를 날리듯, 전교 일진

성민의 얼굴에 주먹을 뻗듯 태식은 맹렬하게 마우스를 눌러댔다. 지금까지 엄두조차 내지 못한 일을, 패배가 두려워 시도조차 못했던 일을 게임 속에서라도 해보고 싶었다. 무적이라 불리는 루키페르의 몸에 흠집을 한 번이라도 낸다면 조금이나마 달라질 계기가 될지도 모른다.

차도남이 루키페르를 향해 달려갔다. 루키페르가 벌떡 일어나며 울부짖었다. 소름끼치는 괴성이 5.1채널 스피커를 쩌렁쩌렁 울렸다. 태식은 급히 스피커 볼륨을 낮췄다. 이런 소릴 엄마가 들으면 큰일이니까. 그러고 다시 화면을 보니 차도남이 술에 취한 것처럼 비틀거리고 있었다. 태식은 루키페르의 괴성에 충격 마법이 서려 있음을 기억해냈다. 마법에 면역력을 가지고 있는 엘프를 제외하곤 용의 목소리를 듣는 순간 정신을 차리지 못한다.

"치사한 새끼. 한 방만 맞자니까. 아이씨, 왜 안 움직여!"

태식은 미친 듯이 마우스를 눌렀지만 차도남은 칼을 늘어뜨린 채 멀뚱히 서 있다가 엉뚱한 방향으로 걸음을 내디뎠다. 루키페르가 화염을 내뿜었다. 검붉은 원통형의 불덩어리가 정확히 전사의 머리를 직격했다. 목표물이 불타 없어지기 전에는 꺼지지 않는다는 루키페르의 겁화劫火다. 필요 이상으로 화려한 그래픽 이펙트가 화면을 가득 메웠다. 태식은 신경질적으로 마우스를 쳐내며 의자를 박차고 일어섰다.

진짜 너무하네. 루키페르랑 다이다이 맞장 뜨겠다는 것도 아니고 그냥 죽기 전에 한 대만 때려보자는 건데, 그것도 허락을 안 해?

태식은 자신의 인생만큼이나 허망한 결말이라고 생각했다. 물론 태식의 인생은 아직 진행형이지만 죽기 전에 대단한 일을 해낼 리 없다는 걸 그도 알고 있었다. 그래도 시도 정도는 할 수 있을 줄 알았는데. 그것조차 안 되는 걸까. 태식은 침대에 발라당 자빠졌다. 허탈한 가운데 고민이 생겼다.

이제 뭘 하지.

공부? 그래. 공부해야지. 해야 되는데…… 태식은 한숨을 쉬었다. 게임처럼 머리 위에 손가락을 대는 순간 현재 레벨이 뜨면 얼마나 좋을까. 그럼 죽어라 공부할지 포기하고 딴 일을 찾을지 결정할 텐데.

태식은 레벨뿐 아니라 캐릭터 특성까지 다 보이면 좋겠다고 생각했다. 지력 체력 법력 행운 등의 능력치와 면역력에 장단점까지 전부 뜬다면 미래를 결정하기 훨씬 쉬울 텐데. 그럼 만약 내 특기가 정리정돈으로 뜬다면 청소부나 가사도우미가…… 되기는 싫다. 그냥 공부를 잘했으면 좋겠다. 아니면 축구를 잘해서 맨유에 스트라이커로 갈 수 있으면 좋겠다. 여자한테 인기가 있었으면 좋겠다. 진짜로 멋있는 남자였으면 좋겠다. 레벨도 능력치도 최고라서 누가 봐도 난놈이라 생각할 인물이었으면 좋겠다. 하지만 그렇게 될 수 없다는 걸 그 자신도 알고 있었다.

태식은 오래전에 목사님이 누구나 자신만의 능력이 있다고 설교하는 걸 들은 적이 있다. 세상에 태어난 이유, 소명, 탤런트, 정말 그런 게 있는 걸까. 아무 장점도 없는 인간을 위로하기 위해 일부러 그렇게 말한 게 아닐까.

문제집이나 사러 가자. 태식은 마음을 정하고 침대에서 일어나 지갑을 챙겼다. 쓸데없이 망상할 시간에 공부나 해야지. 어차피 그거 외에 할 일도 없다. 진득이 책상 앞에 붙어 앉아 공부하다보면 뭔가 새로운 능력을 발견하게 될지도 모를 일이고. 태식은 컴퓨터를 끄려고 책상으로 다가갔다. 모니터 속의 루키페르는 여전히 차도남을 향해 불을 뿜어내고 있었다.

저 새끼도 어지간하네. 죽은 애한테 왜 저래.

태식은 로그아웃 버튼을 누르려다 고개를 갸웃거렸다. 차도남의 캐릭터 창에 불이 켜져 있었다. 아직 죽지 않았다는 뜻이다. 자세히 보니 차도남은 허리를 펴고 당당하게 서서 불길을 온몸으로 받아내고 있었다. 체력도 아까 남은 절반 그대로였다.

이게 대체 무슨 일이래? 왜 안 죽는데?

태식은 당황했다. 모니터에 문제가 있나 싶어 전원을 껐다 켜고, 게임이 멈췄나 싶어 마우스를 움직였지만 둘 다 이상 없었다. 그 와중에도 루키페르는 계속 불을 쏘아댔고 차도남은 일광욕을 즐기듯 아무렇지 않게 그 자리에 서 있었다. 태식은 시험 삼아 차도남을 앞으로 움직였다. 불길이 계속 차도남을 따라왔다. 땅이 녹아내려 부글부글 끓는 용암이 발목을 뒤덮었지만 여전히 체력은 닳지 않았다.

이건 말이 안 되는데.

태식은 눈을 끔벅거리며 모니터를 바라보았다. 저놈이 왜 안 죽는지 이해가 가지 않았다. 알고 보니 차도남에게 출생의 비밀이라도 있는 걸까. 용의 숨겨진 아들이었다든지 클립톤 행성에서 온 입양아라든지. 그러지 않고서야 저걸 맞고 멀쩡할 수가 없는데. 모스가르드 서버 제일의 고수라는 인투더레인도 저거 맞고 십오 초 버텼다던데.

태식의 입가에 서서히 미소가 번졌다. 이유가 뭐든 당장 기분은 좋았다. 태식은 지금껏 평범하게, 혹은 평범보다 못한 인생을 살았다. 뭐 하나 딱 부러지게 잘하는 일도 없이, 좋아하는 일도 없이 그냥 그렇게. 하지만 이제 남들과 다른 능력이 생겼다.

이거라면 지은에게 어필할 수 있지 않을까. 용이랑 대등하게 싸우는 남자라면 그녀도 호감을…… 태식은 한숨을 쉬었다. 그럴 리가 없지. 현실도 아니고 게임에서 불 맞고 안 죽는 게 무슨 대수라고. 지은이 판타지온라인의 팬이라면 몰라도 그렇지 않은 이상 별로 놀라지 않을 것이다. 게임 오타쿠라고 비웃지나 않으면 다행이다.

태식은 게임을 끄려다 그만두고 생각에 잠겼다. 아직 확신하긴 이른 게 아닐까? 세상에서 제일 잘나가는 게이머가 되면 지은이도 태식을 다시 보지 않을까. 어쨌든 개도 판타지온라인 홍보 모델인데.

태식은 흥분을 가라앉히기 위해 화장실에 가 세수를 했다. 방으로 돌아왔을 때도 차도남은 여전히 불을 맞고 있었다. 진짜 대단하네. 태식은 의자에 앉으며 생각했다.

판타지온라인의 세계는 BBC 다큐멘터리에 나오는 멕시코 밤거리만큼 위험하다. 사방에 살인자, 깡패가 널려 있어 게임하다가 잠깐 한눈을 팔아도 캐릭터는 죽어 있고 아이템은 깨끗하게 사라져 있다. 그런 곳에서 최강의 용을 상대로 서버 내 게이머를 전부 녹여버릴 양의 불덩이를 맞고도 멀쩡하다니.

근데 이런 엄청난 녀석이 지금까지 왜 능력 발휘를 못했을까? 각성의 계기가 필요했던 걸까. 그러니까 일종의 성인식 같은, 진짜 전사가 되기 위한 통과의례. 슈퍼히어로 영화나 소설 중에는 평범하게 살던 사람이 어떤 절체절명의 위기를 겪고 자신의 숨겨진 능력에 눈뜨는 설정이 많다. 차도남도 그런 경우가 아니었을까. 지금까지 평범한 전사로 알고 살아왔는데 대륙 최강의 생물이라는 루키페르의 불세례를 받고 잠재력이 드러난 것이다. 그렇다면 태식도 각성하면 지금과 달라지지 않을까.

태식은 수학여행에 갔다가 벌겋게 달궈진 숯불 위를 걸었던 일을 떠올렸다. 일명 워킹 온 더 파이어. 강사는 불 위를 걷고 나면 무슨 일이든 해낼 수 있다는 자신감이 생긴다고 말했지만 태식은 자신감과 발바닥을 바꿀 생각이 없었기에 화장실에 가는 척 도망쳤다. 그런데 알고 보니 숯불은 외곽에만 쌓아두고 발이 닿는 중심부는 재를 배치하는 식의 속임수로, 심리 치료의 일종이라고 했다.

그날 불 위를 걸었던 녀석들은 새사람이 됐다고 뻐겼지만 성적은 오르지 않았다. 그래서 별거 아니라고 생각했는데, 어쩌면 그날이 태식에게 각성의 순간이 아니었을까. 그때 불을 밟고 확인해봤어야 했다. 어쩌면 지금과 다른 인생을 살게 됐을지도 모를 일인데.

지금도 늦지 않았다. 태식은 주방으로 달려 나가 가스레인지 앞에 섰다. 불을 켜고 심호흡을 했다. 그리고 할 수 있다고 되뇌며 파란 불꽃으로 손을 뻗으려는 순간 화장실 문이 열리고 엄마가 나오면서 말했다.

"라면 끓여 먹으려고?"

태식은 정신을 차렸다. 무슨 짓이냐. 저기 손대봐야 화상이나 입지. 태식은 적당히 얼버무리고 방으로 돌아왔다. 여전히 차도남은 불덩어리를 맞고 있었다. 태식은 마음을 정했다. 그래, 일단 차도남으로 시작하는 거다. 우선 판타지온라인을 쥐락펴락하는 영웅이 되자. 태식이 각성하는 건 그다음이다. 처음 한 번이 중요한 거니까. 일단 자신감이 붙으면 그다음은 술술 풀리는 거다.

태식은 치료약을 먹어 체력을 100퍼센트로 채우고, 광폭 특성을 걸어 공격력을 두 배로 만든 다음 용을 향해 몸을 날렸다. 루키페르가 앞발을 쳐들었고 차도남은 칼 한 번 휘둘러보지 못하고 납작하게 밟혀 죽었다.

뭐야. 이게.

태식은 걸레처럼 으스러진 차도남의 몸에서 영혼이 빠져나와 신전으로 날아가는 모습을 바라보며 입이 딱 벌어졌다. 태식은 사제의 도움을 받아 부활하자마자 다시 '세상의 끝'으로 향했다. 엄마가 라면 안 먹느냐고 방에 들어왔다가 이놈의 자식 인터넷을 끊든지 해야지, 하고 투덜거리는데도 신경 쓰지 않았다. 지금 기회를 놓치면 예전의 태식으로 돌아갈 수밖에 없다. 무적의 전사가 용의 앞발에 맞아 죽은 이유를 알아야 했다. 그래야 달라질 방법을 찾을 수 있다.

태식은 도착 즉시 루키페르의 콧김에 맞아 죽고, 그다음에는 꼬리에 맞아 죽고, 다음에는 괴성을 듣고 놀라 죽었다. 1만분의 1 확률로 용의 목소리 때문에 죽기도 한단 소릴 들었지만 차도남이 그렇게 될 줄은 몰랐다. 차도남도 태식도 사실은 영웅이 아닌 걸까. 그냥 찰나의 꿈에 불과했던 걸까.

태식은 실망감을 누르고 다시 '세상의 끝'으로 달려가 루키페르에게 화염 공격을 당했고, 이번에는 죽지 않았다. 미지근한 물로 샤워를 하듯 아무렇지 않게 불덩어리를 뒤집어쓰고 있는 차도남을 보며 태식은 약간 당황했고 많이 기뻤다. 혹시나 하는 생각에 홈페이지를 뒤졌지만 개발진의 공지사항에도 자유게시판에도 비슷한 경우에 대한 이야기는 한 건도 없었다. 그렇다면 차도남에게 세상 누구에게도 없는 혼자만의 능력이 있는 것이 확실했다.

태식은 확인을 위해 레벨92의 흑마법사에게 싸움을 걸었다. 마법사와 싸울 때는 주문을 외우지 못하도록 바짝 붙어서 두들겨 패는 게 정석이지만 태식은 일부러 멀찍이 떨어져서 욕설을 퍼부었고, 파이어볼 십여 방을 연속으로 맞아 죽어버렸다.

뭐야? 불에 강한 것도 아니었어? 그럼 차도남의 능력이 뭘까. 태식은 새벽이 되도록 다양한 방법으로 불에 대한 내구력을 실험했고 결론을 내렸다.

루키페르의 불에만 강하다.

하다못해 주점의 화덕에 몸을 가져다대도 윽윽 소리를 내며 체력이 닳았다. 차도남이 루키페르의 겁화에 강한 이유를 태식은 알지 못했다. 극한 상황에 닥쳐 드러난 잠재력일 수도 있고 게임상의 버그에 불과할지도 몰랐다. 문제는 아무 짝에도 쓸모없는 버그요 절름발이 재능이라는 점이다. 다른 놈과 싸울 때는 도움이 안 되고, 루키페르와 싸울 때조차 화염 외의 공격에는 속수무책으로 당하니 써먹을 수가 없다.

태식은 게임을 컴퓨터에서 지웠다. 문제집은 샀지만 성적은 오르지 않았고 여전히 그는 자신에게 잠재한 능력을 찾아내지 못했다.

▶▶

일요일, 태식은 친구들을 만났다. 가깝다면 가깝고, 어중간하다면 어중간한 사이로 휴일마다 만나 빈둥대며 함께 시간을 낭비하는 친구들이다.

태식은 판타지온라인을 시작한 후 모임에 발길을 끊었다. 맹렬한 레벨업이 가능한 휴일 오후를 낭비하고 싶지 않았기 때문이다. 지금 생각하면 우스운 얘기지만 그때 태식에게는 판타지온라인과 지은밖에 보이지 않았다. 녀석들은 딱 한 번 전화하고는 다시 연락하지 않았다. 심심하면 알아서 나올 거라 생각했던 모양이다. 결과적으로 녀석들의 생각이 옳았다.

태식은 그들을 중학교 2학년 때 처음 만났다. 지금이야 투명인간처럼 있는 듯 없는 듯 조용히 살지만, 그때 태식은 껄렁한 아이들에게 원투 스트레이트, 하이킥, 플라잉 암바 등의 연습용 샌드백으로 쓰였다. 공부는 못하고 친구는 없던 왕따 시절이었다.

그 시절, 태식은 늘 화가 나 있었다. 쉬는 시간마다 사정없이 발길질을 날리는 사이코 일진의 갈비뼈를 부러뜨리고 싶었고,

형이 조직에 있다고 뻐기는 양아치네 집 앞에 숨어 있다가 몰래 죽여 없애서 야산에 파묻고 싶었다. 가능하다면 그놈 형도 죽이고 싶었다. 하지만 모두 상상일 뿐 실제로 할 수 있는 건 오늘은 안 맞기를 기도하는 것밖에 없었다. 큰 맘 먹고 태권도장을 다녀보기도 했지만 검은 띠 형들에게 삥을 뜯기고 그만두었다.

태식이 탈출구로 삼은 것은 인터넷의 이종격투기 게시판이었다. 그곳에는 사람 여럿 때려잡아본 깡패 두목에, 아깝게 국가대표에서 탈락한 유도 태권도 선수들이 득실거렸다. 태식은 그곳에서 전교 1등에 태권도 3단인 터프가이라고 허풍을 떨며 마음의 안정을 찾았다. 인터넷의 몇 안 되는 장점은 서로 얼굴을 보지 않은 상태에서 말할 수 있다는 것이다.

어느 날 게시판에서 일대일 맞장 뜰 때 권투가 나은지 유도가 나은지를 두고 설전이 붙었다. 유도 2단인 '추성훈짱'과 프로복싱 신인왕 출신이라는 '돌주먹타이슨'은 서로 엄마 욕까지 해가며 싸우기 시작했고, 결국 현피를 통해 어느 무술이 더 우월한지 결정하기로 했다.

현피란 '현실+Player Killing'의 줄임말이다. PK는 본래 온라인게임에서 다른 유저를 죽이는 행위를 가리키는 용어인데, 여기에 '현실'을 붙임으로써 온라인상의 분쟁 때문에 현실에서 직접 만나 싸운다는 뜻을 가지게 되었다. 인터넷이 활발해지면서 두어 달에 한 번씩 큼지막한 현피가 벌어지곤 한다는데, 태식은 말만 들었을 뿐 한 번도 본 적이 없었다.

그런데 이번 현피가 벌어지는 곳은 태식의 집에서 멀지 않았다. 아파트에서 십 분 거리의 지하철역 뒤쪽에 있는 시유지. 맞벌이 가정을 위한 어린이집을 짓겠다는 팻말만 붙여놓고 몇 년째 공터로 놀리고 있는 곳으로, 외곽에 빙 둘러 펜스가 쳐 있어 남들 이목을 피할 수 있는 데다 흙바닥이라 뒹굴어가며 싸우기에 안성맞춤이었다.

진짜 실력자들의 대결을 보게 되는 걸까, 태식은 두근대는 마음으로 약속 장소로 나갔다. 공터는 약속 한 시간 전부터 싸움 구경 온 잉여들로 바글거렸다. 이종격투기 게시판에서 나름 유명한 네임드named의 대결인 데다 패배시 손목을 자르겠다고 게시판에 공언했기 때문이다. 인터넷에서 벌어지는 일이 다 그렇듯 실제로 손목을 자를 가능성은 제로에 가깝지만, 그래도 패배 후의 개망신이 대단할 건 분명했다. 최소한 다시는 같은 닉네임으로 활동하진 못할 것이다.

그런데 둘 다 나오지 않았다. '추성훈짱'은 갑작스러운 장염 때문에, '돌주먹타이슨'은 큰아버지가 돌아가셔서 못 온다는 글을 남겼다. 유도와 복싱은 잘할지언정 배짱이 없는 놈들이었다. 아니, 싸움을 잘하긴 하는지 의심스러웠다. 어쩌면 태식처럼 컴퓨터 앞에서만 싸움꾼인 키보드 워리어가 아니었을까.

싸움 구경 온 오십여 명만 낚인 셈이다. 구경꾼 중 나이가 있는 사람들은 놈들을 안주 삼아 한잔하기 위해 고깃집으로 향했고, 중고등학생은 공터를 서성이다 집과 PC방, 만화방으로 흩어졌다.

그중 태식에게 낯익은 얼굴이 둘 있었다. 키가 180센티 가까이 되는데 하도 말라 수수깡처럼 보이는 안경잡이와 두꺼비를 닮은 퉁퉁한 여드름쟁이. 같은 반이 아니라 말 한 번 섞어본 일은 없지만 복도나 매점에서 자주 봤다. 녀석들도 태식만큼이나 열심히 일진들에게 맞고 매점 셔틀을 다녔다. 여드름도 태식을 알아보고 씩씩대며 말했다.

"너무하지 않냐? 개새끼들. 사람을 이런 식으로 낚아? 나 오늘 진짜 제대로 현피 뜨는 줄 알고 엄청 기대했는데. 죽일 놈들."

그게 동철이었고 고개를 끄떡이며 죽어도 나와서 죽었어야지, 라고 말한 게 정희였다. 태식은 녀석들과 함께 사기꾼들을 욕하다 의기투합해 김밥천국에서 저녁을 먹고 PC방에 갔다. 둘 다 게시판에서는 엉뚱한 닉네임으로 희대의 싸움꾼인 양 활동하고 있었다.

비슷한 처지라는 공감대 때문인지 세 사람은 쉽게 친해져 그 뒤로 쉬는 시간이며 등하교 때마다 어울리게 되었다. 정희가 중3 겨울방학 때 수지로 이사를 간 후로는 휴일에 만나 자전거를 타거나 PC방 혹은 만화방에 갔다. 태식이 지은에게 잘 보이려고 결심하기 전까지.

태식이 모임에 복귀하던 날, 이를 슬퍼하듯 비가 내렸다. 세 사람은 전철역 앞에 자전거를 세우고 어디 갈지 의논했다. 자주 찾던 만화방은 폐업했고 분식집은 주인이 바뀌어 맛이 없었다. 결국 선택한 건 PC방이었는데 스타크래프트가 깔린 자리는 모두 차 있었다.

세 사람은 휴게실에 앉아 자리가 나기를 기다렸다. 태식은 콜라를 마시다 벽에 판타지온라인의 홍보 포스터가 붙어 있는

걸 보았다. 지은이 팬티와 브래지어만 입은 바로 그 포스터. 태
식은 아련한 눈빛으로 지은을 바라보며 어쩌면 그녀와 잘될 수
있지 않았을까 생각했다. 정희가 포스터를 가리키며 물었다.

"쟤 너희 학교 다니지?"

"응."

"예쁘냐?"

동철이 대신 대답했다.

"죽이지. 넌 얼굴만 봐도 질질 쌀걸? 화면보다 실물이 나아."

"근데 고교생이 저런 거 찍어도 돼? 풍기문란 아냐?"

"부럽냐? 너희 학교는 저런 애 없지? 그놈의 학교는 공부도
못해, 예쁜 애도 없어, 도대체 좋은 게 뭐냐?"

"아침 보충수업을 안 해."

정희는 짧고 굵게 학교 자랑을 하고 다시 포스터를 가리켰다.

"근데 저 게임 재밌냐?"

"난 모르지. 태식아, 저거 재밌냐?"

"나 이제 안 해."

"재미있냐고. 너 안 하는 게 무슨 상관이야."

태식은 아직 계정이 남아 있음을 떠올렸다. 보너스로 받은 이
십 시간 무료 이용권도 두 장 있는데 애들한테 선심이나 쓸까.

"니들도 한번 해볼래?"

"좋아!"

두 사람은 동시에 고개를 끄떡였다. 게임을 시작하고 종족과
직업을 고르는 창이 뜨자 정희는 '성기사이즈짱'이라는 이름으
로 하이엘프 성기사를, 동철은 '연쇄삽입범'이라는 이름으로 난

쟁이 마법사를 골랐다.

"미친 변태 새끼들."

태식은 간단히 소감을 말했다. 게임의 배경을 설명하는 짧은 동영상이 끝나고 깨진 접시 여관 앞에 인간 전사, 하이엘프 성기사, 난쟁이 마법사가 서 있는 장면으로 게임이 시작되었다. 정희는 첫 화면이 뜨자마자 투덜댔다.

"그래픽 별론데? 엘프 얼굴이 왜 저래? 폴리곤을 너무 조금 쓴 거 아냐? 이거 물리엔진은 어디 거냐? 언리얼 엔진? 하복 엔진? 아니면 자체 제작이야?"

"너도 잘 모르는 말은 하지 마라."

동철이 태식의 전사를 가리키며 말했다.

"정희야. 태식이 이름 좀 봐. 차도남? 미친 새끼, 허세 쩌네. 너 이걸로 여자 꼬시려고 그랬지?"

"아냐, 이 또라이 새끼야."

"아니긴 뭘 아니야. 그동안 왜 안 나오나 했더니 이거 하면서 여자 꼬시고 있었구만. 어휴, 레벨 높은 거 봐라. 도대체 얼마를 한 거야. 정신 차려 인마. 학교에서도 못 꼬시는 여자가 게임으로 꼬셔지냐? 차라리 교회를 가."

공부는 못하는 게 눈치 하나는 기가 막히다.

태식은 내심 찔렸지만 약한 모습을 보였다간 두고두고 놀림을 당할 거란 사실을 알고 있었다. 그는 오래전 그만둔 게임을 너희 때문에 다시 시작했는데 고마워하지는 못할망정 무슨 소리냐고 성을 냈다. 정희와 동철은 눈 하나 깜짝 않고 계속 태식을 놀렸다.

"오버하는 거 보니까 진짜가보네."

"갑옷 입은 것만 봐도 답 나오지 않냐? 우린 누더기 비슷한 거 입었는데, 쟨 황금 갑옷에 투구까지 썼다."

"새꺄. 현실에서 그런 걸 입어라. 그래야 여자가 줄을 서지."

다행히 지은 때문에 게임 시작했다고 생각하는 놈은 없었다. 하긴 현실에서 얼마든지 킹카를 만날 수 있는 지은이 게임 오타쿠를 좋아할 리 없으니까.

태식은 은행에 들러 금고에 넣어놨던 예비용 무기와 방어구를 친구들에게 나눠주고 가진 돈을 탈탈 털어 치료약까지 샀다.

"거지새끼들이랑 같이 다니기 쪽팔려서 주는 거니까 고맙게 받아."

초보 시절 애지중지하던 무기며 갑옷들이다. 값어치가 나가는 물건은 아니지만 추억 때문에 차마 버리지 못하고 은행에 맡겨놨었다. 게임 속 시간이 빨리 흐르기 때문일까. 몇 달밖에 지나지 않았음에도 오래전 일처럼 느껴진다. 지은에게 주려고 구입했던 방어력 +6의 마법 지팡이를 두고 약간 고민했지만 어차피 끝난 일이란 생각에 동철에게 넘겨주었다.

"야. 그거 진짜 비싼 거니까 나중에 출세하면 보답해라."

"아유, 황송하네."

동철은 마법 지팡이를 받으며 말했다.

"빨리 뭐든 잡으러 가자. 옷 조금 입고 죽을 때 음탕한 소리 내는 섹시한 몬스터로. 지금 우리가 잡을 수 있는 몬스터가 뭐 있냐?"

"시궁쥐."

태식은 녀석들을 데리고 도시를 한 바퀴 돌았다. 정희와 동철은 눈앞에 보이는 모든 것들을 품평하고 점수를 매겼다. 왕궁은 스티로폼으로 만든 세트장 같고, 인간은 멍청해 보이고, 엘프는 귀가 너무 크며, 상점에서 파는 갑옷과 무기는 싸구려 중국제 같다고 했다.

도시 외곽의 감옥을 보고 동철이 물었다.

"감옥도 다 있네. 저기 갇혀 있는 사람이 있긴 하냐?"

"있지. 게이머들. 상점 털고 장사꾼들 죽이고 다니면 경비병이 와서 저기다 처박아둔다. 보석금 내고 풀려나든가, 일이 년 감옥 생활을 해야 풀려나지."

"일이 년이나?"

"게임 시간으로. 계속 잠자기 버튼만 누르면 시간은 금방 가."

그때 오크 사냥꾼이 경비병과 뭔가 이야기를 나누고선 감옥으로 들어갔다. 동철이 물었다.

"쟤는 면회 가는 거냐?"

"아니. 자수하는 거야. 자수하면 감형이 되거든. 어딘가 길드랑 틀어져서 저럴 수도 있고. 감옥에는 아무도 못 쫓아 들어가니까 정 위험하다 싶으면 감옥에서 시간 때우다 나오는 것도 괜찮지."

그런데 감옥에 들어가려는 게이머가 너무 많았다. 도시 분위기도 어수선하고 거리에도 유저들이 바글거렸다. 레벨 올리기도 바쁜 시간에 다들 뭐하는 걸까.

태식의 궁금증은 금방 풀렸다. 마을회관 앞에서 유저들이

'알고보니 훈남' 길드와 '게임과 인맥' 길드를 욕하고 있었다. 모스가르드 서버를 양분한 두 길드가 새벽에 전쟁을 시작했다는 것이다. 양측 길드원이 무차별적으로 유저를 죽이고 있어 다들 안전한 도시에서 죽치는 중이었다.

판타지온라인은 길드 시스템으로 게임을 운영했다. 유저들이 길드를 결성하고 세력을 확장하다 특정 지역의 성채를 획득하면 지역 관할권을 주고 세금을 거둘 권리를 주는 식이다. 세금의 항목과 세율은 길드에서 마음대로 정할 수 있었다. 모스가르드 서버에는 수천 개가 넘는 길드가 존재했지만 세금을 거둘 권리를 가진 길드는 알고보니 훈남 길드와 게임과 인맥 길드 두 곳뿐이었다.

서버 내 이름난 고수 대부분이 두 길드에 속했다. 자타가 공인하는 판타지온라인 최고수인 인투더레인은 훈남 길드의 길드장이고, 레벨 랭킹 10위권 이내의 게이머 중 여덟 명은 인맥 길드 이름으로 활동했다. '인맥에이스' '인맥복서' 같은 식으로.

훈남 길드와 인맥 길드는 게이머가 상점이나 은행, 여관 등을 이용할 때 거래세로 30퍼센트의 커미션을 챙겼다. 현실사회라면 폭동이 날 만큼 엄청난 세율인데, 그들은 거기에 그치지 않고 주요 사냥터를 자기들끼리 임의로 나눈 후 입장료를 내는 게이머만 출입시켰다. 사냥터 입구는 길드 고수들이 지키고 있어 억지로 들어가려고 했다간 클럽에 억지로 들어가려 한 취객처럼 맞아야 했다.

지금까지 일반 유저들이 힘을 합쳐 두 길드를 몰아내자는 움직임이 여러 번 있었다. 그때마다 모임의 주동자가 길드에서 보

낸 암살자에게 살해되거나, 길드에 가입하는 것으로 흐지부지
되었다. 가끔 사냥터에서 우발적인 전투가 벌어지곤 했지만 그
때마다 길드의 압도적인 승리로 끝났다. 게임을 재미로 하는
사람들은 그걸로 돈을 버는 조직을 이기지 못한다.

두 길드는 그렇게 번 돈과 아이템을 아이템 거래 사이트에서
현금으로 바꿔서 간부들끼리 나눠가졌다. 훈남 길드의 보스인
인투더레인이 직장도 그만두고 길드 관리와 레벨업에 전념하는
것도 이쪽이 더 돈이 되기 때문이다. 인투더레인은 길드 운영을
위해 '작업장'이라 불리는 사무실을 열고 사냥터 관리며 아이
템 판매로 월 이천씩 번다고 했다.

깊이 캐고들어가보면 게임도 현실처럼 복잡하고 탐욕스럽지
만 대부분의 게이머는 그 사실을 모르고 알더라도 외면한다.
즐겁기 위해 게임을 하는데 그렇지 않은 현실을 보고 싶지 않
기 때문이다. 태식도 정희와 동철에게 모스가르드 서버의 정치
적 역학관계를 알려줄 생각은 없었다. 어차피 길드에서 관리하
는 사냥터는 레벨50 이상만 출입 가능한 지역에 있었다. 앞으
로 오래 게임할 것이 아니라면 알 필요가 없다.

문제는 훈남 길드와 인맥 길드가 대륙 최고의 무기 제조장인
오리칼쿰 광산의 소유권을 두고 전쟁을 벌이기 시작했다는 데
있다. 먼저 일을 벌인 건 인맥 길드였다. 훈남 길드의 고수들을
영입하면서 그들이 관리하던 광산까지 덤으로 먹어버린 것이다.

그 뒤로 두 길드 사이의 분위기가 영 안 좋았는데, 그러다 오
늘 새벽에 훈남 길드의 기습으로 본격적인 전쟁이 시작된 것이
다. 정식 길드원만 오백 명 이상 동원된 대규모 공격이었다니,

인투더레인이 얼마나 열 받았었는지 알 만하다. 그 인원이면 시간 맞춰서 사람들을 한자리에 모으는 것도 쉽지 않았으리라. 인맥 길드는 광산 방어를 포기하고 역공으로 나가 병력이 없는 훈남 길드의 성채를 먹어치우기 시작했고, 네 시간여의 전투는 서로 오리칼큼 광산을 비롯한 성채 몇 군데를 바꿔치는 것으로 끝났다.

그 이후로는 두 길드의 핵심 고수들이 자러 갔는지 회사에 갔는지 모르겠지만 아무튼 소강상태라는데, 문제는 남은 놈들이 하찮은 사냥터까지 장악한 채 서로의 출입을 통제하기 시작했다는 데 있다. 상대를 압박하면서 자신이 가진 영향력을 보여주기 위한 수작이었는데 덕분에 힘들어진 건 일반 유저들뿐이었다. 사냥터 입구를 지키고 있는 훈남 길드의 덩치들을 보고 동철이 분통을 터뜨렸다.

"이젠 게임에서도 삥 뜯냐? 진짜 너무하는 거 아냐?"

정희가 서글프게 말했다.

"약하면 당하는 거야. 게임도 예외가 아니라니까."

"그러니까 길드 둘이 다투고 있다 이거지? 문제가 있으면 지들끼리 싸워서 결판을 내지, 왜 애꿎은 사람들을 괴롭혀."

태식이 말했다.

"혹시 싸웠다가 지면 그런 망신이 없잖아. 3반 경식이도 원래 일진이었다가 성민이한테 뒈지게 맞고 셔틀된 거 아니냐. 괜히 싸웠다가 지면 딴 놈들도 우습게 보니까."

동철이 말했다.

"그거야 경식이가 미친 거였지. 최성민 딱 보면 모르냐. 주먹

세고 깡 좋고 날래고. 일반인 레벨에선 절대 못 이길 놈인 게 감이 오잖아. 중학교 때부터 싸워서 진 적이 없는 놈인데. 내가 보기에 성민이 새끼랑 싸워서 승산 있는 건 7반 영신이밖에 없어. 진짜 빠르거든."

정희가 말했다.

"너 영신이랑 친한 건 아는데 걔 성민이 절대 못 이겨. 걔 은 근히 범생이잖냐."

태식이 말했다.

"암튼 양쪽 다 싸울 생각은 없고 서로 간 보는 거야. 세력 자랑하면서 뒤에서 협상하고 있을걸."

정희가 물었다.

"게임 회사 애들은 뭐라고 안 해?"

"안 해."

"왜?"

"게임 내부 일은 게이머들이 판단하고 결정해야 된대. 인위적으로 흐름을 조절하려고 하면 세계 자체가 무너진다나."

"진짜 그래서 관여 안 하는 거야? 딴 이유가 있는 거 아냐?"

"길드랑 개발진 사이에 뭔가 커넥션이 있다는 소문이 있긴 하지. 진짠지 아닌지는 나도 잘 모르겠지만."

동철이 말했다.

"죽이는데. 난 게임에서도 삥 뜯어서 돈 벌 수 있다는 건 몰랐다. 이런 세상이 있는 줄 알았으면 진작 시작하는 건데."

정희가 아는 척했다.

"넌 뉴스도 안 보냐? 요새 중국 애들, 한국 주민등록번호 홈

쳐서 계정 만든 다음에 사무실에 PC 수백 대 가져다 놓고 알바 써서 온라인게임 돌린다잖아. 그걸로 모은 금이랑 아이템 팔아서 돈 벌고…… 중국 교도소에서는 재활훈련으로 재소자한테 게임시킨다더라. 할당량 못 채우면 독방 보내고. 이젠 다 돈이라니까."

"넌 그렇게 잘 알면서 왜 시작 안 했냐?"

"우리 집 컴퓨터로는 이 게임 못 돌려. 사양이 높아서."

태식은 온라인게임으로 돈 벌 만큼 독한 놈이면 뭘 해도 된다고, 그냥 공부를 하라고 말해줄까 하다가 그만두었다.

사냥터 앞에선 백 명이 넘는 양민 게이머와 훈남 길드에서 나온 게이머 셋이 대치하고 있었다. 게이머들은 입구를 막고 있는 길드원들을 둘러싸고 욕설을 퍼붓고 있었는데 어찌나 말들이 많은지 화면 전체가 말풍선으로 도배되어 있었다. 세 명의 길드원은 한마디 대꾸도 안 하고 우뚝 서 있기만 했는데 그게 꽤 위압적이었다.

태식은 물었다.

"어떻게 할래? 돈 내고 들어갈래?"

"싫다."

정희가 딱 잘라 말했다. 태식은 정희의 속내를 알아차렸다. 현실을 잊자고 하는 게임에서조차 삥을 뜯긴다면 그보다 비참한 일도 없겠지.

동철이 말했다.

"그냥 뚫고 들어가면 안 되냐?"

"져."

태식은 이미 사냥터를 지키는 녀석들의 레벨을 확인했다. 레벨78과 83 전사 둘. 레벨82 치료사 한 명.

태식 혼자 힘으로는 이길 수 없다. 사냥터 앞에 모인 다른 게이머들이 한꺼번에 덤벼도 마찬가지다. 대충 훑어봤지만 대부분 레벨10에서 30 사이의 쩌렙들이었다. 태식 수준의 게이머가 한 명 더 있다면 혹시나 가능할지 모르지만 지금으로서는 불가능했다. 그런 게이머가 있다 해도 도와주려 하지 않을 가능성이 높고.

길드는 영화에 나오는 시칠리아 마피아처럼 원한을 잊지 않았다. 쩌렙들이 뒤에서 욕하고 게시판에 글 남기는 건 워낙 수가 많으니 상관할 수도 없고 상관하지 않지만 태식 정도의 고렙이 길드원을 건드리면 블랙리스트에 이름을 올리고 보일 때마다 죽이고 또 죽였다. 게임을 그만둘 생각이 아니라면 길드원은 건드리지 않는 편이 나았다. 태식도 길드의 본성을 알게 된 후 많이 분노했지만 그들과 맞서 싸우겠다는 생각은 하지 못했다. 지은이랑 사귀어야 하니까. 데이트 도중에 깡패들과 마주치면 곤란하니까. 그럼에도 끝까지 길드에 가입하지 않은 건 그에게 남은 약간의 자존심 때문이었다.

근처 사냥터를 한 바퀴 돌았지만 사정은 비슷했다. 심지어 선착장과 벌목장까지 출입금지였다. 길드에 소속되거나 어딘가에 줄이 닿아 있지 않은 초보는 갈 곳이 없었다. 정희와 동철은 세상에 뭐 이렇게 황당한 게임이 다 있냐고 투덜댔다. 태식은 말했다.

"너무 현실적이지?"

태식은 녀석들을 데리고 '세상의 끝'으로 갔다. 그곳은 아무 것도 없기 때문에 어느 길드도 지키고 있지 않았다. 동철이 황무지를 둘러보곤 말했다.

"여긴 아무도 안 지키네?"

"먹을 게 없으니까. 저기 용 보이지? 쟤가 이 게임 최강이야. 쟤한테 걸리면 무조건 죽는다."

정희가 코웃음을 쳤다.

"저기 목줄 한 도마뱀? 난 누구 애완동물인가 했다. 디자인 너무 구리네. 그렇게들 아이디어가 없나."

동철이 물었다.

"그럼 목줄은 누가 달았는데? 제일 세다며."

"신이."

"그거 죽이는데."

태식은 용 가까이 다가가며 말했다.

"내가 멋있는 거 보여줄 테니까 거기서 보고 있어라. 니들한 테는 위험하니까 따라오지 말고."

"불 쏘는 게 멋있나보지?"

그 말을 기다렸다는 듯 루키페르가 입을 벌리고 화염을 뿜어냈다. 사람 몸통만 한 불기둥이 차도남의 몸을 휘감았다. 태식은 온몸으로 불을 받아내는 차도남을 가리키며 흐뭇하게 웃었다.

"나 안 죽는 거 보이냐?"

"왜 안 죽는데? 저거 가짜 불이야?"

동철이 태식 옆으로 다가왔다가 불똥을 맞고 젤리처럼 녹아버렸다. 정희는 그 꼴을 보고 키득키득 웃었다.

"너 진짜 병신 같다."

동철은 인상을 쓰며 말했다.

"너 불 막는 갑옷 같은 거 입었냐? 그럼 말을 해야지!"

"아니. 그리고 뭘 입어도 재한테는 안 돼. 훈남 길드, 인맥 길드 한꺼번에 덤벼도 저 화염 공격 한 방이면 싹쓸이야."

"그럼 넌 왜 안 죽어?"

동철의 캐릭터인 연쇄삽입범은 반투명한 영혼이 되어 허공을 둥둥 떠다니고 있었다. 일 분 내에 누군가 부활 마법을 사용하지 않으면 신전으로 날아가 거기서 살아나게 된다.

태식은 말했다.

"지구 전체에서 오직 나만 가지고 있는 능력이지. 저걸 맞고도 안 죽는 거 나밖에 없다."

"왜 안 죽는데?"

"나도 몰라. 그냥 그렇더라. 원래 재능이란 게 타고나는 거잖아. 저게 내 재능인지 운인지 모르겠지만 암튼 난 안 죽어."

정희가 다시 물었다.

"진짜 너만 그런 거야? 딴 애들은 다 저거 맞으면 죽고?"

"그렇다니까."

동철이 투덜댔다.

"이 새끼 지금 우리가 아무것도 모른다고 약 파는 거야. 뭔가 속임수가 있다니까. 다 죽는데 이 새끼 혼자 안 죽는다는 게 말이 되냐."

태식은 혀를 찼다.

"니들 속여서 내가 뭐 얻는 게 있다고 거짓말을 치겠냐."

정희가 말했다.

"아냐. 말이 안 돼. 네 말대로면 네가 여기서 제일 센 건데 왜 길드 만들어서 돈 안 벌고 이러고 살겠냐."

"어쩔 수 없어서 그러는 거지. 세상에 불만 있냐. 칼도 있고 창도 있지. 나 그런 거 맞으면 죽는다. 세상에 딱 하나, 저 불에만 강해. 딴 불에 맞아도 죽고."

"그럼 그 능력 어따 쓰냐?"

"쓸모없지."

하지만 멋있지 않냐. 태식은 뒷말을 삼켰다. 쓸모없는 능력이라도 남들에게 없는 것이라면 의미가 있다. 최소한 세상에 유일무이한 능력을 가진 존재라는 자부심은 가질 수 있으니까. 자부심만 품고 살아도 인생은 한결 견디기 쉬워질 테니까. 그래서 태식은 차도남이 부러웠다.

정희가 갑자기 눈을 빛내며 말했다.

"개발진에 신고해서 선물 받자."

"싫어."

"이제 게임 안 한다며. 그럼 선물 받고 끝내는 게 낫지."

태식은 고개를 흔들었다. 그는 차도남이 사라지는 걸 바라지 않았다. 차도남은 언젠가 태식도 지금과는 다른 존재가 될 수 있을지 모른다는 증거와도 같으니까.

태식은 말했다.

"지금이 멋있잖아."

"명분이 없어. 명분이."

김현욱 기자는 난감한 얼굴로 말했다.

"갑자기 판타지온라인 특집이라니. 인터뷰도 진짜 어렵게 허락받은 건데. 게임 담당자가 뭐라는지 알아? 하반기 발매 예정인 대작 게임이나 신경 쓰라고 그러더라. 근데 내가 '대한민국 온라인게임의 과거'라는 제목으로 원조 개발자인 최중경 대표님 이야기를 들어봐야 한다고 우겨서 진행하는 거야."

"나 과거 아니야. 아직 짱짱한 현역이야."

중경은 쓰린 속을 감추고 부드럽게 대꾸했다. 중경이 게임 개발을 시작하던 즈음부터 게임 기자로 일한 빠꿈이 현욱이다. 중경이 무슨 말을 하는지 못 알아들었을 리 없다. 그는 은근슬쩍 말을 돌렸다.

"과거를 알아야 현재와 미래도 있다, 그런 얘기지. 한국 온라인게임의 위상이 높아지고 전체적인 수준도 높아지고 있다고 해도 어딘가 신기루 같은 느낌이 들긴 하잖아? 어제 흥했던 애들이 오늘 소리 소문 없이 사라지고, 돈 벌면 딴짓하다 망하고, 트렌드는 육 개월 단위로 변하고. 이제 진짜 게임의 힘이라는 게 없어지고 있잖아. 이럴 때 내실이 있던 시절의 개발자와 게임을 만나보자, 그런 거지."

고작해야 블로그에 기사 쓰는 주제에 어지간히 잘난 척하는군. 중경은 현욱을 바라보며 억지 미소를 지었다. 정확히 말해 현욱은 기자가 아니라 일개 블로거일 뿐이었다. 그는 얼마 전

오랫동안 다니던 게임 잡지사를 그만두고 포털 사이트에 개인 블로그를 개설해 일주일에 세 개씩 게임 관련 글을 쓰는 조건으로 포털 사이트로부터 억대 연봉을 받고 있었다. 그렇게 작성된 글은 포털 사이트 게임 섹션의 메인에 떴다. 포털 사이트 입장에선 언론 매체로부터 기사를 받아 싣는 것보다는 저작권까지 가지고 있는 편이 낫다고 판단했기 때문에 가능한 일이다. 개인적인 인맥만으로도 취재가 가능한 스포츠와 게임계의 핵심 기자부터 포털 사이트로 자리를 옮겼다. 그들에게는 더 이상 언론사라는 배경이 없었지만 기자라는 직함은 그대로 유지됐다. 현욱이 블로그에 글을 쓰면 그날 바로 주요 포털의 메인에 기사가 떴고 광고 몇 번 내보내는 것보다 효과도 좋았다.

중경은 말했다.

"판타지온라인 오 주년이잖아. 내 인터뷰에 겸사겸사 게임 소개도 하고 그러자는 거지. 최근에 크게 홍보도 하고 그랬잖아. 판타지온라인 제2의 도약. 어때?"

현욱은 대답하지 않고 와인 잔을 빙글빙글 돌렸다. 진한 적 갈색 액체가 금방이라도 넘칠 듯 찰랑거렸다.

"판타지온라인 요새 안 좋다는 얘기는 들었지. 제이디에서 추가자금 지원 거부했다며?"

"걔들 통이 작잖아. 작년 올해 엎은 프로젝트만 몇 개야? 당장 성과가 안 보이면 그냥 접는 애들이니까."

"안 될 물건 대책 없이 붙들고 있는 것보다야 낫지."

현욱은 잠시 생각하다가 말했다.

"달리 돈 대겠다는 애들 있고?"

"중국 기술펀드 애들이랑 얘기중이야. 이건 아직 진행중이니까 어디 가서 얘기하지 마라."

현욱은 염려 말라는 듯 부드럽게 웃으며 고개를 끄떡였다. 마치 중경이 거짓말하고 있는 걸 아는 것처럼 보였다. 그는 입가에 와인 잔을 대고 향을 맡더니 고개를 절레절레 흔들었다.

"이건 너무 많이 열렸네. 이번에는 바디가 좀 단단한 걸 마셨으면 좋겠는데."

오늘 확실히 뽑아먹겠다 이거로군. 중경은 안주로 나온 파르마산 치즈를 한 조각 집어 입에 넣으며 생각했다. 중국 쪽 담당자가 몇 푼 던져주고 게임을 통째로 가져가려고 들 만큼 뻔뻔한 놈이란 사실을 제외하면 투자에 대해 의논중인 건 사실이었다. 뭐라도 잡고 있는 척해야 다른 곳에서도 돈이 나올 가능성이 있으니까. 하지만 시장의 반응은 그가 생각한 이상으로 싸늘했다. 게으른 데다 글솜씨도 별로지만 눈치 하나는 기가 막힌 현욱이다. 중경이 궁지에 몰려 있는 걸 모를 리가 없다.

늦은 시간임에도 와인 바는 사람들로 붐볐다. 붉은 빛이 감도는 은은한 LED 조명 아래서 정장 차림의 중년 남자들이 넥타이를 풀고 앉아 조용히 이야기를 나눴다. 벽에 설치된 스피커를 타고 스탠더드한 재즈 스코어가 흘러나왔지만 대화를 방해할 만큼 시끄럽지는 않았다. 현욱이 추천한 바다. 최근에 몇 번 와봤는데 컬렉션이 좋고 가격도 적당하다고 했다. 와보니 현욱의 말대로 터무니없는 가격을 받는 바는 아니었지만 고급 와인만 취급했다. 정식 인터뷰는 내일임에도 오늘 꼭 보자고 우겼을 때부터 알아봤어야 했다. 적당히 나이 먹고 돈 있는 사람들이 모이는 곳이었다. 중경은 이곳이 불편했지만 조용하게 이야기를 나눌 수 있는 건 마음에 들었다. 좋아, 이왕 여기까지 왔으니. 그는 소믈리에에게 와인 리스트를 가져다 달라고 부탁했다. 자본이 엄청나게 투입되는 사업에 종사하다보면 돈에 대한 감각이 없어진다. 망해가는 지금조차 그랬다.

현욱이 헤벌쭉 웃으며 말했다.

"하나 더 따게?"

"그러지 뭐. 특집 잘 생각해봐. 괜찮을 거야. 너 나 알잖아. 그렇게 쉽게 안 끝난다. 이 바닥은 언제나 위기라고 그러지. 그래도 언제나 판은 유지되잖아."

"알았어. 내가 담당자한테 다시 말해볼게."

현욱은 자기만 믿으라는 듯 가슴을 두드렸다. 그리고 기분이 좋아진 듯 실실 웃으며 말을 이었다.

"그래도 이번 광고 때문에 매출 좀 올랐다며."

"조금."

"게임 광고하는 여자애 예쁘더라. 요새 텔레비전에도 가끔 나오던데."

"그 얘기는 다들 하네. 아직 애야, 애."

"누가 뭐래. 그냥 귀엽다는 거지."

그때 중경의 핸드폰이 울렸다. 창식의 전화였다.

"형, 전데요. 운영팀장 전화 받으셨어요?"

"아니 못 받았는데. 왜?"

"모스가르드 서버에 문제가 생겼다는데요. 형도 아셔야 할 것 같아서요."

"무슨 문제?"

"오늘 새벽에 훈남 길드하고 인맥 길드가 붙었대요. 인투더레인이 직접 나서서 오리칼큼 광산을 회수했고요, 인맥 길드는 정면 대결을 피하고 다른 사냥터 몇 곳을 빼앗았다네요. 반나절 정도 싸우다가 양쪽 고수들 다 자러 갔는지 지금은 소강상태고요. 길드 애들이 사냥터를 막고서 일반 유저들 출입을 통제하고 있대요. 유저들 불만이 장난 아니라고, 지금 센터에 전화에 메일에 난리래요."

머저리 같은 놈들. 중경은 이마를 문질렀다. 그러잖아도 골치 아픈 일이 많은데 멍청한 놈들이 게임을 망치려고 작정을 했다. 지들끼리 신나게 치고받다가 게임이 망하면 픽이나 좋겠다.

"내가 금방 다시 전화하지."

회사를 이끌다보면 마음에 안 드는 놈과 일해야 할 때가 있기 마련이다. 중경에게는 인투더레인과 사또딸보가 그랬다. 두 놈 다 돈독이 오른 사이코지만 서버를 안정적으로 유지하기 위해선 손을 잡을 수밖에 없었다. 녀석들이 가진 지분은 그만큼 컸다. 녀석들이 움직이면 게임의 여론이 움직였다. 중경은 중요한 일이 있을 때마다 두 사람과 만나 진행과정을 협의했다. 다른 서버라면 중경까지 나설 이유가 없지만 판타지온라인의 간판인 모스가르드 서버라 어쩔 수 없었다.

중경은 소믈리에에게 와인 리스트를 돌려주며 말했다.

"샤토딸보 99년산으로 주세요."

"갑자기 왜 딸보?"

"생각이 나서. 잠깐 전화 좀 하고 올게."

중경은 와인 바를 나왔다. 건물 로비는 텅 비어 있었고 경비 데스크에는 순찰중이라는 팻말이 붙어 있었다. 중경은 네온사인이 반짝이는 거리를 바라보며 창식에게 다시 전화를 걸었다.

"그 새끼들한테 연락은 했어?"

"사또딸보랑 통화했는데요. 아무것도 모르고 있다가 당했답니다. 인투더레인이 느닷없이 애들 모아서 쳐들어왔대요. 이런 식으로 뒤통수를 맞았는데 회사 차원에서 자길 도와야 하는 거 아니냐는 말까지 하던데요."

지랄하고 있네. 중경은 속으로 생각했다. 세상에 비밀은 없다는 말이 있다. 게임 세계만큼 그 말이 옳은 곳도 드물다. 길드 사이의 전쟁은 언제나 계획이 세워진 당일에 상대편에게 새어나간다. 기습 공격이 실제로 기습이 되는 일은 절대로 없고 언제나 양측이 우르르 모여 한판 붙는 식의 전쟁이 되기 마련이다. 같은 길드라는 소속감이 부족하기 때문인데, 기껏해야 오프 모임에서 한두 번 만나본 게 전부인 사람들에게 의리를 기대하는 것도 우습긴 하다. 게다가 게임에서 죽는다고 실제로 죽는 것도 아니니 죄책감도 없다.

그러다보니 길드원 중 일부는 반쯤은 재미 삼아 반쯤은 약간의 골드를 위해 이중첩자로 일하며 조직 내에서 일어나는 일을 상대편에게 알렸다. 심지어 손으로는 게임을 하면서 전화로 지금 모인 멤버들 이름까지 알려주는 경우도 있었다.

그런데 아무것도 모르고 있다가 당했다고? 그럴 리가 있나. 이번 기회에 훈남 길드를 완전히 끝장낼 생각으로 일부러 모른 척한 거겠지. 광산을 방어하지 않고 다른 곳을 공격한 것만 봐도 알 만하다. 새벽에 자던 놈들 깨워서 그런 짓을 했다고? 지나가던 개가 웃을 일이다.

중경은 신경질적으로 머리칼을 쓸어넘기며 말했다.

"인투더레인은?"

"전화를 안 받아요."

"둘 다 불러내. 약속 잡아."

중경은 전화를 끊었다. 인투더레인이나 사또딸보나 멍청하기가 한배에서 나온 새끼들이다. 인투더레인이야 무식한 건달이니까 그렇다고 쳐도 사또딸보 그 자식은 대체. 당장 들어오는 돈이 줄어드니까 전쟁을 통해 이권을 몽땅 차지할 생각인 걸까? 그러다 게임이 망하면 어떡할지 생각 안 해? 그러잖아도 부족한 투자자들이 그 바보들 때문에 다 떨어져나가게 생겼다. 한시라도 빨리 녀석들을 막고 돈을 마련해야 했다. 그러지 않으면 그는 끝장이다. 이제는 아무리 큰 뜻과 확고한 비전이 있다 해도 자본이 없으면 아무것도 할 수 없는 시대다. 그에게는 돈이 필요했다.

▸▸

태식 일행이 PC방을 나왔을 때 하늘은 어두운 파란색이었고 조금씩 비가 내리고 있었다. 정희와 동철은 재미있었는지 게임 속 몬스터에 대해, 사악한 길드를 쳐부술 방법에 대해 떠들었다. 태식은 녀석들을 멀뚱히 바라보며, 그도 지은을 위해서 게임을 한 게 아니라면 더 재미있지 않았을까 생각했다. 그랬다면 길드와 맞서 싸웠을까 아니면 길드에 들어갔을까.

태식은 친구들과 헤어져 자전거를 타고 집으로 향했다. 자전거의 붉은 라이트가 공중에 떠 있는 빗방울을 비췄다. 힘차게 페달을 밟자 바람이 몸을 스치며 지나간다. 공기는 습기로 가득하지만 숨 쉬기 나쁘지 않다. 아무 생각 없이 계속 이렇게 달릴 수 있다면 좋을 텐데.

태식은 상가 앞의 거치대에 자전거를 묶었다. 육교를 건너 아파트 단지로 걸어가다 그는 지은과 두 번째로 마주쳤다. 그녀는 최성민과 막 룸카페에서 나오는 중이었다.

.3. 태식이 용을 잡기로 결심한 이유

태식은 딱딱하게 얼어붙었다. 지은이가 왜 저놈 옆에? 더욱 신경 쓰이는 건 두 사람이 룸카페에서 나왔다는 점이었다. 겉보기에는 보통 카페지만 안에 들어가면 사방이 꽉꽉 막힌 밀폐된 공간에 인터넷이 가능한 컴퓨터와 소파 겸용 침대를 설치해 최근 청소년 탈선의 온상으로 비난 받는 곳이다. 그곳에서는 여자친구도 과감해져 평소보다 진하게 사랑을 확인할 수 있다고 했다. 태식은 여자친구가 없어 가본 일이 없지만 인터넷에 올라온 후기는 열심히 읽었기 때문에 안에서 무슨 일이 벌어지는지 알고 있었다.

처음에는 성민이 지은을 협박해 룸카페로 끌고 간 줄 알았다. 예전부터 지은 뒤를 따라다니던 병풍 중 하나였던 데다 사람 겁주는 일에는 타의 추종을 불허하는 불한당이니까. 하지만 성민이 지은의 귓가에 뭐라고 속삭였을 때, 지은이 까르르 웃으며 놀리지 말라고 성민의 어깨를 치는 걸 보고 그게 아니란 사실을 알았다. 태식은 주춤주춤 옆으로 물러섰다. 여기에 불청객이 있다면 자신이라는 사실을 깨달았기 때문이다.

두 사람이 태식 옆을 지나갔다. 지은은 생글생글 웃으며 성민의 팔에 몸을 붙였다. 태식은 부러운 눈으로 성민의 옆얼굴을 훔쳐보았다. 개새끼. 얼굴 하나는 정말 잘생겼다. 훤칠한 키에 호리호리한 몸매, 검은색 후드티에 찢어진 청바지를 입은 녀석이 끝내주게 멋지다는 점은 성민을 죽도록 싫어하는 태식조차 인정할 수밖에 없었다. 그에 비하면 태식은 아무것도 아니었다.

옛날에는 우락부락하게 생기고 싸움 잘하는 애들이 일진 소릴 들었다는데, 지금은 싸움뿐 아니라 외모도 돼야 일진 소리를 듣는다. 거기에 싸이나 트위터에 허세 글을 쓸 능력이 있으면 더 좋다. 이게 다 강동원, 원빈, 조인성 등에게 일진 역할을 맡긴 드라마나 영화 때문이다.

성민의 별명은 파괴의 음유시인. 인근 학교에까지 소문이 파다한 일진이요, 싸움꾼이다. 피범벅으로 병원 응급실 앞에 서서 담배를 꼬나문 사진을 싸이월드에 올리고 밑에 "모든 불행이 나를 스치고 지나가도 그저 일상일 뿐"이라는 허세 글을 적어 그런 별명이 붙었다.

지은아. 저 자식은 절대 아니야. 태식은 지은 앞을 가로막고 성민이 어떤 놈인지 설명하고 싶은 걸 꾹 참았다. 그는 담배 한 갑 사려고 초등학생에게 오백 원을 빼앗는 파렴치한이다. 그때 돈 뺏는 장면을 태식은 직접 목격한 바가 있었다. 그뿐 아니다. 교실 바닥 아무 데나 가래침을 뱉고, 수업 시간에 교실 맨 뒤에서 스마트폰으로 포르노 동영상이나 보는 쓰레기다. 중3 때부터 계속 같은 반이라 잘 알고 있다. 저런 놈과 사귀어봐야 나중에 피눈물 흘리며 후회할 일만 생길 거다.

태식은 간절한 눈빛으로 지은의 뒷모습을 바라보았다. 지은이 정신 차리고 나한테 오면 얼마나 좋을까. 내 목숨보다 아끼고 사랑해줄 텐데. 태식은 지은이 원한다면 섶을 지고 불로 뛰어드는 마음으로 성민과 싸울 각오마저 있었다.

그때 태식의 각오를 읽은 것처럼 지은이 고개를 돌렸다. 태식은 움찔했다. 설마 정말 구해달라고 하는 건 아니겠지. 막상 성민과 싸울 생각을 하니 덜컥 겁이 났다. 지은은 뭔가를 생각해내려 애쓰는 것처럼 얼굴을 찌푸리고 있다가 갑자기 웃음을 터뜨리며 말했다.

"야, 너. 화장실. 맞지?"

성민이 태식을 위아래로 훑었다. 태식은 억지 미소를 지었다. 성민은 지은의 어깨를 꼭 안으며 물었다.

"누군데? 아는 애야?"

태식은 처음에는 어리둥절했다가 곧 치욕감에 몸을 떨었다. 저 자식이 날 몰라? 중3 때부터 같은 반인데? 복도나 매점에서 마주치면 다짜고짜 발길질부터 날리면서?

"전에 말했잖아. 화장실 앞에서 나한테 수작 건 애 있었다고."

"아, 얘가 걔야?"

성민이 한 손으로 턱을 문지르며 태식에게 다가왔다. 건들거리는 걸음걸이만으로도 위압감이 상당했다. 태식은 도망치고 싶었지만 발이 떨어지지 않았다. 성민은 태식보다 10센티미터 정도 더 컸다. 그는 손을 뻗어 태식의 머리카락을 헝클어뜨리며 말했다.

"야, 너 지은이한테 잘 보이려고 게임했다며."

"아냐. 그런 거."

"아니긴 뭐가 아니야. 한심한 새끼. 얼굴에 개기름 봐라. 만날 집에 처박혀서 게임이나 처하니까 이 모양이지. 아휴, 이딴 놈도 인간이라고. 차라리 그냥 죽어."

"그런 거 아니라니까. 난 그냥 반가워서……."

"허참, 이 새끼 말하는 거 봐라."

성민이 피식 웃었다. 지은이 말했다.

"내가 말했잖아. 웃기는 애라고."

지은의 목소리에는 경멸이 묻어났다. 성민은 다시 태식을 노려보며 말했다.

"앞으로는 반가워하지도 마. 알겠냐 새끼야."

목소리가 얼마나 차가운지 북극이 따로 없었다.

"알았어."

지은이 끼어들었다.

"그리고 우리 봤다는 얘기도 어디 가서 하지 마."

성민은 지은을 돌아보며 말했다.

"야, 넌 나랑 만나는 게 부끄럽냐? 만나도 꼭 이렇게 사람 없는 데서만 보려고 하고 말이야."

"나 연습생만 오 년 했어. 간신히 데뷔하고선 시골 오일장 축제에서 노래 부르고 시시껄렁한 게임 홍보나 하다가 이제 좀 뜨는 거야. 그걸 꼭 망쳐야 속이 시원하겠어? 사장님이 다음 타이틀 곡은 내가 노래 제일 많이 부르게 해주겠다고 했는데!"

성민은 불만스러운 표정이었지만 더 따지지 않았다. 대신 그는 태식의 턱을 꽉 잡으며 말했다.

"얘기 들었지? 입 처닫아라."

태식은 고개를 끄떡였다. 당장이라도 죽고 싶을 만큼 비참했다. 지은이 그를 벌레 보듯 쳐다보고 있었다. 하긴 이렇게 비굴한 모습을 보고 누가 좋아하겠어.

태식은 이를 악물었다. 지금이라도 이 자식 얼굴에 한 방 날려줘야 하는 게 아닐까. 그럼 지은도 그를 다시 보지 않을까. 아니, 그녀 때문만이 아니다. 그가 앞으로 자존감을 지키며 살아가려면 당장 뭔가를 해야 했다. 언제까지나 화장실, 개기름으로 기억될 수는 없다. 태식은 주먹을 꽉 쥐고 성민의 오뚝한 코에 시선을 고정했다. 저기를 때리면 어떨까. 그렇게 된다면 지금까지와 전혀 다른 삶을 살 수 있지 않을까.

그때 성민이 태식의 어깨를 잡고 흔들었다.

"알아들었냐고!"

녀석의 우악스러운 손길에 태식의 결심은 눈 녹듯 사라졌다.

"알았어."

"이 새끼, 대답이 느리네."

성민은 태식의 볼을 툭툭 쳤다. 태식은 고개를 숙였다. 이제는 지은을 맞바라볼 용기가 나지 않았다. 그녀가 어떤 표정을 짓고 있을지 알기 때문이다. 이제는 벌레보다도 못한 걸 보는 듯한 표정이겠지.

태식은 두 사람의 신발에 시선을 주었다. 둘 다 나이키 루나글라이드를 신고 있었다. 성민은 파란색, 지은은 핑크색. 색깔만 다르다. 매끈한 디자인의 신발은 제법 잘 어울렸다. 남들 몰래 사귄 지 꽤 됐나보다. 성민이 새끼가 애들 삥 뜯어서 저거산 게 작년 겨울이었으니. 태식은 진작 알아보지 못한 걸 후회했다. 진작 알았으면 이런 치욕을 당할 일도 없었을 텐데.

태식은 말했다.

"알았어."

"잘해, 인마. 괜히 길거리서 맞지 말고."

성민은 태식의 어깨에서 손을 떼고 돌아섰다. 그는 지은을 향해 몇 걸음 걸어가다가 뭔가 떠오른 듯 다시 태식을 쳐다보았다.

"근데 너 어디서 많이 봤는데, 우리 반이냐?"

중학교 고등학교 계속 같이 다녔으면서 저런 소리라니 더는 못 참겠다. 태식은 눈을 부릅뜨고 쏘아붙이듯 말했다.

"나한테 폭풍설사라고 한 거 기억 안 나냐?"

"내가?"

성민은 태식을 가만히 쳐다보다 박장대소했다.

"아…… 너구나. 미안하다, 폭풍설사. 네가 누군지 모르고……."

성민은 사과라도 할 것처럼 다가와 느닷없이 태식의 아랫배에 한 방을 먹였다. 끔찍한 통증에 태식은 그 자리에 주저앉았다. 성민은 발끝으로 태식의 무릎을 툭툭 차며 말했다.

"왜, 사과라도 할 줄 알았냐. 주제를 알아, 새끼야."

성민은 그 말을 남기고 가버렸다. 멀리서 지은의 목소리가 들렸다.

"너무 심한 거 아니야?"

태식을 걱정해서 하는 말이 아님을 말투로 알 수 있었다. 날카로운 복부의 통증은 둔한 아픔으로 변해 퍼져나갔다. 태식은 입술을 깨물며 두 사람의 뒷모습을 노려보았다. 그는 성민의 뒤통수를 갈기고 자빠뜨린 다음 허리를 꺾고 목을 비틀고 싶었지만 용기를 내지 못했다.

때린 놈은 다리를 오그리고 자도 맞은 놈은 발 뻗고 잔다고? 거짓말이다. 때린 놈이 맞은 놈 얼굴도 기억 못하는데 무슨 소리냐. 평생 때려보기만 한 놈들이 만든 말이다. 맞은 놈만 평생 치욕에 떨며 괴로워할 뿐이다.

아파트 앞은 가로등이 꺼져 어두웠다. 태식은 단지 앞을 서성이다 답답한 마음에 공원으로 갔다. 지금은 집에 들어가고 싶지 않았다. 잊어버려. 한숨 자고 나면 다 잊을 수 있을 거야. 태식은 스스로에게 말했지만 그렇게 되지 않으리라는 걸 잘 알고 있었다. 태식은 개천가의 정자에 앉아 조금씩 불어나는 물줄기를 바라보았다. 가느다란 빗발이 조금씩 굵어져 눈앞을 가리기 시작했다.

이따위 인생, 언제쯤 끝날까. 상처 받는 게 두려워 피하기만 하는 인생이라면 저기 뛰어드는 게 낫지 않을까. 아니지. 어차피 죽을 거라면 그동안 겁먹고 못했던 일을 해야지. 성민의 도시락에 독을 탄다든가, 집으로 가는 길을 미행해서 몽둥이로 뒤통수를 때린다든가.

하지만 그저 공상일 뿐이다. 싸울 용기도, 죽을 용기도 내기가 쉽지 않다. 그럴 각오가 생겼다면 성민에게 맞았을 때 맞서 싸웠을 것이다. 그가 실제로 할 수 있는 일은 조금씩 화를 삭이면서 잊으려고 노력하는 것뿐이다. 지금까지 그랬던 것처럼. 태식은 슬픔에 휩싸였다. 뼛속까지 깊숙이 스며드는 슬픔.

불행은 몰려다닌다더니…… 태식이 마음을 가라앉히고 집에 들어갔을 때 엄마는 독서실에서 보낸 등기우편을 읽고 있었다. 그는 독서실에서 회원별로 출입 시간을 기록한다는 사실을 몰랐고 그걸 문서화시켜 집으로 보내준다는 사실은 더더욱 몰랐다. 독서실에서 보낸 서류에 의하면 그는 지난 한 달 동안 독서실에 이십일 분 있었다. 그렇다고 이십일 분 공부했다는 뜻도 아니다.

엄마는 편지지를 흔들며 물었다.

"이게 무슨 일이니? 너 독서실 안 갔어?"

평소의 태식이라면 시스템 오류라고 잡아떼거나 독서실 분위기가 안 좋아 친구 집에서 공부했다고 우겼을 것이다. 하지만 오늘만은 그럴 수 없었다. 또다시 변명과 거짓말을 늘어놓기엔 너무 지쳐 있었다. 그는 고개를 푹 숙인 채 아무 말 없이 방으로 들어가 문을 잠갔다.

엄마는 문을 두들기며 화를 냈지만 태식은 이불을 뒤집어썼다. 두통이 심했고 위장이 조이는 듯 아팠다. 어릴 때부터 감당하기 힘든 문제가 생기면 몸이 먼저 반응했다.

얼마 후 퇴근한 아빠와 엄마가 다투는 소리가 들렸다. 가만있지 말고 재 좀 데려다 뭐라고 해. 문 잠갔는데 어떻게 데려와, 그냥 둬. 싫은 소리는 나만 하라 이거지? 당신 아들이야! 언제까지 저렇게 넋 놓고 살게 둘 건데. 밖에서 내가 얼마나 힘든지 알아? 그러잖아도 회사 문 닫게 생겼어. 집안일은 당신이 알아서 처리해야지. 무슨 일만 터지면 내 탓하지 말고 불러서 그런 애기라도 하라고! 지금 열심히 안 하면 나중에 당신처럼 된다고.

태식은 자신이 이대로 사라지고 부모님이 좋아할 누군가, 그러니까 똑똑하고, 착하고, 예쁜 여자친구를 가진 누군가가 자기 대신 남은 인생을 살아줬으면 좋겠다고 생각했다.

성민이 새끼의 뒤통수를 날려버렸다면 뭔가 달라졌을까. 태식은 궁금해졌다. 최소한 기분은 좋았겠지. 그리고 피투성이가 돼서 집에 왔을 테니 독서실 문제로 추궁당할 일도 없었을 것이고. 어쩌면 거기서부터 잘못한 것인지도 모른다.

하지만 다시 그때로 돌아간다고 해도 주먹을 날릴 자신은 없다. 어떻게 하면 자부심을 가지고 살 수 있을까. 게임 속 영웅이 아니라 실제 인생에서 영웅이 될 수 있을까. 엄마와 아빠의 말다툼 소리는 점점 커졌다. 태식은 지갑과 핸드폰을 챙겨 들고 방을 나섰다. 거실로 나가자 엄마 아빠가 동시에 뭐라 소리쳤지만 듣지 않고 집을 빠져나왔다.

거리는 캄캄했고 비가 그친 후라 공기는 시원하고 맑았다. 아파트 단지 주변에는 PDA 단말기를 들고 콜을 기다리는 대리운전기사들밖에 없었다.

태식은 그들을 지나쳐 조금 전까지 있었던 공원의 낡은 정자로 갔다. 요란한 소리를 내며 흘러가는 물 위에서 보름달이 휘황찬란하게 빛나고 있었다. 태식은 한참 동안 달을 보다가 생각했다. 더 이상 이렇게 살 수는 없다고. 그가 밥 먹고 똥 싸는 기계가 아님을 증명해야 한다고.

하지만 어떻게?

이제 와 공부를 해서 전교 1등이 되는 건 불가능에 가깝다. 그렇다면 아예 서울대 진학을 목표로 삼는 건? 태식은 고개를 흔들었다. 솔직히 자신 없다. 지금 운동을 시작해 프로 선수가 된다는 건 더더욱 불가능하다. 그런 식의 성공은 만화책으로 만들어도 현실성 없다고 욕먹을 거다. 그렇다고 연예인이 될 끼와 외모를 가진 것도 아니다. 결국은 지금까지 해온 고민의 반복이다. 남들의 존경과 부러움을 사는 누군가가 되고 싶지만 그럴 능력이 없을 때는 어떻게 해야 하는가.

바람이 불자 물 위의 보름달이 산산이 부서졌다가 하나로 뭉쳤다. 태식은 문득 판타지온라인을 떠올렸다. 그곳에서는 두 개의 달이 떴다. 마법의 세계라는 걸 표현하기 위해서였으리라. 그곳에서 레벨83 인간 전사인 차도남으로 살 수 있다면 얼마나 좋을까. 그럼 정말 잘할 자신 있는데.

하지만 여기서는……

그때 번개가 치듯 태식의 머릿속에 뭔가가 떠올랐다. 처음에는 말도 안 된다는 생각에 고개를 흔들었지만, 차츰 어이가 없을 만큼 한심하면서도 감미로운 그 아이디어가 태식의 마음을 사로잡았다. 무엇보다 그가 지금 당장 시도할 수 있고, 성공할 가능성이 있다는 점이 좋았다.

태식은 머릿속으로 계획을 곱씹고 또 곱씹어보았다. 그는 최근까지 하루에 서너 시간씩 게임에 투자했다. 어떤 식으로 행동해야 좋은지, 일이 벌어졌을 때 다른 게이머들이 어떻게 반응할지 전부 머릿속에 그림이 그려졌다.

태식은 PC방으로 달려가 판타지온라인에 접속했다. 그는 '세상의 끝'으로 향했고 흑룡 루키페르를 만나 불세례를 받았다. 다행히 오늘도 체력은 한 칸도 깎이지 않았다. 차도남은 여전히 초인이었다.

할 수 있어. 이길 수 있어.

태식은 흥분했다. 그는 판타지온라인의 최강자, 무적의 흑룡 루키페르를 잡을 생각이었다. 부모님도 성민도 지은도 알아주지 않을지 모른다. 하지만 판타지온라인을 아는 사람이라면 모두 태식이 얼마나 대단한 일을 해냈는지 알아줄 것이다. 판타지온라인이 서비스를 계속하는 한, 그는 전설로 남게 될 것이다. 그렇다면 절대 아무 짝에도 쓸모없는 일이 아니다. 현실에선 성민을 때릴 용기가 없어 엄두도 못 내지만 게임에서는 시도할 수 있다. 용을 잡으면 그도 달라질 수 있다.

하지만 싸워 이기려면 맞지 않는 것으론 부족하다. 매뉴얼에 의하면 용의 체력은 127,500. 차도남의 공격력은 +3의 검을 썼을 때 750. 태식은 계산기를 열고 필요한 공격 횟수를 계산했다. 최소한 127,500번을 때려야 했다. 용의 껍질은 방어력이 +7이고 자동치료 주문까지 걸려 있기 때문에 한 번 때릴 때마다 체력이 1밖에 닳지 않았다. 학교를 작파하고 방에 들어앉아 석 달 열흘 동안 때린다면 가능할지 모르지만 한 달은커녕 하루가 지나기 전에 부모님이 머리끄덩이를 잡고 끌어낼 것이다.

그리고 용 잡는 모습을 다른 게이머에게 들켜선 안 된다는 문제도 있다. 현실에서도 공짜라면 죽는 시늉까지 할 인간투성이지만 게임은 그보다 더해 도시마다 "님, 10골드만" 하는 비렁뱅이들이 판치고, 사냥터마다 남들이 몬스터를 죽였을 때 바닥에 떨어지는 아이템을 먼저 집어 튀려는 하이에나들로 가득했다. 그런 놈들이 태식이 용과 싸울 때 얌전히 응원의 박수를 보낼 리 없다. 레벨이 되는 놈들은 싸움에 끼어들어 떡고물을 챙기려 할 거고, 길드와 연결된 놈들은 즉시 길드 간부진에게 전화를 때려 상황을 알릴 것이며, 레벨도 안 되고 연줄도 없는 놈들은 약소한 사례라도 받을 생각으로 GM게임 마스터에게 버그를 이용해 용 잡는 놈이 있다고 신고할 것이다.

그렇다면 접속 인원이 적은 시간을 골라야 한다. 가장 좋은 시간대는 대학생과 일부 백수를 제외하고는 접속자가 없는 평일 대낮이지만, 그때는 태식도 학교에 있어야 했다. 그럼 언제가 좋을까. 개교기념일? 차라리 조퇴를 할까? 태식은 한가로운 PC방을 둘러보고 깨달았다.

지금이군. 바로 일요일 새벽.

보통 사람들이라면 일요일은 다른 날보다 일찍 잠자리에 들기 마련이다. 새벽 1시 정도부터 아침 7시까지 대략 여섯 시간. 그 사이에 일을 벌이면 된다.

태식은 판타지온라인 홈페이지로 들어가 무기를 검색했다. 차도남의 특성상 방어력은 필요 없으니 공격 아이템만 보면 된다. 그렇다고 마법사나 음유시인 등의 특정 직업군만 착용 가능한 무기는 곤란하다. 전사가 쓸 수 있으면서 사용 시간과 횟수에 제한이 없는 무기여야 한다. 그렇게 조건을 정하자 남은 무기는 열 개도 채 되지 않았다.

대부분 태식도 이름만 들어봤을 뿐 실제로 본 적은 없는 것들이었다. 그것들은 너무 희귀해 게임 내 상점에서 취급하지 않았다. 보스 몬스터를 죽이고 빼앗거나, 재료를 모아 무기 제조장에서 직접 만들어야 한다. 그래서 레어rare 아이템, 일명 레어템이라 불린다.

레어템은 그때그때 무작위로 뜨기 때문에 가지고 싶은 아이템이 있다면 보스 몬스터를 죽이고 또 죽이면서 운이 좋기만 바랄 수밖에 없다. 주요 사냥터 대부분을 길드에서 차지한 지금, 레어템을 얻는다는 건 하늘에서 별 따기만큼이나 어렵다.

직접 만드는 건 더 어렵다. 재료를 구하는 것도 쉽지 않고, 대장간에서는 엄청난 금액을 요구하며, 그러면서도 제조에 항상 성공하는 것도 아니었다. 가끔은 들인 금액을 생각하면 피눈물을 흘릴 정도로 형편없는 장비가 나올 때도 있었다.

태식이 지난 몇 달간 죽어라 게임해서 얻은 레어템은 고작 둘. 그것도 전사는 착용이 불가능한 마법 지팡이와 암살자의 단검이었다. 암살자의 단검은 +3의 칼과 바꿨고, 마법 지팡이는 지은에게 주려고 챙겨놨지만 결국 엉뚱하게 동철이 가져갔다.

그렇다면 돈을 주고 사는 방법밖에 없다. 태식은 아이템 현금거래 사이트에 접속해 필요한 무기의 가격을 알아봤다. 하나같이 입이 딱 벌어지게 비쌌다. 대부분 시가 삼백이 넘었고 지존 아이템이라 불리는 글라드릴은 이천만 원이 넘는 가격에 거래되고 있었다.

태식은 흥분이 가라앉는 걸 느꼈다. 삼백이라니. 고등학생이 아르바이트로 모을 수 있는 돈이 아니다. 그게 가능하면 차라리 용 잡지 말고 지금 바로 사회생활을 시작해서 빌딩 올린 다음, 먼 훗날 전과자가 되어 집에서 빈둥댈 성민과 인기 떨어지고 밤무대 뛸 지은을 불러내 비웃어주는 게 낫겠다.

어느새 새벽이었다. 태식은 지갑을 탈탈 털어 요금을 지불하고 PC방을 나섰다. 마음이 태평양 밑바닥에 깔린 돌덩이처럼 무거웠다. 대단한 꿈도 아니고, 용 한 마리 잡고 싶다는데 그것조차 안 되는 걸까.

태식은 걸음을 멈췄다. 지렁이 한 마리가 보도블럭 위를 기어가고 있었다. 지금이야 기운차게 움직이고 있지만 해가 중천에 뜨는 정오 무렵이 되면 하얗게 말라 죽고 말 것이다. 지렁이는 자기 앞에 뭐가 있는지도 모르면서 씩씩하게 블록을 따라 계속 나아갔다. 태식은 나뭇가지로 지렁이를 들어 화단에 던졌다. 지렁이는 미친 듯이 몸을 뒤틀다 축축한 흙을 느끼고 조금 전보다 여유롭게 기어가기 시작했다.

좋다. 한번 해보자. 용을 잡자. 태식은 결심했다. 지렁이조차 목숨을 걸고 하루하루 살아가고 있는데, 사람이 돼가지고 미리부터 안 될 거라 지레 겁먹고 포기한다면 부끄러운 일이다. 용 잡는 데 실패한 놈이라고 생활기록부에 남을 일도 없고, 용도 못 잡는 바보라고 지은에게 욕먹을 것도 아니다. 성공하면 좋고 실패하더라도 문제될 일은 없다.

엄마와 아빠는 아파트 일층 입구를 서성이고 있었다. 태식이

가출한 게 아닐까 걱정하셨던 모양이다. 사색이 돼서 태식의 친구들에게 전화하던 엄마는 멀쩡히 걸어오는 태식을 발견하고 한달음에 달려와 와락 끌어안으며 눈물을 글썽였다. 태식은 아빠를 바라보며 진지한 표정으로 앞으로 열심히 공부하겠다고 말했다. 부모님과 함께 집으로 들어가며 태식은 마음속으로 생각했다.

일단 용부터 잡고…….

▶▶

태식은 수학 시간 내내 PC방에서 했던 계산을 다시 했고 세 사람이 있으면 가능하다는 결론을 내렸다. 그가 용의 공격을 몸으로 받는 동안, 원거리 공격을 할 마법사와 만일의 경우 치료 마법을 써줄 치료사 혹은 성기사가 뭉친다면, 장비와 치료약을 합쳐 칠팔십만 원 정도로도 승산이 있다. 마법 장구는 횟수 제한이 있는 소모품이라서 칼이나 창 같은 일반 병기에 비해 값이 싸다. 학생 입장에서는 여전히 만만치 않은 금액이지만 모을 수 없는 액수는 아니다.

문제는 누구를 동료로 삼느냐다. 처음에는 사냥터를 돌며 쓸 만한 사람이 있나 찾아볼까 했지만 곧 포기했다. 게임 속 모습으로는 현실에서 어떤 인간인지 알 수 없으니까. 게임에서는 고귀한 성기사지만 현실에서는 날건달 백수로 애들 삥 뜯는 게 취미일 수도 있다.

태식은 판타지온라인을 좋아한다던 지은의 인터뷰를 생각했다. 그녀가 키운다는 레벨34 치료사. 그게 정말 존재한다면 얼마나 좋을까. 그녀와 함께라면 용이 아니라 용 할아버지도 잡겠다. 하지만 그녀는 판타지온라인을 하지 않을뿐더러 태식을 벌레 보듯 싫어했다.

그렇다면 답은 정해진 것이나 마찬가지다. 한 줌밖에 없는 친구들. 믿음직스럽진 않아도 믿을 수는 있는 동철과 정희. 바로 어제 녀석들에게 게임 구경을 시켜주고 스무 시간 이용이 가능한 계정까지 나눠줬으니 따로 준비할 것도 없다. 거기다 한 놈은 마법사, 다른 한 놈은 성기사니 직업도 딱이다.

쇠뿔도 단김에 빼라고 했다. 태식은 쉬는 시간에 동철을 운동장 벤치로 불러내 계획을 설명했다. 태식의 열정적인 설득에도 불구하고 동철의 반응은 시큰둥했다.

"용 잡으면 수시모집 때 가산점 주냐?"

"아니."

"그럼 왜 해?"

"멋있잖아. 뭔가 해낸 것 같잖아."

"해내긴 뭘 해내."

태식은 놀랐다. 용을 어떻게 잡느냐고 물어볼 줄 알았지, 왜 잡아야 하냐고 물어볼 줄은 꿈에도 생각지 못했다. 왜 잡긴, 잡기 불가능하니까 잡지. 아무도 해내지 못한 일을 하는 데 이유가 필요한 걸까, 태식은 궁금해졌다. 누구에게 설명할 이유?

점심시간, 태식은 정희에게 전화했다. 정희는 용 잡자는 말을 듣자마자 나 바쁘다, 하고 전화를 끊었다.

괜한 짓 하는 거 아냐. 태식은 걱정이 됐다. 한여름 베짱이를 능가할 만큼 게으른 놈들이다. 어르고 달래서 함께 용 잡는 데 합의한다고 해도 아무 일도 하지 않으려 들 게 분명하다. 어쩌면 태식 혼자서 밤마다 세 사람 몫의 레벨을 올려야 할지도 모르겠다. 거기다 마법 장구 살 돈까지 마련할 생각을 하니 더욱 마음이 복잡해졌다. 차라리 스터디 모임이나 하자고 할까.

태식의 약해진 마음을 다잡아준 건 성민이었다. 뒤에서 태식의 허리를 걷어찬 것이다. 태식은 순간적으로 숨을 쉬지 못하고 비틀거렸다. 간신히 책상을 잡고 섰을 때 두 번째 일격이 날아왔다. 태식은 그대로 고꾸라졌다. 볼썽사나운 몰골로 누운 태식 앞에 성민이 섰다.

"폭풍설사. 너 진짜 우리 반 맞구나."

수업 종이 울렸다. 태식은 간신히 자리에 앉았다. 눈물이 뺨으로 흘러내렸다. 통증 때문이 아니다. 너무 억울해서 그랬다.

준호가 귓가에 속삭였다.

"참아. 똥이 더러워서 참지 무서워서 참냐."

수업이 시작되고 한참의 시간이 흐른 후에야 태식은 흥분한 마음이 가라앉는 것을 느꼈다. 그는 고개를 돌려 교실 맨 뒤에 앉은 성민을 찾았다. 놈은 책상에 머리를 댄 채 곯아떨어져 있었다. 그를 때렸다는 사실조차 잊었으리라. 태식은 이를 갈며 생각했다. 두고 봐라. 내가 보여줄 테니까. 애들 때리고 겁주는 재주밖에 없는 네놈보다 내가 훨씬 나은 인간이라는걸.

태식은 정희와 동철에게 학교 앞 김밥천국에서 자세한 이야기를 하자고 제의했다. 두 사람은 태식이 밥을 산다는 조건으로 동의했다.

◆◆

약속 장소는 시장통의 대형 포차 횟집이었다. 입구엔 '산지직송 활어전문'이라고 적힌 커다란 플래카드가 걸려 있었고 수족관마다 활어가 가득했지만 대부분 기운 없이 낮게 움츠리고 있었다. 장화를 신고 고무로 된 앞치마를 두른 남자들이 쉴 새 없이 뜰채로 물고기를 건져내 주방으로 가져갔다. 안으로 들어가자 매콤한 매운탕 냄새가 코를 찔렀다. 드럼통에 판자를 이어 붙인 조악한 테이블들은 동선을 고려하지 않고 빽빽하게 붙여놓아 사람들이 수족관의 활어만큼이나 바글바글했고 음악은 너무 시끄러워 귀가 다 아플 지경이었다.

중경은 얼굴을 찌푸렸다. 이런 데서 뭘 하자는 거야? 인투더레인이 생각 없는 놈인 건 알고 있었지만 이 정도인 줄은 몰랐다. 친구들끼리 가볍게 한잔 걸치는 곳에서 협상을 하자고? 대화 나누다가 한판 붙기는 좋겠군. 중경은 술에 취해 비틀거리다 옆 테이블을 잡고 고꾸라지는 남자를 보며 생각했다.

인투더레인은 주방 앞에서 요리사로 보이는 남자와 이야기 중이었다. 그는 하늘하늘한 재질의 하얀색 와이셔츠에 몸에 딱 붙는 스키니진을 입고 있었는데, 셔츠 단추를 세 개나 풀어 근육질의 가슴을 반쯤 드러내고 있었다. 그는 주방장의 주머니에만 원짜리 몇 장을 꽂아주고선 중경을 향해 다가와 시원한 미소를 지었다.

"이리 오시죠. 좋은 자리로 미리 잡아놨습니다. 이런 데는 주방장한테 돈 좀 쥐어주면 방금 들어온 싱싱한 놈으로 잡아주거든요. 괜히 호텔 같은 데 가봐야 바가지나 쓰지 맛있는 거 나오지도 않아요."

포차 구석에 노란머리가 앉아 있었다. 그는 멍한 얼굴로 소주를 한 잔 털어넣고 서비스로 나온 콩나물 국그릇에 숟가락을 넣다가 인투더레인과 중경을 보고 벌떡 일어나 인사했다.

"밖에서 기다려. 얘기 끝나면 전화할 테니까 뭐 좀 먹고."

인투더레인은 의자에 기대듯 주저앉아 가랑이를 활짝 벌렸다. 워낙 인상이 험악한 데다 몸이 좋아서 그것만으로도 위압감이 있었다. 그는 웃음 띤 얼굴로 말했다.

"PC방 가니까 게임 포스터 붙어 있던데. 여자애가 아주 예쁘데요. 요새는 고등학생도 발육이 좋아서 원, 어른이라고 해도 믿겠어요. 회원이 좀 늘었죠?"

"조금요."

중경은 점잖게 말했다. 인투더레인은 슬쩍 시계를 보았다.

"태원이 새긴 안 오네요. 진짜 약속 안 지키는 새끼라니까요. 최 대표님, 한 번 배신 때린 새끼는 두 번, 세 번 배신하는 거 아시죠? 태원이 개가 원래 제 밑에 있었잖아요. 고시원 원룸비도 없어서 빌빌대는 걸 살려줬더니 사람 뒤통수나 치고."

중경은 태원이 누군지 몰라 어리둥절해하다가 곧 사또딸보의 본명임을 깨달았다. 하긴 밖에서까지 레인이니 딸보니 하고 부를 수는 없으니까. 그나저나 인투더레인 본명은 뭐지?

"제가 옛날에 조직에 있었을 때 같으면 나간다고 할 때 새끼 손가락을 잘라버렸을 텐데. 세상 많이 좋아졌어요. 아무튼 저는 더 이상 양보 못합니다. 대표님이나 저나 원년 멤버 아닙니까. 처음 베타 테스트할 때부터 열심히 달렸잖아요. 솔직히 회사에서 제가 유명해진 덕을 본 것도 있고요. 근데 태원이 새끼는 한 게 뭐가 있어요?"

중경은 인투더레인의 이름을 간신히 기억해냈다.

"정준 씨, 지나간 얘기는 그쯤 하시고…… 정준 씨가 먼저 공격하셨죠?"

"아뇨. 저 새끼가 먼저 했어요."

인투더레인은 중경의 어깨 너머를 바라보며 또박또박 말했다. 중경이 낌새를 채고 고개를 돌릴 때, 사또딸보가 자리에 앉으며 말을 받았다.

"제 이야기들 하고 계셨나봐요? 좀 늦었습니다."

그때 종업원이 조개 모양의 나부대대한 그릇에 모둠회를 담아 내왔다. 사또딸보는 물수건으로 손을 닦으며 말했다.

"저한테 말씀하셨으면 훨씬 분위기 좋은 데로 모셨을 텐데. 여긴 진지한 대화를 나누기엔 좀 시끄러운 것 같네요."

"새끼가 헛바람만 들어가지고. 여기가 어때서? 값 싸지, 맛있지."

"자연산 못 드셔보셨나보네요."

인투더레인은 두툼한 회를 몇 점 집어서 초고추장에 담갔다 꺼내 우적우적 씹었다.

"여기가 너 같은 놈한테는 딱이야. 양식장에서 항생제 잔뜩 먹여 키우거든. 그러니까 너 좋아하는 조용한 데서 뭔 짓을 해도 성병 안 걸릴 테니 많이 먹어라. 내가 살게."

그는 갑자기 너털웃음을 짓더니 소주병을 들었다.

"대표님 한잔하시죠."

인투더레인은 중경과 사또딸보의 잔에 소주를 따랐다. 사또딸보는 잔을 받으며 고개를 설레설레 흔들었다.

"정준 씨는 보면 항상 말을 너무 거칠게 해요. 나이도 있으신 분이……."

"정준 씨?"

인투더레인이 인상을 구기며 말했다. 중경은 손을 들어 두 사람을 제지했다.

"자, 그만들 하시고 한잔씩 하시죠."

세 사람은 잔을 부딪치고 술을 마셨다. 인투더레인은 잔을 비웠지만 다른 두 사람은 가볍게 입술만 축였다.

중경이 말했다.

"길게 끌지 말고 본론으로 넘어갑시다. 다들 바쁜 사람들이고 빨리 해결해야 할 일이니까. 두 분이 싸우는 바람에 지금 서버가 엉망이 된 건 알고 계시죠? 이쯤에서 그만두고 끝냅시다."

"그건 곤란한데요."

사또딸보가 고개를 흔들며 말했다.

"넋 놓고 있다가 기습을 당했어요. 저희 길드 소유의 광산도 뺏겼습니다. 이런 식으로 유야무야 넘어가면 다음에 비슷한 일이 생겼을 때 어떻게 합니까?"

인투더레인이 테이블을 주먹으로 내리쳤다. 쾅! 소리에 근처 테이블이 잠잠해지고 사람들의 시선이 모두 세 사람에게로 쏠렸다. 인투더레인이 낮은 목소리로 말했다.

"이 새끼야, 입은 삐뚤어졌어도 말은 바로 해야지. 거기가 원래 누구 거였냐? 네가 우리 애 꼬드겨서 훔쳐간 거잖아."

"훔쳐갔다는 표현은 좀 이상하네요. 우리가 무슨 범죄조직도 아니고 길드 옮기는 건 개인의 자유 아닙니까?"

"옮길 수야 있지. 그런데 오리칼쿰 광산 가져가려고 그 새끼 데려간 거잖아, 이 새끼야."

"별로 그럴 생각은 아니었지만 설사 그렇다고 해도 말이죠, 게임 규약으로 보면 문제될 게 없어요. 대표님, 그렇죠?"

중경은 조용히 고개를 끄떡였다. 밉살맞긴 둘 다 마찬가지지만 심정적으로 딸보에게 마음이 가는 건 어쩔 수 없었다.

인투더레인이 이를 갈며 말했다.

"그렇게 따지면 내가 너한테서 광산을 되찾은 것도 문제가 안 돼. 실력으로 빼앗은 거니까."

사또딸보는 피식 웃고서 말을 받았다.

"제가 정준 씨 성채 세 채 가져간 것도 마찬가지죠. 그럼 이쯤에서 그만둘까요? 저는 상관없는데."

인투더레인은 분노를 참기 위해 노력했다. 그의 계획은 광산을 수복하고 그대로 병력을 몰아쳐 인맥 길드가 소유한 성채를 모조리 쓸어버리는 것이었다. 인맥 길드에서 사태를 파악하고 부랴부랴 인원을 모았을 때는 모든 일이 끝나 있을 거라 믿었다. 그런데 빌어먹을 딸보 놈이 미리 알고 부하들을 대기시켜놨다가 광산 공격에 들어가는 순간 다른 사냥터를 동시에 기습, 세 군데를 한꺼번에 날려버렸다. 그냥 뒀다가는 훈남 길드가 먼저 없어지게 생겨 병력을 돌려 방어를 시작했고, 그러다보니 놈들이 움직이는 대로 끌려갈 수밖에 없었다. 인투더레인은 사또딸보를 노려보며 생각했다. 제대로만 붙으면 이길 수 있는데.

인투더레인은 거친 목소리로 말했다.

"잡소리 그만두고 너랑 나랑 둘이 붙는 게 어떠냐? 남자답게. 정정당당하게. 길드의 수장끼리. 이기는 쪽이 광산을 먹는 걸로 하고."

사또딸보는 또 피식 웃더니 반문했다.

"게임에서요? 여기서요?"

"어느 쪽이든 좋아. 네가 원하는 데서."

인투더레인은 주먹을 불끈 쥐며 말했다. 그는 언제 어디서 붙든 저 쥐새끼 같은 애송이를 잘근잘근 밟을 자신이 있었다. 사또딸보는 어깨를 으쓱거리며 말했다.

"생각해보죠."

"나 물 좀 빼고 올 테니까 그때까지 잘 생각해라."

인투더레인은 소주 한 잔을 벌컥 마시고 화장실로 향했다. 그의 뒷모습을 보며 사또딸보가 혀를 찼다.

"저 형은 참 품위가 없어요. 그렇지 않아요? 초등학생도 아니고 지금 당장 붙자니. 망할 때일수록 품위 있게 가야 되는데."

"제가 보기에는 두 분 다 비슷하십니다."

중경은 넌더리를 냈다. 그는 두 사람의 수준 낮은 대화를 듣는 데 진력이 난 상태였다. 애초 구상은 양측에 약간의 당근을 제공하고 싸움을 끝내게 하는 것이었지만, 이제는 그럴 생각이 없어졌다. 그는 가방을 챙겨 들고 자리에서 일어섰다.

"여기서 직접 싸우든 이따 집에 가서 싸우든 그건 두 분이서 알아서 하시고."

"가시게요? 별로 드신 것도 없는데."

"제가 하는 얘기 정준 씨한테 전하십쇼. 전쟁은 오늘 부로 끝내고 사냥터마다 출입제한 건 거나 풀라고. 태원 씨도 마찬가집니다. 이틀 드릴게요. 그다음에도 비슷한 식이면 회사에서 직접 제재를 가할 수밖에 없습니다."

중경이 돌아서려는데 사또딸보가 말했다.

"한 가지만요."

중경이 시선을 주자 그는 회를 한 점 집어먹으며 말했다.

"요새 운영이 많이 힘드시죠? 2편이 개발도 안 됐는데 쫄딱 망했다는 소문이 파다하던데요. 이럴 때 길드를 제재하면 게임 흥행에 더 도움이 안 될 텐데요. 누가 개발진이 빅브라더로 나서는 게임을 하고 싶겠어요? 그렇다고 달리 우릴 처단할 길드를 만들 시간은 없으실 거고. 저 아는 기자 많습니다. 기사 하나만 나가도 많이 힘드실걸요."

"그쪽도 힘들어지겠죠."

사또딸보는 고개를 흔들었다.

"대표님. 제가 판타지온라인 하나만 하고 있다고 생각하세요? 정준 씨 같은 바보나 게임 하나 잡고 거기에 목숨 걸죠. 지금 제가 취급하는 게임이 전부 여덟 갭니다. 판타지온라인이 없어져도 전 큰 피해 없어요. 그냥 조금 아쉬워지는 정도죠."

"그래서요?"

"사업가들끼리 얘기했으면 좋겠는데요. 정준 씨 같은 바보는 치우죠. 저 형. 최근에 이상한 데다 돈 넣었다가 홀딱 날리고 완전 개털이에요. 우리끼리 조용히. 제가 판타지온라인 흥행을 돕겠습니다. 필요하다면 어느 정도 투자도 할 수 있고요."

"벌어둔 돈이 많으신가보네요."

"조금요. 친한 형님들 중에 사정 좋은 분들도 여럿 있으니까 그쪽은 염려놓으시고요."

욕심이 많은 놈이군. 중경은 사또딸보를 쳐다보며 생각했다. 녀석이 데려올 투자자는 뻔하다. 전직 폭력배들. 투자를 미끼로 회사를 뜯어먹다가 사라질 하이에나들. 그는 지금껏 욕심쟁이를 여럿 보아왔다. 그들은 모두 자신이 가질 수 없는 수준의 것을 욕심냈고, 그래서 성공했으며 또한 그래서 망했다.

"생각해보죠."

"잘 생각하시고 연락주세요. 그때까지 대치 상황은 계속될 테니까 그렇게 아시고요."

중경은 고개를 끄떡이고 돌아섰다. 그는 횟집 앞에서 인투더 레인과 마주쳤다. 인투더레인이 놀란 목소리로 말했다.

"벌써 가세요?"

"급한 일이 생겨서요. 먼저 가봐야 할 것 같습니다."

"그럼 인맥 길드 문제는……."

중경은 인투더레인의 팔을 잡고 말을 막았다.

"저는 정준 씨 편입니다. 하지만 회사 대표로서 한쪽을 표나게 도울 수는 없으니까요. 인투더레인의 힘으로 인맥 길드 끝장낼 수 있으시겠죠? 그다음 일은 제가 알아서 할 테니까. 가능하겠죠?"

"그럼요."

중경은 인투더레인에게 인사를 건네고 가게를 나섰다. 이것으로 그럭저럭 시간을 번 셈이다. 상황은 인맥 길드 쪽에 유리하지만, 인투더레인이 마음먹고 전투에 나서면 승패는 알 수 없어진다. 중경의 입장에서는 어중간한 대치 상황이 계속되는 것이 문제지, 두 길드가 죽어라 싸우는 건 나쁠 것이 없었다. 아니, 오히려 좋다. 길드 전쟁이라고 홍보할 여지가 생기니까. 일반 유저들도 몬스터 사냥과 전쟁 구경을 동시에 할 수 있으니 크게 불만은 없을 것이다. 물론 평소보다 위험하긴 하겠지만 게임을 하다보면 언제고 죽게 마련이고 다시 살아나니까 상관없다. 게이머들에게는 그때까지 얼마나 재미있느냐가 중요하다.

▶▶

동철과 정희는 며칠 굶은 것처럼 게걸스럽게 떡볶이와 오뎅, 순대를 먹었다. 태식은 두 사람 사이에 앉아 열심히 말했다.

"니들 싸이월드 하지? 하루 방문객이 몇 명이냐? 한 열 명 되냐. 그것도 매일 오는 놈들만 오잖아. 커뮤니티 기능만 해도 판타지온라인이 훨씬 나아. 요새 게임 회사들 계정관리 장난 아니야. 싸이월드, 네이버 블로그 저리 가라다. 소문도 빠르고 하는 사람도 많고. 판타지온라인 가입자가 몇 명인 줄 아냐? 오백만. 한국에서만 인기 있는 것도 아니야. 일본 중국 대만에서도 잘나가지. 용만 잡으면 동아시아 전체에서 유명해지는 거야."

동철이 다 먹은 오뎅 꼬치를 내려놓으며 물었다.

"그러니까 그게 뭐가 좋은 건데."

"무슨 말인지 모르겠냐. 오백만 명 중 한 명. 그야말로 전설이 되는 거라고. 한류스타 안 부럽다. 일본 여자애가 네 홈페이지에 찾아와서 거 뭐냐, 그래, 스고이, 다이스키, 할지도 모른다니까?"

"그거 죽이는데."

동철이 반색했다. 정희가 한심하다는 듯 혀를 찼다.

"게임에서 전설 되면 뭐해. 좆나 오타쿠 새끼란 소리나 듣지. 일단 일본 여자애가 네 홈페이지에 와서 스고이, 다이스키 안 해. 걔가 미쳤냐. 혹시 오더라도 게임머니 빌려달라고 오는 거야. 그 돈 절대 안 갚을 거고. 키스는 자기 학교 잘생긴 선배랑 하지 한국에 와서 너랑 하겠냐."

"왜 이리 비관적이야. 한국 여자도 있는데."

"내가 말이지, 중1 때 지뢰 찾기에 빠져서 밥 먹고 그것만 했거든? 그래서 고급 레벨 이백사십삼 초 만에 깼거든? 대한민국에서 나보다 빠른 사람 몇 명 없었을 거거든? 근데 나보고 멋있다고 한 여자 아무도 없었거든? 좋아하는 애한테 자랑했다가 비웃음만 샀거든?"

"그건 너 혼자 잉여짓 한 거고 판타지온라인에는 커뮤니티가 있다니까. 용을 잡으면 오백만 게이머가 우리가 한 일에 대해 얘기할 거라고! 앞으로 최소한 일주일, 아니 한 달, 아니다, 판타지온라인이 망하는 그날까지 우리 얘기를 할 거야!"

"그러니까 더 나쁘지. 인터넷에서 유명해진 애 치고 병신 아닌 애 있냐? 막말로 공부 잘하고 싸움 잘하는 놈이 인터넷에 올인하는 거 봤냐고. 당연히 안 하지. 현실에 재미있는 게 훨씬 많은데. 인터넷에서 싸움 붙으면 뭐라고 하나? 이겨도 병신 져도 병신."

동철이 끼어들었다.

"그게 끝이 아니잖아. 이겨도 병신. 져도 병신. 어차피 병신이라면 이기는 병신이 돼라."

"그래. 너 태식이랑 용 많이 잡아라."

"그건 싫은데."

태식이 말했다.

"니들 현실 인식이 대단하구나. 그래서? 니들 뭐할 건데? 공부해서 서울대 갈 거냐?"

"암튼 게임은 아냐. 게임해서 용 잡는 건 진짜 아니고. 그 일로 신문에라도 나봐라. 서울대서 특차모집 오라고 부르겠니? 우리 엄마가 잘했다고 춤을 추겠냐? 집에서 쫓겨나지나 않으면 다행이다."

"신문에 안 나."

정희가 떡볶이에 든 삶은 달걀을 반으로 쪼개며 말했다.

"그럼 대단한 것도 아니네."

이 자식들, 밥 얻어먹는 주제에 너무하는 거 아냐. 태식은 인상을 구겼다. 그는 수업 시간 내내 둘을 설득할 방법을 궁리했다. 판타지온라인의 매출, 역사, 인기 파급력 등에 대해 떠들다가 우리도 유명해질 수 있다고 감언이설을 늘어놓으면 혹할 거라 생각했는데 이토록 부정적인 반응을 보일 줄 몰랐다. 특히 이정희 저놈은 왜 저렇게 세파에 찌들었는지 모르겠다.

정희는 달걀을 오물거리며 심각하게 말했다.

"난 게임 말고 현실에서 전설이 되고 싶어."

미친놈. 완전히 돌았구나. 태식이 어이없어 하는데 동철이 고개를 끄떡이더니 말을 받았다.

"나도. 여자한테 인기 좀 있었으면 좋겠다."

태식은 답답해서 가슴을 쳤다.

"내가 여태 그 얘기 했잖아. 용 잡아서 여자한테 인기 끌자고."

"에이, 그게 되겠냐."

안 되겠다. 가능하면 꺼내지 않으려고 했던 비장의 카드를 내미는 수밖에. 태식은 목소리를 낮춰 말했다.

"내가 이 말까지는 안 하려고 했는데. 우리 용 잡으면 엄청나게 돈 벌 수 있다. 어쩌면 로또보다 나아."

그 말에 동철이 바짝 다가앉았다.

"게임 회사에서 돈 준대?"

정희도 흥미가 동하는지 소금에 간을 찍어먹으며 태식을 주시했다.

"그날, 사냥터 지키던 길드 애들 기억나냐? 게임 아이템 팔고 사냥터 세금 걷어서 돈 번다고."

"그랬지."

정희가 감 잡았다는 듯 눈을 크게 떴다.

"우리도 길드 만들자고?"

"그게 아니라, 용을 잡으면 아이템이 쏟아지거든. 그것도 진짜 값비싼 아이템. 그걸 팔면 되잖아."

잠시 정적이 흘렀다. 동철이 침묵을 깼다.

"너 전에 그 용 절대 못 잡는다고 했잖아. 그런데 거기에 비싼 아이템을 왜 넣냐? 어차피 못 잡는데."

"게임 설정이 그래."

태식은 탐욕에 물든 바보들을 위해 좀더 자세히 설명했다.

"용이 반짝반짝 빛나는 걸 좋아하는 탐욕스러운 수집가라는 건 서양 판타지의 일반적인 설정이야. 그래서 틈날 때마다 황금이며 각종 아이템으로 둥지를 가득 채운다고 하지. 홈페이지에 있는 설정집 보면 아홉 왕국의 부를 다 합친 것보다 루키페르 엉덩이에 깔린 게 더 많다고 되어 있어. 그걸 거짓으로 둘 수는 없잖아. 어차피 아무도 못 잡는 용이다 싶으니까 최강 아이템을 잔뜩 집어넣은 거지. 다 합치면 얼마나 될지…… 짐작도 안 가지."

태식은 쐐기를 박는다는 느낌으로 동철에게 스마트폰을 빌려 아이템 현금거래 사이트에 접속했다. 두 사람은 바짝 긴장해 화면을 주시했고 칼 한 자루가 이천만 원 가까운 가격에 거래되는 걸 보고 입에 거품을 물 정도로 흥분했다.

"세상에! 뭐 이리 비싸냐. 진짜 칼도 이것보단 싸겠다."

"저주받은 명검 글라드릴. 서버에 한 자루밖에 없다. 공격력도 공격력이지만 이 칼에 맞으면 저주를 받아. 신전에서 사제한테 돈 내고 치유받기 전까지 계속 체력과 지력이 깎이지. 또 글라드릴에 맞선 무기는 수리가 불가능해져. 아무리 비싼 무기도 고물이 되는 거지."

동철이 말했다.

"아무리 그래도 진짜 칼은 아니잖아. 게임 속에만 있는 거잖아."

태식은 바보들이 절반은 넘어왔다는 생각에 힘주어 말했다.

"내가 말했지, 이제는 게임과 현실이 다르지 않다고. 게임 속 칼이 실제 칼보다 훨씬 비쌀 수도 있다고. 다시 말해서 게임에서 유명해지면 현실에서도 유명해질 수 있는 거지."

동철과 정희는 귀가 솔깃해진 얼굴이었다. 고등학생이라면 누구나 돈이 절실하다. 부모님 입장에서는 밥 먹여주고 잠 재워주고 학교 보내주고 용돈까지 주는데 왜 돈이 모자라냐고 답답해할지 모르겠지만, 태식이 고교생으로 살아본 바로는 그랬다.

자의식은 하늘을 찌르지만 가진 것도 이룬 것도 없는 시기. 남들처럼 노스페이스 점퍼와 리바이스 청바지, 아디다스 삼선 슬리퍼를 가지고 있어야 안심이 되고, 그러면서도 남들에게 없는 무언가를 가지고 싶어 답답해한다. 본인의 능력만으로 빛날 수 있다면 좋겠지만 아직 미숙한 나이니까. 지은이처럼 예쁘거나 성민이처럼 잘생기고 싸움 잘하는 게 아니면 어쩔 수가 없다. 그래서 누군가는 아이폰 화이트를 사고 누군가는 나이키 올블랙 한정판을 산다. 그렇게라도 튀어보고 싶은 욕망 때문이다.

태식이 용을 잡아 특별해지고 싶은 것처럼 동철과 정희도 자신만의 기대가 있을 것이다. 그게 무엇이든 돈이 있으면 한결 편하게 이룰 수 있겠지.

태식도 사실 루키페르가 아이템이나 황금을 얼마나 가지고 있는지 알지 못했다. 용을 잡아본 놈이 없는데 무슨. 둥지 가득 보물이 있다는 건 단지 소문일 뿐이다. 어쩌면 아무것도 없을지 모른다. 개발진 입장에서는 둥지를 꾸미는 자체가 쓸데없는 노력에 불과하다고 판단했을 수도 있다. 어차피 못 죽이는 용이니까.

동철과 정희의 표정이 점점 밝아졌다. 금전적으로 풍족해질 미래를 생각하자 기분이 좋아지는 모양이다. 태식은 은근히 걱정이 되기 시작했다. 설마 둥지에 아무것도 없진 않겠지. 최소한 면피할 마법 반지 하나쯤은 있을 거다.

정희가 말했다.

"그럼 잘됐네! 그 용 우리가 잡자!"

녀석은 당장 잡으러 갈 것처럼 주먹을 불끈 쥐다가 갑자기 눈살을 찌푸렸다.

"근데 어떻게 잡냐?"

동철도 비슷한 생각을 하고 있었는지 고개를 끄떡였다.

"맞다. 그 용 못 잡는 거라며."

이 새끼들, 진작 좀 물어보지. 태식은 어쨌든 논의가 보다 현실적인 부분으로 넘어간 것에 안심했다.

"그때 내 캐릭터가 용이 쏘는 불에 안 다치는 거 봤지?"

"그랬지. 근데 너 왜 여태 용 안 잡았냐."

"못 잡은 거지. 안 잡은 게 아니라. 걔 체력이 얼만데. 나 혼자 석 달 열흘을 때려도 안 죽어. 거기다 걔 자동으로 회복마법 써서 웬만한 공격은 소용없어. 지속적으로 계속 큰 타격을 줘야 돼."

"그래서 우리가 필요한 거구나?"

정희는 공격 하나는 자신 있는 것처럼 거만하게 말했다.

"거기다가 그놈이 불만 쏘는 것도 아니고 가까이 가면 박치기도 하고 앞발도 날려. 그건 나도 맞으면 죽고. 니들은 스치기만 해도 사망이지. 레벨이 아예 밑바닥이잖아."

"그럼 뭐야. 뭘 어떻게 잡자고?"

"그러니까 너희 도움이 필요한 거지. 계획은 내가 다 짰으니까 니들은 나만 따라오면 돼. 어떠냐? 할 거냐?"

정희와 동철은 시선을 교환했다. 잠시 무언의 신호가 오간 후 두 사람은 동시에 고개를 끄떡였다.

"좋다. 하자."

"뭘 어떻게 하면 되는데?"

태식이 입을 열려 할 때, 정희가 먼저 입을 열었다.

"그 전에 한 가지는 확실히 하자."

"뭔데?"

"용 잡고 거기 있는 거 셋이 똑같이 나누는 거다? 누가 더 가지고 누가 덜 가지고 그러면 안 돼. 완전 공평해야 돼."

"그럼. 당연하지. 얼마가 됐든 똑같이 나누자."

태식은 순순히 응낙했다. 셋이 똑같이 나누면 둥지에 보물이 없어도 잡아떼기 쉬울 테니 오히려 더 좋다.

동철이 입맛을 다시며 말했다.

"거기 있는 아이템 다 팔면 얼마나 나올까? 평생 놀고먹을 수 있겠냐?"

이 자식 꿈이 야무지네. 용 잡는 걸 로또로 알고 있어. 그렇지만 녀석의 희망을 무너뜨려선 곤란하다. 태식은 애써 웃으며 말했다.

"글쎄, 잘 모르겠다. 아직 용을 잡은 사람이 없으니까. 그럭저럭 괜찮은 금액일 거라곤 생각하는데 너무 기대하진 말고. 기대가 크면 실망도 크니까."

아무것도 없어도 나한테 화내지 마라. 태식은 뒷말을 삼켰다.

정희가 말했다.

"난 더도 말고 덜도 말고 대학 등록금만 벌면 돼. 우리 형 학자금 대출 갚는 거 보니까 장난 아냐. 졸업 후 십 년 상환인데 아직 원금은 손도 못 대고 월급 받아서 이자만 낸다. 씨발, 완전 노예야."

등록금에 앞서 일단 대학부터 가야 하지 않나. 쟤 요새 공부는 하고 저런 소릴 하는 건가. 태식은 은근히 걱정이 됐지만 더 묻지 않고 다음 이야기로 넘어갔다.

"대신 니들도 하나만 약속해라. 용 잡고 아이템 생겼다고 바로 팔면 안 돼. 사람들 관심이 멀어질 때까지 기다렸다 팔아라. 두 달 정도 기다리면 될 테니까."

태식의 말이 끝나기도 전에 동철이 웃음을 터뜨렸다. 정희가 물었다.

"넌 갑자기 왜 웃냐?"

"태식이 말 들으니까 우리가 은행이라도 터는 거 같아서. 그냥 게임 속 용 한 마리 잡는 건데, 장물 파는 것도 아니고……."

장물보다 나쁠 수도 있지. 세상에는 게임에 환장한 인간들이 득실거린다. 직장도 가정도 버린 채 게임에만 올인하는 사람들. 그중에는 게임이 사업처럼 되어버린 자도 있고 게임에 인생을 건 자도 있다. 광산 하나 차지하자고 며칠째 사냥터며 길목을 장악하고 적과 대치할 만큼 독한 놈들이다.

태식이 용을 죽이는 데 성공했을 때 거기 아무것도 없다면 모르겠지만, 소문처럼 희귀한 아이템이 가득하다면 그들은 물건을 차지하기 위해 무슨 수든 쓸 것이다. 돈이 걸려 있으니까. 게임 속 명예와 권력이 걸려 있으니까. 실제로 만나지만 않으면 별일이야 없겠지만, 그래도 겁이 나는 건 사실이다. 하지만 태식은 포기할 수 없었다. 지금 그에게는 용을 잡는 일이 무엇보다도 절실했다.

태식이 아르바이트로 군자금을 모으는 사이 정희와 동철은 레벨업을 하며 게임 시스템을 익히기로 결정했다. 그나마 동철에게 +6 마법 지팡이가 있어 다행이었다. 덕분에 십만 원이라도 아낄 수 있었다.

태식은 방학 때 아르바이트를 해본 친구들에게 조언을 구했고 독서실 건물 지하에 있는 PC방에서 일하기로 했다. 친구들 말에 따르면 편의점이나 패스트푸드점은 일하는 내내 서 있어야 하고 청소에 재고정리에 툭하면 짐까지 날라야 해서 몸도 마음도 피폐해지는 데 반해 PC방은 주로 카운터에 앉아서 일을 하기 때문에 훨씬 편하다고 했다. 주인아저씨와는 시급 사천 원에 합의를 봤다. 저녁 8시부터 새벽 2시까지 하루 여섯 시간을 일하고 이만팔천 원. 목표액인 육십만 원을 채우려면 22일이나 걸렸다.

태식은 고민 끝에 열심히 공부하겠다고 엄마와 약속하고 독서실비를 받아 군자금에 포함시켰다. 어머니. 이게 다 더 나은 아들이 되기 위해서예요. 결행까지 필요한 시간은 17일. 태식은 달력을 보며 각오를 다졌다. 그때쯤이면 동철과 정희도 어느 정도 레벨을 올렸을 테니, 바로 용을 잡으면 된다.

태식은 PC방에 출근하는 첫날, 생각했다.

오늘부터 내 인생이 바뀌게 될 거라고.

▶▶

중경은 아는 형으로부터 전화를 받았다. 그가 게임에 빠져 있던 대학 시절, 비슷한 수준으로 주식투자에 미쳐 있던 세 학번 위 선배다. 졸업 후 잠깐 회사를 다니다 그만두고 전업 투자에 나서 성공했다 망하기를 몇 차례 반복하더니 지금은 네이버에서 투자관련 카페를 만들고 조그맣게 투자자문 법인을 운영해 먹고살고 있었다. 대학 시절 중경은 선배를 위해 단타매매 프로그램을 만들어준 일이 있었다. 그 뒤로 느슨하게 인연이 이어져 판타지온라인의 초기 개발 때 선배도 약간의 돈을 넣었고 나름 수익을 냈다. 그는 용건만 말하는 것으로 악명 높았다. 이번에도 중경이 전화를 받자마자 곧바로 본론으로 들어갔다.

"너, 김태영이라고 아냐?"

"모르겠는데요. 그게 누군데요?"

"무일그룹 알지? 거기 3세야. 애가 통은 큰데 무식해. 욕심은 하늘을 찌르고. 너 요즘 돈 필요하다며? 애가 여태 놀다가 그럴싸한 직함 하나 가지고 싶다고 안달인데, 어떻게, 연결시켜줄까?"

"게임에 관심이 많나요?"

"아니. 여자랑 섹스하는 거 좋아해. 근데 섹스 전문이라고 명함에 쓸 수는 없잖아. 게임 회사 이사 정도면 좋으니까."

중경은 한숨을 쉬었다.

"돈은 있는 놈이에요?"

"있지. 집안 비자금. 내가 지금 애 돈을 굴려주고 있는데 삼사십 억은 껌값으로 내놓을 놈이야."

중경은 솔직히 말해도 될지 망설이다 입을 열었다.

"그 정도로는 부족해요."

"너 사정 엄청 안 좋구나. 그럼 더 공을 들여야겠네. 암튼 돈은 있는 놈이야. 비슷한 수준의 친구들도 두엇 있다니까 개들도 같이 보면 좋겠네. 세상이 미쳐가는 건지, 내가 뒤처지는 건지 요새는 회장님 팔촌까지 수백 억씩 가지고 있다니까. 나머지는 다 개털이고."

중경은 생각에 잠겼다. 지금까지의 투자 계약은 전부 실패했다. 그에게 접근해온 자들은 회사를 벗겨먹으려는 양아치거나 돈도 없으면서 머리부터 들이미는 사기꾼밖에 없었다. 그렇다면 차라리 바보를 만나는 편이 낫지 않을까.

단순무식한 인투더레인을 부추겨 인맥 길드와 전면전을 벌이게 만든 건 성공했다. 사냥터의 출입금지는 풀렸고 성채마다 양측에서 치열하게 전투를 벌이고 있었다. 덕분에 판타지온라인에 대한 세간의 관심도 높아졌고 회원 수도 조금 늘었다. 하지만 그것만으로는 부족했다. 새로운 투자 없이 회사가 살아남기 위해선 대다수 게이머들의 관심을 판타지온라인으로 돌릴 만큼 큰일이 벌어져야 했다. 그러지 않으면 바보들이라도 만나서 돈을 구해야겠지.

　중경은 말했다.

　"당장 약속 잡죠."

▶▶

　태식의 생각은 틀렸다. PC방 알바로는 인생이 바뀌지 않았다. 다만 인생이 그가 생각한 것보다 비루하고 암담한 것이란 사실을 알게 되었을 뿐이다. PC방에는 성민이 같은 놈, 성민이보다 더한 놈, 성민이만도 못한 놈이 득실거렸다. 삼박사일 씻지도 않고 게임을 하는 아저씨, 갓난아이를 유모차에 태우고 와서 밤새 게임하는 신혼부부, 바닥에 쉬지 않고 가래침을 뱉는 미친놈, 심각한 표정으로 야동을 보는 변태까지 있었다. 그놈은 심지어 스피커 볼륨도 줄이지 않았다. 그러면서 틈만 나면 라면 끓여 와라, 재떨이 갈아라, 담배 사와라 호출을 해댔다. 심지어 나가서 구두 닦아오라는 놈도 있었다. 태식은 처음에 상대가 무슨 말을 하는지 알아듣지 못하고 예? 하고 반문했다가 한 대 맞을 뻔했다. 무리한 부탁을 하는 놈일수록 성질이 더러워서 조금이라도 머뭇거리면 부모의 원수를 만난 듯 화를 냈다.

　그리고 화장실 청소가 있었다. PC방에 오는 놈들은 거의 다 문맹이 분명했다. 변기에 꽁초 버리지 말라고 분명히 써놓았음에도 그놈들은 꼭 꽁초를 버린 다음 물을 내렸다. 덕분에 태식은 알바 첫날, 거무튀튀한 물이 차 있는 변기 속에 손가락을 넣어 게워내는 평생 추억이 될 만한 일을 했다. 처음에는 문명인답게 뚫어펑을 사용하려 했지만, 사방에서 호출이 밀려들었고 변기는 역류해서 넘치기 시작해 어쩔 수가 없었다. 지금껏 자기 방 한 번 닦아본 적 없는 태식에게는 너무나 가혹한 일이었다. 태식은 그 손으로 라면을 끓였고 제일 마음에 안 드는 놈에게 가져다주는 것으로 분풀이를 했지만 놈은 돈을 안 내고 도망쳤다.

매 순간이 처음 보는 상황, 처음 보는 인간뿐이라 태식은 여섯 시간 만에 완전히 파김치가 되었다. 무엇보다 혼란스러웠다. 다들 PC방이 제일 쉽다고 추천했는데, 그럼 다른 일은 이보다 더 힘들다는 걸까? 그게 가능해? 다들 어떻게 사는 거야? 어쩌면 태식이 미친놈들만 들락거리는 PC방에서 일하게 된 것인지도 모른다.

태식은 휴식 시간 동안 게임이며 채팅에 여념이 없는 손님들을 바라보다가 마침내 깨달았다. 이놈들이 다 보스 몬스터구나. 이놈들을 뚫고 나가야 용을 잡을 자격이 생기는구나. 뭔가에 도전할 기회를 잡는 것도 쉽지 않구나.

PC방을 나섰을 때 상점의 불은 대부분 꺼져 있었고 편의점과 PC방, 커피숍 등 24시간 영업하는 가게만 남아 있었다. 앞치마를 한 커피숍의 알바생이 가게 앞에서 담배를 피우고 있었고 태식 옆으로 양손에 PDA를 하나씩 든 대리운전기사가 지나갔다.

여느 때라면 대수롭지 않게 넘겼을 사람들인데 그날따라 허투루 보이지 않았다. 저 사람들도 다 용을 잡고 있구나. 아니,

용 잡을 기회를 얻기 위해 노력하고 있구나. PDA 단말기를 든 채 콜을 기다리는 대리운전기사에게도, 잔심부름에 여념이 없는 편의점 알바에게도 잡아야 할 용이 있을 것이다.

태식은 이번만은 끝까지 달려보기로 마음먹었다. 용을 잡기는커녕 시도조차 못하고 그만둘 순 없었다. 그는 다음 날도 그다음 날도 PC방에 나갔고 차츰 일에 익숙해졌다. 손님들이 성질을 부려도 겁먹을 것 없었다. 어차피 태식을 죽이지는 못하니까.

그렇게 일주일이 지나자 손님들을 관찰할 여유가 생겼다. 늦은 밤 PC방에 있는 사람은 상당수가 게임중독자였다. 인터넷 맞고, 바둑이포커에서부터 온라인 성인 게임까지, 장르는 다르지만 PC방에서 살다시피 한다는 점은 같았다. 그들은 열 시간에서 스무 시간짜리 정액권을 끊고 줄담배를 피워가며 게임을 했고, 다음 날 태식이 8시에 일하러 와보면 어제와 똑같은 자세로 게임을 하고 있었다. 마치 게임에 목숨을 건 사람들 같았다. 태식은 그들의 체력과 집중력과 자금력에 감탄했다.

저 사람들 정체가 뭘까. 어떤 절실함이 있어 저렇게 열심히 게임을 하는 걸까. 저 사람들도 자신의 용을 기다리고 있는 걸까. 청소하는 척하며 슬그머니 옆에 가서 화면을 훔쳐봤지만 그들은 대부분 길드 소속도 아니었고 돈을 벌려고 게임하는 것 같지도 않았다. 그저 강박적으로 퀘스트^{Quest, 유저가 NPC로부터 하} _{달 받는 임무}를 반복할 뿐이었다. 그들에게는 잡아야 할 용이 없는 듯 보였다.

태식은 알바 틈틈이 판타지온라인에 접속했다. 신기하게도 태식이 언제 접속하든 동철은 항상 게임을 하고 있었다. 8시에도, 새벽 2시에도 사냥터를 돌며 몬스터를 때려잡았다. 어찌나 열심인지 레벨도 쑥쑥 올라가 어느새 20을 찍었고, 아이템도 제법 괜찮은 놈으로 풀세트를 갖췄다.

동철은 게임에 재능이 있었다. 어른들은 게임 잘한다고 하면 대부분 아무 짝에도 쓸모없는 팔푼이일 거라 짐작하고, 태식 또래 아이들조차 무슨 게임이든 오래 하면 잘하는 거 아니냐고 폄하하기 일쑤지만 그건 오해다. 다른 모든 일과 마찬가지로 게임을 잘하는 데도 재능이 필요하다. 어느 타이밍에 공격하고, 어느 타이밍에 물러서며, 체력이 얼마만큼 닳았을 때 물약을 빨아야 하는지 깨닫기 위해서는 오랜 경험뿐 아니라 동물적 감각이 있어야 한다.

전 세계에 판타지온라인을 즐기는 게이머만 오백만. 그 많은 사람 중 훈남 길드장인 인투더레인과 인맥 길드장 사또딸보를 전설로 쳐주는 건 남들보다 오래 게임을 했기 때문이 아니라 그들만이 가진 특별한 능력이 있기 때문이다. 특히 인투더레인은 쩌렙 시절부터 자신보다 레벨이 10 이상 높은 게이머를 해치우는 타이밍 공격으로 유명했다. 유튜브에 가면 인투더레인의 전투 동영상을 여러 편 볼 수 있는데, 조회 수가 칠십만에 육박하고 다양한 언어로 적힌 댓글도 찬양 일색이었다. 인투더레인은 그렇게 쌓은 인기를 이용해 길드를 만들었고 단번에 유명해졌다.

동철은 재능과 성실함을 고루 갖추고 있었다. 진작 판타지온라인을 시작했다면 다른 전설들과 서버의 패권을 다투고 있었을지도 모른다. 그에 비해 정희는 재능도 없었고 열심히 하지도 않았다. 녀석은 아이템을 팔아서 돈을 버는 일에만 정신이 팔려 있어 틈만 나면 아이템 거래 사이트에 접속해 가격대를 확인하고 태식에게 무슨 아이템은 얼마에 파는 게 좋겠다고 문자를 보내왔다.

태식은 정희가 꿈꾸는 장밋빛 미래에도 신경 쓰였지만, 동철이 게임에 빠져 있는 것도 꺼림칙했다. 개인적인 욕망을 이루려다 친구들의 인생을 망가뜨리는 건 아닐까. 동철이 PC방에서 숙식하는 게임 폐인이 되면 그의 책임이다.

하지만 걱정은 오래가지 못했다. 태식에게 먼저 문제가 생긴 탓이다. PC방에서 사흘 밤을 새운 아가씨가 화장실 창문을 부수고 도망쳐버렸다. 주인아저씨는 오랜 경험을 통해 그녀가 요주의 인물임을 감지한 상태였고 태식에게 저 여자를 예의 주시하라고 여러 번 말했었다. 하지만 태식은 다 큰 여자가 PC방 요금 몇만 원 때문에 화장실 창문을 깨고 도망칠 거라곤 상상도 못했다. 그는 여자가 좀더 세련되고 순결한 존재일 거라 믿었다.

충격적인 일은 거기서 끝나지 않았다. 주인아저씨가 손해 금액만큼 시급을 깎겠다고 선언했을 때 태식은 분노했다. 이게 다 돈 때문에 하는 건데 돈을 안 주겠다고? 태식은 주인아저씨와 한참을 다투다 그날 일당을 받고 잘렸다. PC방을 나오며 태식은 약간이지만 후련함을 느꼈다. 과거의 태식이라면 아무 말도 못하고 돈 값을 때까지 일했을 것이다. 그래도 알바를 통해 얻은 게 아예 없지는 않은 셈이다.

알바는 그만뒀는데 그동안 번 돈이 계획했던 금액에 한참 못 미쳤다. 태식은 《벼룩시장》을 가져와 다른 알바를 찾다가 포기했다. 그동안은 악을 쓰며 버텼지만 다시 일할 생각을 하니 너무 끔찍했다. 태식은 동철과 정희를 불러 사정을 설명하고 간절하게 말했다.

"그러니까 니들도 돈 내라."

태식의 말이 끝나기가 무섭게 동철이 벌떡 일어났다. 태식은 동철이 그만두겠다고 하려는 줄 알고 놀랐지만 다행히 그건 아니었다. 동철은 은행에 가서 이십만 원을 찾아왔다. 그는 돈을 내밀며 말했다.

"초등학교 때부터 모은 돈이야. 우리 꼭 성공하자."

태식은 감격했지만 궁금해서 묻지 않을 수 없었다.

"근데 왜 이리 적냐? 초등학교 때부터 모았는데."

"판타지온라인 일 년치 결제했거든."

"뭐? 왜?"

"왜긴 왜야. 한꺼번에 결제하면 이십 퍼센트 할인해준다고 해서 그랬지."

태식은 동철이 게임 폐인이 되지 않기를 하늘에 기도했다. 정희는 처음에는 미적거렸지만 결국 가진 돈을 탈탈 털었다. 동철과 정희가 준 돈에 태식이 모은 돈을 합치니 오십만 원이 조금 넘었다. 애초 계획보다 모자라긴 해도 사전 준비만 철저하게 하면 불가능한 액수는 아니다.

태식은 아이템 거래 사이트를 통해 마법 장구와 치료약을 샀고 결행일을 개교기념일로 정했다. 하필이면 13일의 금요일. 뭔가 의미심장한 날짜다. 기말고사는 전날인 목요일에 끝난다. 시험을 끝내고 용을 잡으니 더할 나위 없다. 평일이라 접속자가 많지 않을 테니 남의 눈에 띨 염려도 적다. 정희네 학교는 금요일까지 시험기간이지만 13일은 마지막 날이라 두 과목밖에 없었다. 정희가 시험 보고 집에 와 접속할 때까지 태식과 동철은 '세상의 끝'에서 사전 준비를 마치기로 했다. 그러다 정희가 접속하면 작전을 시작한다.

그날부터 태식은 밤마다 정희, 동철과 함께 사냥터를 돌고 보스 몬스터를 잡으며 용 잡는 예행연습에 들어갔다. 주말에 리허설 삼아 삼십 분 정도 루키페르와 싸웠다. 마법 장구는 사용하지 않았고, 포메이션과 전투 방식만 연습했는데 결과가 나쁘지 않았다. 삼십 분 동안 셋 다 체력이 하나도 닳지 않았으니까. 정희의 움직임은 그저 그랬지만, 동철의 테크닉은 그야말로 신출귀몰하다는 표현이 어울릴 정도였다. 용을 잡을 수 있다. 태식은 확신했다.

그런데 생각지도 않은 일이 발목을 잡았다. 하필이면 개교기념일에 서버 점검 및 관리를 위해 판타지온라인 서비스를 일시 중지한다는 공지가 뜬 것이다. 단지 그것뿐이라면 괜찮겠지만 게임 게시판에 확장팩 발매를 위한 사전 작업으로 '세상의 끝' 너머 무저갱으로 가는 땅굴을 열 것이란 소문이 돌았다. 게시판에 올라오는 글은 대부분 루머에 불과했지만, 만의 하나 사실이라면 태식의 계획은 끝장이다. 매일매일 수천 명의 게이머가 '세상의 끝' 근처를 들락거릴 테니까.

고민 끝에 세 사람은 디데이를 일요일 밤으로 옮기기로 했다. 일요일은 벼락치기로 시험공부를 할 생각이었지만 달리 방도가 없었다. 여기까지 왔는데 포기할 수는 없으니까.

그리고 마침내 디데이가 됐다.

▶▶

약속은 저녁 6시였다. 중경은 신중하게 외출복을 골랐다. 투자자를 처음 만나는 자리다. 너무 튀어서도 곤란하지만 너무 무난해서는 좋은 인상을 심어주기 힘들다. 중경은 와인색 셔츠에 아이보리색 리넨 재킷을 입고 거울 앞에 서 있다가 고개를 설레설레 흔들었다. 빌어먹을, 내가 이래 봬도 고등학교 때 전국 석차 100등 안에 들던 놈인데. 스타 개발자로 이름을 떨치던 시절도 있었는데. 지금은 마치 창녀가 되어 고객 앞에 선보이는 기분이다.

그는 소파에 털썩 주저앉아 멍하니 천장을 바라보다 생각을 고쳐먹었다. 창녀가 뭐 어때서. 개들도 죽도록 열심히 살 거다. 그렇게 해도 먹고살기 힘든 시절이다. 중경은 현욱에게 전화를 걸었다. 현욱은 한참 만에 전화를 받고선 일단 변명부터 늘어놨다.

"미안하다. 특집 기사를 쓰려고 그랬는데 포털에서 반대하더라고. 이번에 새로 발매되는 대작도 많은데 왜 하필 나온 지 오년 된 판타지온라인 특집이냐고. 혹시 돈 받았냐고 묻는데 어떡하냐. 괜히 구설수에 오르면 너한테도 안 좋을 것 같아서 다른 걸로 바꿨다."

중경은 쓴웃음을 삼켰다. 현욱은 며칠이나 중경을 벗겨먹다 특집 기사를 써주겠다고 개발진 인터뷰에 판타지온라인2의 콘셉트 아트, 심지어 사무실 사진까지 잔뜩 찍어 갔다. 하지만 결국 기사가 난 건 올겨울 발매 예정인 액션 대작이었다. 그 뒤로 연락 한 번 없었는데 오늘 중경이 전화하지 않았다면 사과 문자 하나 보내지 않고 입을 닦았을 놈이다. 나중에 어디선가 우연히 만났을 때 우물쭈물 변명을 늘어놨겠지.

중경은 담담하게 말했다.

"괜찮아. 어쩔 수 없지. 그 게임 너 몸담은 포털에서 투자한 거잖아. 월급 받는 입장인데 마음대로 할 수 있겠냐. 우리 쪽 기사 작업한 건 나중에라도 블로그에 올려줘."

"그럼. 당연히 그래야지. 진짜 미안하다."

"그건 그렇고 오늘 투자자들 만나기로 했는데 너도 나와라."

"누구 만나는데?"

"무일그룹 알지? 거기 3세야. 그리고 걔 친구. 아버지가 엘에이에서 무기 중개상을 한다네."

"오호, 돈 좀 있겠다. 이번에 잘해."

"그러니까 너도 나오라고. 와서 적당히 판타지온라인에 대해 좋은 말 좀 해줘."

"그럴까? 근데 내가 오늘 일이 좀 있는데……."

현욱은 말끝을 흐렸다. 중경은 얼굴을 찡그렸다. 하나라도 더 뜯어내야 직성이 풀린다 이거로군.

"네가 소개해준 와인 바에 가려고."

"거기 괜찮지? 깔끔하고 컬렉션도 좋잖아. 걔들도 좋아할 거야."

현욱의 목소리가 밝아졌다. 그거 말고 더 있잖아. 중경은 속으로 생각했다. 현욱이 마담에게 연정을 품고 출석 도장 찍듯 와인 바를 들락거리고 있다는 걸 그는 눈치챘다. 현욱이 말했다.

"내가 한번 시간을 내볼게. 언제 만나기로 했는데?"

"일단 여섯 시에 만나서 저녁 먹기로 했으니까 아홉 시쯤 와라. 처음부터 같이 있으면 그쪽에서도 네가 바람잡이로 나왔나 하고 의심할 수 있으니까. 와인 바에서 우연히 만난 걸로 하지."

"게임 신문에서 일하는 후배 한둘 데리고 나갈까? 나 혼자 떠드는 것보다 사람이 더 있는 편이 좋잖아."

"그렇게 해."

그놈의 와인 바, 오늘 매출 엄청 올리겠군. 중경은 전화를 끊고 혀를 찼다. 그는 다시 거울 앞에 서서 옷매무새를 가다듬고 도수가 없는 뿔테 안경을 꼈다. 이 정도면 그 자식들도 안심하고 돈을 맡길 정도는 되겠지. 그는 신발장에서 갈색 스웨이드 구두를 꺼내 신고 밖으로 나갔다. 최선을 다하지 않는 걸 부끄러워해야지, 쓸데없는 자존심 때문에 부끄러워할 필요는 없다. 오늘 하루 행운이 함께하길. 그는 마음속으로 기원했다.

▶▶

저녁 9시. 태식은 시험공부할 테니까 방해 말라고 부모님께 이야기한 후 방에 들어와 문을 잠그고 컴퓨터를 켰다. 동철과 정희는 이미 게임에 접속한 채 태식을 기다리고 있었다.

태식은 온라인게임을 안 해본 사람은 있어도 한 번 해본 사람은 없다는, 유명한 명언을 떠올렸다. 각자 이유는 달라도 그들은 판타지온라인에 완전히 빠져 있었다.

세 사람은 미리 준비한 마법 두루마리로 공간의 문을 열고 용의 둥지에 도착했다. '세상의 끝'에는 아무도 없었고 루키페르 홀로 쇠사슬을 물어뜯고 있었다. 인간 전사 차도남과 하이엘프 성기사 성기사이즈짱, 난쟁이 마법사 연쇄삽입범이 용의 맞은편에 섰다. 드디어 결전의 순간이다. 루키페르가 뭔가를 느꼈는지 세 사람에게 시선을 주었다. 태식은 지은과 성민을 떠올렸다. 쓰러진 태식 앞에 서서 폭풍설사라고 말하며 웃던 성민의 모습과 그를 한심하다는 듯 쳐다보던 지은의 얼굴을 생각했다. 너희에게 보여주겠어. 진짜로. 내가 아무 짝에도 쓸모없는 인간이 아니라는 걸 증명하겠어.

하지만 태식은 루키페르에게 돌진하지 못하고 망설였다. 실패할지 모른다는 걱정이 마음 한구석을 짓누르고 있었다. 이렇게까지 노력했는데 실패한다면, 그래서 아무것도 증명하지 못한다면 그때는 어떻게 하지? 정말 아무 짝에도 쓸모없는 인간이 되는 건 아닐까.

─뭐하냐.

동철이 귀엣말로 물었다. 태식은 정신을 차렸다. 겁을 먹기에는 너무 이르거나, 혹은 너무 늦었다. 시도조차 하지 않는다면 아무것도 증명할 수 없다. 성공인지 실패인지는 끝까지 가본 후에나 알 수 있다. 태식은 숨을 크게 들이마시고 공격 버튼을 눌렀다. 차도남이 전사 특유의 괴성과 함께 용을 향해 달려갔다.

태식은 시계를 보았다.

9시 15분. 이제 시작이다.

▶▶

새벽 6시. 작업장에 모인 오십여 명의 길드원들은 지치고 성난 얼굴로 모니터를 들여다보고 있었다. 그들은 게임에 접속한 채 적의 야습을 기다리는 중이었다. 하지만 2시에 시작될 거라던 공격은 6시가 된 지금까지 개시될 낌새조차 보이지 않았다. 인투더레인은 첩자에게 전화를 걸었지만 전화기가 꺼져 있어 소리샘으로 연결된다는 안내만 들을 수 있었다.

노란머리가 말했다.

"아무래도 공격 안 올 모양인데요. 저쪽 길드에 모인 애들도 별로 없어요."

"나도 아니까 조용히 해."

인투더레인은 입술을 깨물었다. 인맥 길드가 오리칼큼 광산에 대규모 기습을 준비하고 있다는 첩보를 받았을 때만 해도 얼마나 기뻤는지 모른다.

그는, 아니 훈남 길드는 한계치에 도달해 있었다. 속전속결로 전쟁을 끝낼 생각에 너무 심하게 길드원을 몰아쳤다. 최중경과 사또딸보와의 회담이 있은 후 하루도 쉬지 않고 인맥 길드의 성채를 공격했으니까. 하지만 큰 성과는 없었다. 그가 직접 나서서 공격할 때는 성채를 빼앗을 수 있었지만 잠깐이라도 쉬러 나가면 귀신처럼 반격해와 성채를 수복해갔다. 아무래도 사또딸보는 인투더레인과 정면 승부를 할 생각이 없는 모양이었다.

별 다른 이익도 없는 지루한 공방전만 계속되었다. 길드원에게 나눠줄 치료약만 하루에도 수만 골드씩 나갔고 작업장을 굴려 얻은 레어템은 적에게 무기를 빼앗긴 길드원에게 나눠줘야 했다. 덕분에 얼마 남지 않았던 은행 잔고는 바닥을 드러냈고, 길드원 중 일부는 계속되는 소집에 지쳐 길드를 탈퇴하거나 아예 게임에 접속하지 않았다.

더 이상 시간을 끌었다간 제대로 된 전면전 한번 해보지 못하고 길드가 와해되게 생겼다. 이럴 때 사또딸보가 직접 길드원을 이끌고 광산을 기습할 계획이라니, 일발역전을 위한 마지막 기회나 다름없었다.

그도 바보가 아닌 이상, 길드 내에 첩자가 있음을 알고 있었다. 그러지 않고서야 그가 게임에 접속하지 않았을 때만 노려 성채를 공략해올 리 없다. 인투더레인은 단합 차원에서 저녁이나 먹자고 길드의 핵심 고수들을 모두 불러냈다. 지방 사는 애들에게는 KTX 왕복 차비를 계좌로 보내줬다. 약속 당일인 어제저녁, 전부 예순세 명이 모였다. 그는 한우 등심을 거하게 산 후 작업장으로 이동했고, 사또딸보의 공격이 있을 것임을 알렸다. 오늘 밤. 하루만 여기서 적들과 싸우자. 다음 날 약속이 있다고 난색을 표한 사람들도 있었지만 오늘이 마지막이라는 단서를 달며 윽박지르자 다들 동의했다.

사람들은 컴퓨터 앞에 대기했고 노란머리가 돌아다니며 핸드폰을 걸었다. 혹시 인맥 길드에 몰래 문자라도 보낼 수 있으니까. 인투더레인은 가슴이 두근대는 걸 느꼈다. 길드 최고의 고수 육십여 명이 한곳에 모였다. 판타지온라인의 베테랑들이 진짜로 서로 대화를 나눠가며 전투를 벌일 수 있으니 채팅을 통해 의사소통을 해야 할 사또딸보 쪽보다 훨씬 유리하다.

하지만 밤을 꼬박 새운 지금까지 공격은 없었다. 어디서부터 잘못된 걸까. 태원이 새끼가 대체 어떻게 알아챈 걸까. 인투더레인은 머리를 굴렸지만 답을 찾을 수 없었다. 작업장 분위기는 점점 험악해졌다. 노란머리는 좌불안석이었지만 인투더레인은 아무 말도 하지 않았다. 사람들을 돌려보내야 한다는 걸 알지만 사또딸보에게 당했다는 사실을 인정하고 싶지 않았다.

부산에서 올라온 '닥터지킬'이 재떨이에 침을 뱉으며 말했다.

"행님, 고마하입시다. 피곤하네예."

인투더레인은 내키지 않았지만 고개를 끄떡였다. 노란머리가 기다렸다는 듯 압수한 핸드폰을 돌려주고 작업장의 잠긴 문을 열었다. 계단을 통해 햇빛이 쏟아져들어왔다. 인투더레인은 준비한 돈봉투를 사람들에게 나눠주었다.

"고생 많았어. 사우나나 하고들 가."

누군가 밖으로 나가며 씨발 새끼, 돈도 좆나 조금 넣었네, 하고 욕설을 내뱉었다. 인투더레인은 울컥했지만 참았다. 앞으로도 계속 봐야 할 놈들이다. 쓸데없이 날밤 새우게 만들어서 성이 잔뜩 난 놈들을 자극할 필요는 없다.

하지만 속이 부글부글 끓는 건 어쩔 수 없었다. 인투더레인은 다시 인맥 길드의 첩자에게 전화를 걸었다. 이번에도 핸드폰은 꺼져 있었다. 이제는 놈들의 속임수에 당했다는 걸 인정할 수밖에 없었다. 오늘 여기 온 길드원 중 최소한 3분의 1은 인맥 길드로 옮길 것이다.

노란머리가 다가오며 말했다.

"다 보냈는데요. 이제 어떡하죠?"

인투더레인은 노란머리를 힐끔 보며 생각했다. 내가 묻고 싶은 말이다. 이제 어떻게 할지. 노란머리는 인투더레인 옆에 앉아 하품을 했다. 아마 퇴근하라는 말을 기대하고 있겠지. 인투더레인은 잠시 생각하다 중경에게 전화했다. 하지만 녀석 역시 전화를 받지 않았다. 이런 개자식. 내 편이라더니 전화 한 번을 안 받네. 중경의 말을 믿고 총력전에 나선 것이 실수다.

상황을 바꿀 방법은 하나밖에 없다. 사또딸보가 훈남 길드를 갉아먹을 때 썼던 방법. 적의 고수를 포섭하는 것이다. 인맥 길드의 수장은 사또딸보지만 최고 레벨이자 최고수는 따로 있었다. 도넛 가게를 운영하는 아저씬데 예전에 훈남 길드에 몸담은 적이 있어 인투더레인과도 모르는 사이가 아니다. 녀석만 데려올 수 있다면 전세 역전도 꿈은 아니다. 그는 뒤에서 공작하는 걸 싫어했지만 이번만은 어쩔 수 없었다.

인투더레인은 의자를 박차고 일어섰다.

"차 준비해. 아침이나 먹으러 가자."

"뭐 드실 건데요?"

"도넛."

4. 용이 죽던 날

판타지온라인의 운영팀이 루키페르가 죽었다는 신고를 접수한 시간은 오전 8시 10분이었다. 신고자는 오 년째 고시 준비 중인 백수로 형편없는 모의고사 점수에 충격을 받고 자살하려고 '세상의 끝'에 갔다가 용의 시체를 발견했다고 했다. 백수는 이벤트에 당첨된 건지도 모른다는 희망에 시체 옆에 서서 계속 신고 버튼을 눌렀지만 때마침 모스가르드의 GM들은 인맥 길드와 일반 유저 사이에 벌어진 대규모 전투를 중재하느라 바빠 곧바로 신고를 확인하지 못했다.

간신히 상황을 정리한 GM이 '세상의 끝'을 찾은 건 한 시간 뒤였고, 용의 둥지는 이미 소문을 듣고 찾아온 게이머로 붐볐다. 그들은 명승지를 찾은 중국인 관광객처럼 루키페르 주위를 둘러싸고 단체 사진을 찍고 있었다. 그렇게 캡처된 화면은 인터넷 세계 구석구석으로 퍼져나갔다.

GM은 루키페르의 시체를 보고 말문이 막혔다. 정말로 용이 죽었을 것이라고는 상상도 못한 탓이다. 일반 유저들이 흔히 생각하는 것과 달리 GM은 게임이 돌아가는 사정에 무지하고 눈곱만큼의 권한도 없다. 게임 마스터란 이름은 유저들에게 믿음을 주기 위한 속임수로 실제 게임을 컨트롤하는 개발진에서는 그들에게 아무 정보도 주지 않는다. 당연한 일이다. 시간당 4,110원짜리 계약직 알바에게 회사 기밀을 알려줄 사람은 없으니까. GM은 위에서 내려온 지시에 따라 유저들의 민원을 처리할 뿐이다. 경찰로 치면 의무경찰과 비슷하다.

그래서 게이머들이 벌떼처럼 몰려들어 이게 무슨 일인지 묻기 시작했을 때 GM은 할 말이 없었다. 용 왜 죽었어요? 오늘 게임 업데이트되는 거예요? 확장팩 발매돼요? 패키지 따로 팔아요? 이번에 가격 올리는 거 아니죠? 수십 수백 개의 말풍선이 화면 위를 둥둥 떠다녔고 GM은 패닉 상태에 빠졌다. 그 와중에 백수 청년은 내가 처음 신고했다고 버럭버럭 소리를 질러댔지만 아무도 들어주지 않았다.

GM의 이름은 김민수. 그는 휴학중인 대학생으로 알바를 시작한 지 보름밖에 되지 않은 초짜였다. 민수는 확인 후 알려드리겠다고 말한 후 헤드폰을 벗었다.

"형, 오늘 업데이트 있어요?"

옆자리에 GM 경력만 삼 년인 철진이 얼음 동굴 입구에서 '청순한 섹시녀'라는 이름의 여자 게이머와 채팅중이었다. 그는 새우깡을 우적우적 씹으며 피아니스트처럼 경쾌하게 키보드를 두들겼다.

"거의 넘어온 거 같다. 지금 당장 보자는데? 남자친구랑 헤어져서 심심하대. 친구 있냐고 물어볼까?"

"형 연애 업데이트 말고요 게임 업데이트요."

"그런 얘기 못 들었는데? 왜?"

"루키페르가 죽었어요."

철진은 피식 웃었다.

"말도 안 되는 구라 치지 말라고 해. 걔가 왜 죽냐? 걘 절대 안 죽어. 이 게임 서비스 끝날 때까지 살아있을걸. 차라리 오늘 내가 집에 가다 교통사고 당할 가능성이 높지."

"이거 보세요. 죽었잖아요."

"이 새끼가 잠이 덜 깼나. 무슨 말도 안 되는……."

철진은 민수의 모니터를 힐끔 쳐다보다 딱딱하게 얼어붙었다. 그는 청순한 섹시녀에게 다음에 보자고 말한 후 곧바로 '세상의 끝'으로 날아와 용의 시체를 확인했다.

"진짜 죽었네."

"그렇다니까요."

"오늘 업데이트 있냐? 공지 확인했어?"

"제가 물어봤잖아요."

철진은 정말로 업데이트, 어쩌면 확장팩 발매가 있을지도 모르겠다고 생각했다. 최근에는 자잘한 패치만 있었을 뿐 대규모 수정은 없었으니까. 새로운 콘텐츠가 없다보니 전체적으로 활력이 떨어졌다는 걸 철진도 느끼고 있었다. 재작년에 두 번째 확장팩 〈잃어버린 얼음 왕국〉을 발표한 게 마지막이니 오래도 우려먹었다. 개발진 뱃속에 양심이란 게 있으면 올해 안으로 확장팩 낼 거란 글도 여러 번 봤으니까.

그나저나 머리 잘 썼네. 철진은 용 주위를 둘러싼 게이머들을 보고 개발진의 잔머리에 감탄했다. 이 정도면 벌써 흥행 성공이다. 루키페르가 죽었다는 소문이 나면 다른 게임으로 갈아탔던 녀석들도 궁금해서 한번 돌아와보겠지. 그때 전격적으로 확장팩을 발표하면 대박은 따놓은 당상이다. 철진은 칸막이 너머의 다른 GM에게 물었다.

"니들 용 죽은 거 확인했냐?"

"용이 왜 죽어 미친놈아."

판타지온라인에는 총 오십 개의 서버가 있었고 각각의 서버마다 한두 명의 GM이 있었다. 철진이 사무실 칸막이를 돌며 확인한 결과 다른 서버의 용은 전부 무사했다. 오직 철진과 민수가 관리하는 모스가르드 서버의 흑룡만 죽고 둥지에 있던 보물이 감쪽같이 사라졌다.

철진은 혹시나 하는 마음에 내부 인트라넷에 접속해 개발진의 공지사항을 확인했다. 업데이트에 대한 이야기는 한마디도 없었다. 홈페이지의 Q&A게시판은 용이 죽은 이유를 묻는 질문으로 폭주 상태였다.

민수가 심각하게 말했다.

"아무래도 살…… 살해당한 거 같죠?"

"그런 거 같지?"

"우리더러 죽였다고 하는 거 아니에요?"

"무슨 헛소리야. 우리가 무슨 힘이 있어서 용을 죽여. GM이라고 장비를 제대로 주냐 레벨이 높길 하냐."

"그럼 이제 어떡하죠?"

"뭘 어떡해. 기다려야지. 팀장님 출근할 때까지. 일단 조금만 기다려달라고 게시판에 답글 달고 있어."

9시 30분. 운영팀장이 출근했다. 그는 게임 기획으로 시작해 온라인게임 운영으로 잔뼈가 굵은 사람으로 게임 세계에서 일어나는 온갖 사건을 다 경험해본 베테랑이었다. 서버가 다운돼서 접속 불능이 된 게임 때문에 48시간 동안 잠도 못 잔 채 컴퓨터 앞에 앉아 유저들에게 사죄 글을 쓰기도 했고, 갑자기 아이템이 없어졌다고 고객센터에 칼 들고 나타난 조폭을 몸으로 설득한 일도 있었다. 다행히 칼에 찔리기 전에 경찰이 출동했다. 하지만 그런 베테랑조차 루키페르의 시체를 보고는 이렇게 말했다.

"이런 건 처음 보네."

그는 즉시 개발팀에 전화해 사정을 알렸다. 이제는 개발팀이 뒤집힐 차례였다. 처음 전화를 받은 건 기획팀의 인턴사원으로 그는 입사 후 복사와 팩스, 엑셀 작업밖에 하지 않아 내부 사정에 관해선 아무것도 몰랐다. 그가 선임을 찾아 사정을 묻고, 선임이 파트장에게, 파트장이 팀장과 프로젝트 매니저에게 상황을 전달했을 때는 10시가 넘은 후였다.

그리고 오전 10시 31분. 최종적으로 폴룩스 엔터테인먼트의 대표이사인 중경에게 연락이 닿았다.

그때 인투더레인은 아무 소득 없이 도넛 가게를 나서고 있었다. 그가 얻은 것이라곤 공짜 도넛 다섯 개가 고작이었다. 그는 차에 타자마자 노란머리에게 말했다.

"일어나. 가자."

노란머리는 꾸벅꾸벅 졸고 있다가 입술에 묻은 침을 닦았다. 인투더레인은 도넛 상자를 노란머리에게 던졌다. 노란머리는 도넛을 하나 꺼내 들며 물었다.

"어떻게 됐어요?"

"잘 안됐어."

인투더레인은 짧게 말했다. 처음에는 달래다가 나중엔 겁을 줬지만 소용없었다. 역시 산전수전 겪은 아저씨답게 다루기가 쉽지 않았다. 저런 인간은 몇 대 쥐어박는 게 즉효인데. 그는 도넛 가게 밖에 의자와 테이블을 내놓는 대머리 아저씨를 보며 생각했다. 하지만 지금은 그런 일이 가능한 시대가 아니고 그 역시 그럴 위치가 아니었다. 주먹을 쓸 수 있다는 뉘앙스만 주고 실제로는 머리를 써야지, 정말 주먹을 쓰면 감옥에 간다. 지금은 머리를 쓰는 건달이 힘을 쓰는 시대다. 적당히 겁을 줘 넘어올 놈들이 있으면 좋은데 안타깝게도 그런 놈들이 뭔가 귀중한 물건을 가지고 있는 경우는 자주 없다.

인투더레인은 담배를 꺼내 물다 불쑥 물었다.

"용은 어떻게 됐어?"

"회사 애한테 물어봤는데 진짜 죽은 거 맞다는데요. 거기도 지금 발칵 뒤집혔대요."

노란머리가 도넛을 우적우적 씹으며 말했다. 인투더레인은 눈을 치켜떴다.

"누가 죽였는데?"

"그건 아직 모르겠고요, 암튼 완전 전문가래요."

▶▶

감독관이 나가자 아이들은 시험지를 들고 메뚜기처럼 뛰어다니며 정답을 확인했다. 3번 문제, 2번 맞지? 아니, 5번이지. 4번 아냐? 야! 반장, 넌 몇 번 찍었어? 1번. 에이 씨발, 틀렸네.

태식은 시험지를 곱게 접어 가방에 넣었다. 당연한 일이지만 시험은 완전히 망했다. 1번부터 35번까지 무슨 뜻인지 짐작이라도 할 수 있었던 문제가 한 개도 없었다.

예전의 태식이라면 어떻게 하나 고민했을 것이다. 집을 나갈까. 학교에 불을 지를까. 절대 실행으로 옮길 수 없는 망상에 사로잡혀 괴로워했겠지. 하지만 오늘은 이상하게도 마음이 평온했다. 용을 잡은 기쁨 때문에 현실감각이 흐려진 걸까. 그래, 하고 많은 시험 중 하나일 뿐이야. 판타지온라인 최초로 용을 잡은 게 훨씬 멋있어. 근데 빵점 맞으면 어떡하지? 오늘 집에 가서 엄마한테 무릎 꿇고 빌어볼까. 열심히 했는데 잘 안됐다고. 무릎이라…… 무릎.

태식은 용이 한쪽 무릎을 꿇고 고꾸라지던 장면을 떠올리고 빙그레 웃었다. 그러다 정신을 차리고 한숨을 쉬었다. 사람이 이렇게 미치는 거구나.

미련한 놈들은 여전히 시험지를 들고 다니며 정답을 확인하고 있었고, 똑똑한 놈들은 다음 시험과목 공부를 했으며, 포기가 빠른 놈들은 책상에 머리를 묻고 힘든 시간이 끝나기만을 기다리고 있었다. 공부와 담쌓은 데다 심성마저 터프한 놈들은 농구를 하러 나갔다. 머리는 나쁘지만 눈치가 빠른 준호는 다음 시간을 위해 책상에 삼국시대 연보를 적고 있었다. 태식은 그걸 보고 다음 시험이 국사라는 사실을 알게 되었다.

좋아. 국사라도 열심히 하자. 영어야 기본기가 딸려 어쩔 수 없었지만 국사는 다르다. 지금이라도 들여다보면 몇 문제는 맞힐 수 있다. 그래야 엄마한테 변명할 말도 생긴다. 새벽까지 공부하는 게 처음이라 영어 시험 때 정신이 없었다고 우기면 되니까.

태식은 준호에게 참고서를 빌렸다. 시험 범위는 삼국시대부터 고려 전기까지. 십 분이면 읽을 수 있겠군. 페이지를 넘기자 마치 우연처럼 삼국유사의 혜통항룡惠通降龍 고사가 눈에 들어왔다. '혜통이 두 빛의 신병을 불러내 병마를 쫓으니 교룡이 달아나고 공주의 병이 나았다.' 태식은 혜통법사가 쫓은 교룡은 레벨이 몇이었을까 생각했다. 도무지 책장이 넘어가지 않았다.

그때 동철에게서 문자가 왔다.

—운동장으로 나와라. 지금 당장!

무슨 일이래. 공부도 안 되는데 차라리 잘됐다. 태식은 국사 책을 덮고 운동장으로 나갔다. 동철은 벤치에 앉아 공부와 담쌓은 녀석들의 농구 시합을 구경하고 있었다. 태식은 동철 옆에 앉으며 물었다.

"왜 불렀냐?"

"봤냐?"

"보긴 뭘 봐."

그때 성민이 두 명을 제치고 레이업 슛을 성공시켰다. 성민이 동료들과 하이파이브를 하는 걸 보고 태식은 어깨를 움츠렸다. 마음이 편치 않다. 괜히 여기 있다가 성민과 눈이라도 마주치면 무슨 일이 벌어질지 모른다. 태식은 동철의 옆구리를 찌르며 말했다.

"빨리 말해. 나 바빠. 무슨 일인데."

"이거 봐라."

동철이 핸드폰으로 네이버 메인 화면을 보여주었다. 검색어 1위가 북한 미사일, 2위가 판타지온라인, 3위가 용 잡는 법이었다.

"이게 뭐냐."

"뭐긴 뭐겠냐. 우리 엄청 유명해졌어. 용 죽은 거 동네방네 소문 쫙 났다. 어찌나 난리가 났는지 홈페이지는 아예 다운됐고, 세상의 끝으로 가는 길을 막아버렸대. 그래봐야 늦었지. 디씨랑 웃대, 엠엘비파크, 네이버 중고나라까지 용 죽은 거 인증샷 올라왔거든."

동철은 게시판에 올라온 인증 사진이며 관련 글을 보여주었다. 녀석의 말대로 커뮤니티마다 난리였다. 누군가는 게이머 입장에서는 북한이 미사일 쏜 것보다 충격적인 사태라는 글을 올렸다.

태식은 말했다.

"북한이 미사일 쐈냐?"

"응. 바다에 떨어졌대. 만날 쏘는데 뭐 어때. 암튼 그게 중요한 게 아니고. 처음에는 게임 이벤트인 줄 알았나봐. 예전에 판타지온라인 탄생 오 주년에 맞춰서 악마의 침공이란 제목으로 확장팩 발매하고 루키페르 치울 거라고 그랬잖냐. 다들 그건가 보다 했지. 근데 딴 서버 용은 멀쩡하고 우리 서버만 죽었으니까 뭔가 이상하잖아. GM이 세상의 끝 가는 길을 막는 거 보고 다들 뭔가 터졌구나, 감 잡은 거지. 지금은 인투더레인이 공격대 삼십 명 끌고 가서 잡았다고 소문 돌고 있다? 우리가 잡은 거 아무도 몰라. 완전 대박이라니까. 내 생전에 네이버 검색 2등 하는 날이 올 줄 몰랐다."

동철의 목소리가 너무 컸던 모양이다. 성민이 드리블을 하다 두 사람을 힐끔 쳐다보았다. 태식은 동철의 팔을 잡고 일어섰다.

"교실 가서 얘기하자."

동철은 태식에게 질질 끌려가면서도 말을 멈추지 않았다.

"어제오늘 인투더레인이 접속을 안 했대. 걔가 어떤 놈이냐. 부모님 장례식장에서도 레벨 올릴 놈이잖아. 그런 놈이 접속을 안 하니까 다들 걔가 용 죽이고 어딘가에서 아이템 확인하고 있을 거라 믿는 거지. 머지않아 시장에 레어템들 쫙 풀릴 거라고 다들 좆나 기대하고 있다."

태식은 목소리를 낮춰 말했다.

"그러니까! 이럴 때 아이템 팔면 안 돼. 괜히 눈에 띄었다가 문제 생길 수 있으니까."

"걱정도 팔자다. 암튼 학교 끝나고 아이템 챙긴 거 같이 확인하자. 야, 너 법사 아이템은 다 나 줘야 돼!"

그때 수업종이 울렸다. 태식은 국사도 망쳤음을 직감했다.

복도에 아이들이 누군가를 중심으로 둥글게 모여 있었다. 처음에는 전교 1등이 예상문제를 찍어주나보다 했는데 막상 안쪽으로 파고들어가보니 가운데엔 지은이가 있었다. 그녀는 시험 범위도 모르고 방금 왔다며 호탕하게 웃었다.

그녀는 조연으로 출연한 월화 미니가 대박을 쳐서, 완전히 떴다. 판타지온라인을 홍보할 때만 해도 그럭저럭 이름이 알려진 걸그룹의 존재감 없는 멤버였는데 지금은 어딜 가도 사인 요청이 끊이지 않을 만큼 유명해졌다. 연기돌 가창돌 건강돌 꿀벅지. 헤아릴 수 없이 많은 별명이 생겼고 방송에 행사에 CF로 눈코 뜰 새 없이 바빴다. 이제는 무대에서도 멤버들 중심에 서서 노래를 불렀다. 그녀와는 끝난 것이나 마찬가지다. 과거의 그녀가 어떻게든 찔러볼 만한 서울 시내 중하위권 대학이었다면 지금은 서울대와 지방의 이름 없는 대학의 점수 차만큼 멀어졌다.

그럼에도 태식은 지은에게서 시선을 떼지 못했다. 시험 잘 보라고 말하는 건 어떨까. 사귀자는 것도 아니고 그냥 말을 붙이는 정도는 괜찮지 않을까.

태식은 망설였지만 결국 입을 열지 못했다. 지은이 태식을 지나쳐 교실로 걸어갔다. 태식은 그 뒷모습을 보며 착잡함을 느꼈다. 용을 잡으면 인생이 달라지지 않을까 기대했는데 별로 그렇지도 않았다. 여전히 성민이 겁나고 지은에게 말을 걸 용기가 나지 않는 걸 보면. 자신감이 살짝 붙었다고 해도 그것뿐이다. 사람이 달라지려면 그보다 더 많은 것이 필요하다.

담임은 시험에 대해선 일언반구 없이 화장실 청소 상태만 지적하곤 종례를 마쳤다. 그는 소심하고 돈을 밝히지만, 성적에 관심이 없다는 장점 하나로 나머지 인격적 결함을 커버하는 종류의 교사였다. 태식은 여태껏 만난 선생 중 지금의 담임이 제일 마음에 들었다.

동철은 교문 앞에서 태식을 기다리고 있었다. 어찌나 표정이 밝은지 준호가 대놓고 물어볼 정도였다.

"너 답안지 훔쳤냐? 뭐가 그렇게 좋아?"

"아, 답안지. 보고 싶냐?"

동철은 답안지를 꺼낼 것처럼 주머니에 손을 넣더니 가운뎃 손가락을 내밀었다.

"여기 있다. 답안지."

둘은 서로를 노려보며 누가 더 시험을 못 봤는지 다투기 시작했다. 전교 꼴등 예약이라는 동철의 말에 준호는 난 찍은 거 다 틀렸다고 말했고 동철은 안 찍은 것도 다 틀렸다며 우쭐해했다. 오가는 아이들 모두 희대의 병신 보듯 두 놈을 힐끔거렸다. 태식은 한숨을 쉬었다. 남들 보는 앞에서 이러고 싶을까.

왁자지껄한 소리에 돌아보니, 지은이 시녀와 병풍을 이끌고 교문을 나서고 있었다. 태식은 입술을 깨물었다. 지은과 마주치고 싶지 않다. 최소한 지금 이놈들과 함께는 아니다.

태식은 동철의 어깨를 툭 쳤다.

"가자."

준호가 두 사람의 등에 대고 소리쳤다.

"새끼들아! 내일은 공부 좀 하고 와라."

버스 정류장은 학생들로 바글거렸다. 오늘 본 시험, 내일 볼 시험에 대해 이야기하는 아이들 사이에 서서 동철은 판타지온라인의 최신 정보를 알려주었다.

"게시판은 아직도 폭주중이야. 인맥 애들은 누가 용 잡았는지 정보 제공하면 사례한다고 대자보 붙였고, 아이템 거래 사이트는 용에서 나온 레어템 사고 싶은 애들이 거의 게시판을 도배하고 있다. 볼래?"

동철은 핸드폰을 꺼냈다. 그의 말대로 게시판은 '비밀엄수. 즉시현금입금. 용 잡은 분 연락 주세요' '글라드릴, 쿠리의 녹장 구입 원함. 24시간 입금대기. 메일 주세요' 등의 글로 가득했다.

"글라드릴 너한테 있지? 그건 너 가져도 되는데 오말스칼린이랑 쿠리는 나 줘야 돼."

태식은 한숨을 쉬었다.

"넌 참 좋겠다."

"뭐가?"

"단순해서. 용 잡은 건 용 잡은 거고, 오늘 시험 죽 쒔다며 걱정 안 되냐? 최소한 십 등은 떨어질 텐데."

"너 공부 잘했구나. 십 등 떨어질 건 있고."

"전교에서 새끼야!"

그때 정희에게서 문자가 왔다.

―시험 끝났냐? 여기 역 앞 롯데리아니까 튀어와라.

시험 포기한 놈 여기 또 있네. 태식은 마음속으로 끌끌 혀를 찼다. 정희가 이 시간에 롯데리아에 있다는 건 시험 끝나자마자 이리로 튀어왔다는 뜻이다.

롯데리아는 사람들로 붐볐고 정희는 널찍한 4인용 테이블을 홀로 차지한 채 음악을 듣고 있었다. 태식은 어이가 없어 헛웃음이 나오는 걸 참고 맞은편에 앉았다.

"검색어 순위 봤냐?"

정희가 귀에서 이어폰을 뽑으며 말했다. 동철이 엄지손가락을 쳐들었다.

"죽이더라."

두 사람은 감격한 듯 손을 맞잡더니 태식에게도 손 내밀라는 듯 시선을 주었다. 이런 때일수록 분위기에 휩쓸려선 곤란하다. 침착한 사람이 하나라도 있어야지. 태식은 일부러 시큰둥하게 말했다.

"넌 시험 끝나자마자 일루 온 거냐? 공부 안 해?"

"지금 공부가 문제냐. 야, 일단 밥 먹자. 오늘 내가 쏜다."

태식은 순간 의심이 들었다. 정희가 희대의 짠돌이라는 건 하늘이 알고 땅이 알고 태식도 아는 일이다. 그런 놈이 갑자기 밥을 산다는 이유가 뭘까? 용을 잡아서? 그건 아니다. 셋이서 잡았는데 왜 저 혼자 돈을 내겠나. 혹시 시험을 잘 봤나? 태식은 정희의 얼굴을 가만히 쳐다보다 그건 절대 아니라고 확신했다. 저 얼굴은 절대 시험 잘 본 얼굴이 아니다.

동철은 태식보다 현실적으로 문제에 접근할 줄 알았다. 정희가 맘 돌리기 전에 카운터로 튀어가 버거 세트를 세 개 주문한 것이다. 정희가 따라가 계산을 했고 두 사람은 버거 세트를 가지고 자리로 돌아왔다. 동철이 껍질을 뜯으며 말했다.

"불새버거는 불고기랑 새우버거 반반인 거 알겠는데, 데리야끼버거는 뭐냐?"

"넌 뭔지도 모르면서 주문했냐."

"넌 알아?"

"검색해보지 뭐."

정희는 한껏 폼을 잡으며 가방에서 최신 스마트폰을 꺼냈다. 동철은 눈을 동그랗게 뜨고 스마트폰을 꽉 잡았다.

"너 이거 뭐야?"

"아, 이거…… 오다가 하나 샀어."

정희는 별일 아닌 것처럼 넘겼지만 이건 그리 단순한 일이 아니었다. 그는 지금껏 핑크색 연아폰을 썼다. 피겨 여왕 김연아의 세계선수권 우승 후, 그녀의 이름을 딴 풀터치 폰이 나오던 날 이 년 약정으로 구입한 것인데, 그다음부터 태식과 동철을 만날 때마다 터치스크린의 우월함에 대해 강의했다. 그리고 얼마 지나지 않아 아이폰이 출시되었다. 사람들은 하나둘 스마트폰으로 바꾸기 시작했지만 녀석은 오십만 원이 넘는 위약금 때문에 그럴 수 없었다. 동철이 스마트폰으로 인터넷 서핑을 하고 영화감상하는 걸 지켜보며 정희는 진심으로 부러워했고 김연아 팬클럽에서 탈퇴했다. 그런 놈이 어디서 돈이 나서 스마트폰을 샀을까.

동철이 말했다.

"이걸 오다가 그냥 샀다고? 저번 주에 나온 신제품을? 얼마 주고 샀는데? 위약금은 어떻게 하고?"

"이제 내면 되지."

태식은 위가 쓰리고 조여오는 걸 느꼈다. 또다시 스트레스 때문이다. 설마 이 미친놈이…… 해서는 안 될 짓을 한 건 아니겠지. 하지만 정황상 정희가 일을 저지른 것이 틀림없었다. 태식은 말했다.

"너 혹시 아이템 팔았냐?"

정희는 수줍게 웃더니 손가락을 펼치며 말했다.

"회복의 부적. 팔십만 원 받기로 했다."

"팔지 말라고 했잖아!"

태식은 버럭 소리를 질렀다가 사람들 시선을 느끼고 목소리를 낮췄다.

"당분간 조용히 있으라고 했냐 안 했냐."

"넌 걱정이 너무 많아서 문제야. 우리가 뭐 나쁜 짓 했냐? 이걸로 돈 버는 게 뭐가 나빠?"

"돈 버는 게 나쁘다는 게 아니라 게임 회사에서 고소하면 너 어떡할래?"

"고소가 장난이냐. 개들이 시키는 대로 게임해서 용 잡았는데 무슨 죄목으로 고소를 해. 기껏해야 전화해서 아이템 돌려달라고 징징대는 정도겠지. 그전에 좀 팔아놔야 우리도 얻는 게 있을 거 아냐."

"몇 달만 조용히 있자고 했지? 그래서 아무 일 없으면 그때 팔든 말든 하라고 했잖아. 너도 알았다고 했고. 그러더니 당일에 파냐? 다들 눈이 벌게져서 누가 용 죽였나 찾고 있는데 넌 바보냐? 머리가 없어?"

정희의 얼굴이 일그러졌다.

"하나 팔았다. 그렇게 대단한 아이템도 아니고, 사라진 신의
회복 부적. 널리고 깔린 거. 게시판에 나 말고 셋이 더 팔더라.
그거 좀 팔아서 핸드폰 바꾼 게 그렇게 나쁜 짓이냐?"

"나중에 하라고, 나중에!"

"야 김태식, 나 게임하느라 시험도 망쳤어. 그럼 뭔가 보상을
받아야 할 거 아냐. 니가 팔라고 할 때까지 참기만 하라고? 아,
몰라. 나 필요하면 하나씩 팔아서 돈 벌 거야."

분위기가 살벌해졌다. 옆자리에 앉은 꼬마가 엄마에게 속삭
였다.

"엄마 저 형들 싸워."

태식과 정희는 서로를 째려보며 햄버거를 먹었다. 동철이 눈
치를 보다 정희에게 물었다.

"근데 진짜로 부적이 니 꺼 말고 세 개나 떴어? 그거 요새 씨
가 말랐는데 이상하네. 거기다 팔십만 원? 값도 엄청 쳐주네."

"왜? 너도 팔고 싶냐?"

태식은 퉁명스럽게 말했다. 동철은 손사래를 쳤다.

"아니. 그런 게 아니라⋯⋯."

정희가 테이블 위에 콜라 컵을 쿵, 소리가 나게 내려놓으며
외쳤다.

"알았다. 더럽고 치사해서 안 판다. 그럼 됐냐?"

"잘 생각했다 정희야. 넌 역시 의리를 알아."

동철이 재빨리 정희를 칭찬했고 태식은 어쩔 수 없이 고개를
끄떡였다. 그러나 태식은 정희가 부적을 팔 수밖에 없을 거란

사실을 알고 있었다. 연아폰은 반납했고 스마트폰은 받아왔는데 오십만 원이 넘는 위약금을 어떻게 하려고? 태식에게 돈이 있으면 빌려주겠지만 수중에 이천 원밖에 없었다.

태식은 고민 끝에 롯데리아를 나서며 말했다.

"이번 하나만 팔아라. 더는 안 돼."

정희는 코웃음을 치고는 동철에게 말했다.

"이 새낀 지가 대장인 줄 안다니까. 이젠 지가 허락도 하네."

"대장이 아니라, 처음 약속이었잖아."

"알았어 새끼야. 그래서 안 판다고 했잖아."

말투는 험해도 표정이 밝아지는 걸로 봐서 정희도 내심 돈 마련할 방법을 궁리하고 있었던 모양이다. 태식은 살짝 안심했다. 이러고 또 팔지는 않겠지. 동철이 기쁜 얼굴로 말했다.

"그럼 PC방 가자. 오늘의 수확을 확인해야지."

"팔지도 못하는 걸 뭐하러……."

정희가 말을 멈추고 태식의 어깨 너머를 쳐다보았다. 놀란 눈빛에 태식이 낌새를 챘을 때는 늦었다. 인정사정없는 일격이 태식의 뒤통수에 작렬했다. 태식은 그대로 고꾸라질 뻔했다 겨우 몸을 가누고 돌아섰다.

"어떤 새끼야!"

"나야."

성민이 태식의 머리를 때린 농구공을 검지로 빙글빙글 돌리며 대꾸했다. 태식은 거꾸로 솟았던 피가 차갑게 식는 걸 느꼈다.

"니들 여기서 뭐하냐? 시험공부 안 해?"

"아니, 우린 그냥……."

동철이 우물쭈물 변명하며 뒷걸음쳤지만 감히 도망치진 못했다. 학교를 그만둘 각오 없이 그랬다간 내일 더 큰 대가를 치른다. 그나마 학교가 다른 정희가 겁을 덜 먹은 듯 제자리에 서 있었지만 성민을 제대로 쳐다보지 못하는 건 동철과 비슷했다. 성민은 한심하다는 듯 동철과 정희를 쳐다보다 태식에게 시선을 고정했다.

"똥싸개. 뭐라고 말 좀 해봐라."

성민이 갑자기 농구공을 던졌다. 거리가 너무 가까워 피할 수 없었다. 공은 태식의 코를 때리고 성민의 손으로 튕겨 나갔다. 성민과 함께 온 녀석들이 웃음을 터뜨렸다. 별로 아프진 않았지만 굴욕과 분노 때문에 얼굴이 화끈거려 견디기가 힘들었다.

성민은 공을 빙글빙글 돌리며 말했다.

"코로 어시스트를 다 하고 대단하다?"

다시 웃음이 터졌다. 성민은 차갑게 말했다.

"다들 조용히 해라. 얘기 좀 하게."

거짓말처럼 웃음소리가 끊겼다. 평소에는 성민과 맞먹는 척하지만 사실은 부하나 다름없는 녀석들이다. 맞아도 반항 못하는 건 다른 아이들과 똑같다. 자주 맞지 않을 뿐이다.

성민이 다시 태식을 향해 공을 날리며 물었다.

"요새도 판타지온라인 하냐?"

이번에는 태식도 대비하고 있었다. 그는 두 손으로 공을 꽉 잡으며 말했다.

"어."

"한심한 새끼. 그런 거 할 시간에 운동을 해, 운동을. 음침한 놈이 배만 볼록 나와가지고 말이야. 언제까지 그러고 살래?"

성민이 손바닥으로 태식의 이마를 툭툭 쳤다. 이성을 잡고 있던 끈이 툭 하고 끊기는 기분이었다. 태식은 손바닥이 하얗게 되도록 공을 누르면서 성민을 노려보았다.

이 새끼가 진짜.

다른 때라면 성민과 눈이 마주치는 순간 긴장감을 이기지 못하고 고개를 돌렸을 것이다. 어딜 어떻게 맞을까 무서워 고개를 숙인 채 부들부들 떨었겠지. 하지만 오늘은 성민이 무섭지 않았다. 용을 잡았기 때문일까. 밤새 잠을 못 자 정신이 나간 걸까. 태식의 시선에 오히려 성민이 찔끔했다가 이내 그랬다는 게 더 자존심 상한 듯 위협적으로 손을 쳐들었다.

"뭘 보냐 새끼야."

어쩌면 조금 전까지 정희와 돈에 대해 이야기했기 때문인지도 몰랐다. 둥지에서 가져온 아이템을 전부 팔면 웬만한 회사원 연봉보다 많은 돈을 벌 수 있다. 허세밖에 없는 성민보다 내가 훨씬 나은 인간이다.

"뭘 보냐고."

성민이 벌컥 성을 냈다. 태식은 농구공으로 녀석의 얼굴을 후려쳤다. 무심코 한 짓이었다. 용에게 죽으려고 했던 그때처럼 아무 생각 없이 그냥. 하지만 결과는 엄청났다. 공은 정확히 성민의 콧잔등을 때렸고 핏방울을 묻힌 채 차도 쪽으로 굴러갔다.

뒤쪽에서 시시덕대던 성민의 패거리가 잠잠해졌다. 태식 역시 자신이 저지른 일이 믿기지 않아 딱딱하게 얼어붙었다. 성민은 한 손으로 코를 잡은 채 고개를 숙이고 있었다. 손가락 사이로 뚝뚝 피가 떨어졌다.

태식은 침을 꿀꺽 삼켰다. 땅이 꺼지고 건물이 무너지고 하늘이 찢어지고 별들이 소리를 지르며 떨어졌다. 끔찍한 침묵이 계속 흘렀다. 쿵. 쿵. 태식은 자신의 심장박동을 들었다. 성민을 때렸다는 후련함은 사라지고 본능적인 공포만 남았다. 태식은 성민이 코피를 털어내며 눈을 부릅뜨는 걸 보고 정신을 차렸다. 성민의 두 눈이 활활 타오르고 있었다.

도망쳐야 해.

태식은 돌아서서 발을 내디뎠다. 성민의 손아귀가 목덜미를 스치고 지나갔다. 태식은 온몸에 소름이 돋았다.

잡히면 죽는다!

태식은 정희와 동철을 밀치고 미친 듯이 달렸다.

"너 거기 안 서냐!"

"저 새끼 잡아!"

성민의 패거리들이 저마다 소리를 질러대며 뒤쫓아왔다. 태식은 겁에 질렸다. 그의 형편없는 체력으로는 얼마 못 가 잡힐 게 뻔했다. 무언가 변수가 필요했다. 태식은 오른쪽으로 몸을 틀어 차도를 가로질렀다. 마을버스가 경적을 울리며 급정거했다.

태식은 분식집과 약국 사이의 골목으로 뛰어들었다. 건물 사이의 좁은 골목을 지나 닫힌 철문을 뛰어넘었다. 벽에 붙은 에어컨 실외기에서 더운 바람이 뿜어져 나왔다. 답답한 실외기 사이를 지나 골목을 빠져나가자 주차장이 나왔다. 태식은 주차장 옆 건물로 들어가 지하로 내려갔다. 아르바이트를 했던 PC방이 거기 있었다.

태식은 문을 박차고 들어갔다.

"어, 너 오랜만이다."

안면이 있는 알바 형이 말을 걸었지만 인사를 받아줄 여유는 없었다. PC방 복도를 가로질러 반대쪽 문으로 나가 계단을 뛰어올랐다. 남자 화장실은 삼층에 있었다. 태식은 화장실의 가장 안쪽 칸으로 들어가 문을 잠갔다. 이마를 타고 뚝뚝 땀이 떨어졌다. 이제야 조금 마음이 놓였다. 아르바이트를 했던 PC방이 근처라 다행이다. 다른 곳이었다면 꼼짝없이 녀석들에게 잡혀 지금쯤 죽도록 얻어맞고 있을 것이다.

태식은 거추장스러운 가방을 문고리에 걸고 변기에 주저앉았다. 심장이 가슴을 뚫고 나올 것처럼 쿵쾅거렸다. 정신 차려, 정신. 호랑이에게 물려가도 정신만 차리면 산다고 했다. 이미 벌어진 일은 어쩔 수 없고 앞으로 어떻게 할지 생각해야 한다.

태식은 문득 동철과 정희에 생각이 미쳤다. 걔들은 무사할까. 그는 창문을 열고 밖을 살폈다. 성민 패거리가 길가를 서성이고 있었다. 패거리 사이에 성민이 보였다. 그는 사람들 속에 우뚝 서서 태식을 찾아 두리번거리고 있었다. 코피가 뚝뚝 떨어지고 있었지만 전혀 개의치 않았다. 패거리 중 한 명이 성민에게 뭐라 말을 걸었다. 성민은 친구의 얼굴에 주먹을 날리고 발목을 걸어차며 소리쳤다.

"개소리 말고 찾기나 해!"

태식은 겁에 질려 창문을 끝까지 닫고 머리를 감싸 쥐었다. 역시 성질이 보통 더러운 놈이 아니다. 판타지온라인 최악의 보스 몬스터라는 '타락한마법사'가 뿜어내는 검은 오라도 저놈이 뿜어내는 분노보다는 옅을 것 같다. 그나마 동철도 정희도 잡히지 않은 것 같아 다행이다. 그랬다면 패거리 대신 그 둘을 두들겨 패고 있을 테니까.

이제 어떡하지. 성민의 코피를 터뜨린 건 루키페르와 싸운 것과는 차원이 달랐다. 학교생활이 거의 불가능해진 것이나 마찬가지다. 태식의 머릿속에 파노라마처럼 앞으로의 일이 그려졌다.

결국 그는 맞아 죽게 될 것이다. 아니면 죽도록 괴롭힘을 당하다 자살하게 될 것이다. 쉬는 시간마다 아이들은 책상을 앞으로 밀어 싸울 자리를 만들 것이고, 성민은 그렇게 만들어진 링에서 그를 샌드백처럼 두들겨댈 것이다. 수업 시간에도 마음대로 쉴 수 없겠지. 성민이 태식의 뒷자리로 옮겨와 머리를 때리고 볼펜으로 등을 찔러댈 테니까. 그러다 식곤증이 오면 패거리에게 일을 맡기고 맨 뒷자리에서 한숨 잔 다음 생생해진 얼굴로 돌아와 다시 태식을 괴롭힐 것이다. 화장실에서 오줌을 쌀 때도 뒤에서 걷어차일 걱정을 해야 한다.

전에도 그런 식으로 당한 녀석이 있어 잘 알고 있다. 녀석은 성민을 때리기는커녕 뒤에서 욕 한마디 했다가 그 꼴을 당했고 한 달을 버티다 결국 전학을 갔다. 태식이 살 길도 전학밖에 없었다. 가까운 학교로 옮겨선 안 된다. 최소한 강 하나는 건너야 안심이다. 성민의 패거리는 인근 학교에도 널려 있으니까.

빌어먹을 놈의 용, 괜히 잡았지. 그것만 아니었어도 그런 식으로 자살행위를 하진 않았을 것이다. 정희와 동철에게 이럴 때일수록 조심하자고 했지만 가장 흥분한 건 그였다.

문이 열리고 누군가 화장실로 들어왔다. 태식은 숨을 죽였다. 벌컥 화장실의 첫 번째 문이 열렸다. 문짝이 벽에 부딪치며 둔탁한 소리를 내곤 조용해졌다. 저벅저벅 발소리가 들리고 두 번째 문이 열렸다. 태식은 변기 위에 두 발을 올리고 쪼그려 앉았다. 심장이 오그라들 것처럼 겁났다.

　태식은 살짝 창문을 열고 거리를 내려다보았다. 어느새 성민 패거리는 사라지고 없었다. 그럼 설마 밖에 있는 게 놈들인 걸까. 태식은 정신이 아득해졌다. 여기서 놈들에게 걸리면 누구 하나 말려주는 사람 없이 죽도록 맞는다.

　태식은 가방을 뒤져 필통에서 커터 칼을 꺼냈다. 그사이에 세 번째 문이 열렸고 태식이 숨어 있는 마지막 칸만 남았다. 태식은 호흡이 가빠지는 걸 느꼈다. 쪼그려 앉은 무릎이 금방이라도 무너질 것처럼 덜덜 떨렸다. 문 밑으로 누군가의 신발이 보였다. 태식은 칼날을 끝까지 밀어올렸다.

.5. *세상에서 가장 어려운 게임*

중경은 회사에 들어가자마자 문제가 무엇인지 알았다. 라이브 러리 개발팀의 바보들이 휴게실에 모여 누가 용을 죽였는지를 두고 십만 원 내기를 하고 있었기 때문이다. 훈남 길드의 인투더레인이 제일 많은 표를 얻었고 그다음은 인맥 길드의 사또딸 보였다. 다른 팀도 사정은 다르지 않았다. 대부분 하던 일을 작파하고 용에 대해 이야기하고 있었다.

기획개발실에선 창식이 누군가와 통화중이었다. 붉으락푸르락 달아오른 얼굴로 보아 이번 일과 관련된 이야기인 모양이었다. 중경은 자세한 사정은 나중에 듣기로 마음먹고 대표이사실에 들어가 컴퓨터를 켰다. 네이버 검색어 순위에 아직 판타지 온라인이 있었다. 이건 나쁘지 않군. 중경은 생각했다. 몇 억씩 들여 광고하는 것보다 포털 사이트 메인의 검색어 순위에 오르는 편이 홍보에 더 낫다.

판타지온라인 홈페이지에 접속하자 문제를 파악할 때까지 모든 서버에서 '세상의 끝'으로 가는 길을 막는다는 팝업 공지가 떴다. 중경은 얼굴을 찌푸렸다. 이건 안 좋은데. 잠깐이라도 콘텐츠를 제한하면 시장에서는 서비스에 문제가 생겼다고 받아들인다. 주가지수를 확인하니 걱정했던 대로 폴룩스 엔터의 주식은 전날 종가에 비해 0.7퍼센트 떨어져 있었다. 첫날이라 이 정도지 제대로 된 공지가 나갈 때까지 하락은 멈추지 않을 것이다.

하지만 운영팀이 잘못 판단했다고 볼 수는 없었다. 그냥 내버려뒀다가 다른 서버의 용까지 죽기 시작하면 일이 복잡해진다. 용을 죽인 자들이 누구고 어떤 방법으로 그랬는지 알아낼 때까지 유저들의 접근을 막을 필요가 있었다.

중경은 모스가르드 서버로 들어가 루키페르의 사체를 확인했다. '세상의 끝'으로 가는 길은 막혀 있었지만 중경과는 상관없었다. 그는 모든 서버를 넘나들며 활동할 수 있는 혼자만의 캐릭터이자 프로그램을 가지고 있었다. 이름 성별 종족을 자유자재로 바꿀 수 있고 게임 내 존재하는 모든 능력을 갖추고 있으며, 다른 게이머의 로그 기록과 아이템, 심지어 회원 정보까지 볼 수 있는 캐릭터. 중경은 이름을 '창조주'라 붙였다.

중경은 용의 둥지를 보며 생각에 잠겼다. 정상적인 방법으로 용을 죽이는 건 불가능하다. 판타지온라인의 모든 유저가 동시에 덤벼도 마찬가지다. 그가 아는 한 루키페르를 죽일 수 있는 건 창조주밖에 없다. 창조주는 시스템의 한계를 넘어선 존재니까. 하지만 중경은 최근 몇 달간 창조주로 접속한 일이 없었다.

누군가 시스템을 해킹한 걸까. 미리 서버에 트로이목마를 설치했다면 불가능한 일은 아니다. 트로이목마는 호메로스의 『일리아스』에서 따온 말로 악성코드가 숨어 있는 프로그램을 말한다. 트로이목마가 네트워크에 침투하는 방법은 다양하다. 관리자가 음란 메일로 위장한 트로이목마를 열어봤을 수도 있고, 메신저로 전파된 누드 사진을 클릭했을 수도 있다.

어떤 식으로든 프로그램을 실행하는 순간 트로이목마는 작동을 시작해 설치한 자의 컴퓨터와 시스템 사이에 통로를 만든다. 그 통로를 백도어back-door라 부른다. 쉽게 말해 시스템 보안이 제거된 비밀 통로다.

창조주도 백도어의 일종이다. 시스템의 허락 없이 데이터베이스에 직접 엑세스하는 프로그램이니까. 중경이 창조주를 만든 건 개발 초기에 게임 밸런스를 조절하기 위해서였다. 하지만 시스템은 창조주의 능력을 오류로 받아들였고, 중경은 매번 설정을 조정하는 것이 귀찮아 보안을 우회해 게임에 접근하는 기능을 추가해서 지금의 창조주가 탄생하게 되었다.

판타지온라인 개발이 끝나고 서비스가 시작되면서 더 이상 창조주는 필요 없어졌다. 하지만 중경은 프로그램을 지우지 않고 코드 깊숙이 숨겨두었다. 지금처럼 게임에 문제가 생겼을 때를 대비하기 위해서였지만 어느 정도 개인적인 이유도 있었다. 판타지온라인이라는 세계를 만든 창조주라면 신에 가까운 캐릭터를 가질 자격이 있다는 생각에서였다.

그렇다면 누군가 게임을 해킹해 또다른 창조주를 만든 걸까.

그게 사실이라면 골치 아파진다. 시스템 보안이 뚫렸다는 소문은 게임 흥행에 치명적인 영향을 끼친다.

중경은 시간을 확인했다. 곧 12시다. 1시에 팀장 회의가 있을 예정이었다. 판타지온라인2의 기획 방향부터 전부 다시 검토하기로 되어 있었다. 어쩌면 지금까지의 결과물을 모조리 폐기하고 새롭게 게임 개발에 착수해야 할지도 몰랐다. 그만큼 상황이 좋지 않았다.

하지만 직원들 분위기로 보아 회의 내내 용 이야기만 나올 게 분명했다. 누가 죽였고 왜 죽였고 앞으로의 대처 방향이 어쩌고저쩌고. 쓸데없는 이야기로 시간만 잡아먹을 게 뻔하다. 그렇다고 회의를 미루는 건 우습다. 차라리 회의 전에 대책을 세우는 편이 낫겠지.

중경은 창식을 회의실로 불러냈다. 회의실 바닥에 짜장면과 짬뽕 그릇이 쌓여 있었다. 밤샘 작업을 한 직원들이 야식을 먹고 치우지 않은 모양이다. 바닥에 튄 국물 위에 슬리퍼 자국이 찍혀 있었다. 창문을 열자 장마철의 후텁지근한 공기가 회의실로 밀려들었다. 짜장 특유의 달달한 캐러멜 소스 냄새는 쉽게 사라지지 않고 축축한 대기를 맴돌았다.

중경은 회의실 한쪽의 캡슐커피 머신에서 에스프레소를 뽑았다. 진한 커피향이 중국집 냄새를 잠재웠다. 미니 냉장고에 든 얼음과 생수로 아이스 아메리카노를 만들어 한 모금 머금을 때 창식이 아이패드를 들고 회의실로 들어오다 멈칫했다.

"형, 미안해요. 오늘 일 때문에 다들 경황이 없어서요. 지금 바로 치우라고 할게요."

중경은 도로 나가려는 창식을 제지했다.

"됐으니까 앉아. 일 얘기부터 듣자. 어떻게 된 거냐?"

"모스가르드 서버에서 루키페르가 시체로 발견됐어요. 둥지에 있던 돈이랑 아이템은 다 없어졌고요. 유저들이 소문 듣고 몰려드는 통에 딴 서버까지 난리가 나서 한 시간 전에 전 서버에서 세상의 끝으로 가는 길을 막았어요."

"무슨 난리?"

"누가 용 잡았다니까 다들 욕심이 동한 거죠. 서버마다 결사대 만들어서 용한테 덤볐다가 전멸당하고 또 덤비고…… 장난 아니었어요. 완전히 봉쇄하는 게 낫겠더라고요."

창식은 바보들이 죽어 자빠지던 광경이 떠오르는지 고개를 설레설레 흔들었다. 살인에 도난에 지역 봉쇄라니, 강력반 형사가 된 것 같군. 중경은 마음속으로 혀를 차며 커피를 한 모금 마셨다.

"누가 해킹한 거야?"

"그게…… 오전 내내 네트워크 점검을 했는데 게임 데이터에 인위적으로 접속한 흔적이 없어요. 다른 서버의 경우, 용도 무사하고요. 오직 모스가르드 서버에서만 문제가 터진 건데 관리팀에서는 절대 해킹이 아니라는데요."

중경은 어리둥절해졌다.

"그럼 누가 진짜로 용을 잡았다고?"

"예. 그런 거 같아요."

"어떻게?"

창식은 울상이 되었다.

"그걸 모르겠어요. 저도 조금 전까지 팀원들 동원해서 용 잡는 시뮬레이션을 해봤는데 전혀 방법이 없던데요. 레벨을 최대치로 올려서 아이템 빵빵하게 주고 시작해도 불 공격 한두 번이면 끝나니까요. 시스템 자체가 루키페르를 잡지 못하도록 되어 있는데 도대체 뭘 어떻게 한 건지 짐작이 안 가요."

창식은 중경보다 여덟 살이 어린 스물아홉 살. 겉보기에는 미남에 멋쟁이로 잘나가는 여피처럼 보이지만 사실은 게임밖에 모르는 오타쿠다. 중경의 대학 후배로 2학년을 마치고 학교를 그만두고 폴룩스 엔터에 입사해 지금까지 맡은 일마다 완벽하게 성공시켰다. 그는 자타가 공인하는 게임 제작의 천재였다. 그런데 제작총괄이 된 후 자꾸 일이 꼬였다. 판타지온라인2의 기획 실패 후 이런 일까지 발생했으니 마음이 더욱 불편할 것이다.

중경은 혼잣말처럼 중얼거렸다.

"그런데 해킹은 아니다…… 모순이군."

"예?"

"아냐, 아무것도."

중경은 손을 내저었다. 게임을 만들다보면 별별 일이 다 생긴다. 정식 서비스 직전에 치명적인 버그를 발견하기도 하고 핵심 개발자가 관련 자료를 엉망으로 만들고 경쟁 업체로 이적하는 일도 있다. 심각한 문제일수록 수습은 오래 걸리고 과정은 고통스럽다. 그러나 무슨 일이 있어도 평정을 잃으면 안 된다. 조금씩 실타래를 풀어내다보면 언젠가 일이 정리되는 순간이 온다. 이번 일의 경우 원인 파악보다 수습책이 중요했다. 재벌 3세들이 안심하고 돈을 내놓게 만들어야 하니까.

"자책할 거 없어. 별일 아니니까. 아마 어떤 정신 나간 놈들이 밤새 게임하다가 꼼수를 찾은 거겠지. 누군지 찾아내서 버그 잡고 아이템 회수하면 돼. 어떻게 생각하면 잘된 일이야."

"뭐가요?"

"검색어 순위에 올랐잖아. 호기심 하나는 제대로 자극한 거지. 전에 판타지온라인을 해본 사람이든 안 해본 사람이든 홈페이지를 한두 번 기웃거리긴 할 거야. 마무리만 잘하면 오히려 사람들이 몰릴 가능성이 높지."

중경은 잠시 생각하다 덧붙였다.

"그냥 있지 말고 무료체험 서비스 시작해라. 열 시간 정도 공짜로 게임 구경할 수 있게. 서버 따로 구성해서 시작 도시랑 필드만 나오게 하고 레벨 15 정도로 제한 두고. 오래 걸리겠냐?"

"그 정도야 금방 끝나죠."

"그럼 바로 진행해. 체험 서버에는 루키페르 안 나오게 하고. 누가 죽이면 큰일이니까."

중경의 농담에 창식은 살짝 웃었다.

"용 죽인 놈들 누군지 알아냈냐? 길드 쪽이야?"

"그건 아닌 거 같은데요. 그쪽이 저지른 짓이면 벌써 저희 귀에 들어왔겠죠. 지금 관리팀에서 루키페르 사망 전후로 세상의 끝 필드 로그 기록 확인해서 용의자를 추리고 있는데 아무리 빨라도 오늘 밤에나 결과가 나올 것 같답니다."

오늘 밤이라…… 빡빡하군. 아이템 일련번호가 있으면 좋았을 텐데. 중경은 아쉬워졌다.

요즘 나오는 게임은 아이템에 번호를 부여해 도난관련 분쟁을 해결하고 있다. 쉽게 이야기하면 아이템마다 위치추적장치를 붙여놓는 셈이다. 하지만 판타지온라인에는 그런 기능이 없었다. 게임 개발 당시 자금 사정이 좋지 않아 기본 기능을 제외하고 전부 포기한 탓이다. 중경이 확장팩을 포기하고 빨리 판타지온라인2로 넘어가고 싶은 것도 그 때문이다. 시스템 자체에 한계가 있어 업데이트할 때마다 덕지덕지 새 코드를 붙여놓을 뿐 본질적으로 새로운 시도를 할 수 없었다.

중경은 물었다.

"루키페르가 어떤 아이템을 가지고 있지?"

"그게 말인데요, 다른 서버라면 그나마 나은데 모스가르드 서버는……."

창식은 머뭇거리다 말을 이었다.

"위험한 게 좀 많아요."

중경도 그럴 거라 생각했다. 모스가르드 서버는 CBT 때부터 유지했던 판타지온라인의 대표 서버다. 다른 서버에 비해 유저의 수가 많고 전체적인 레벨, 게임 이해도도 높다. 게임 업데이트나 패치도 모스가르드 서버에서 먼저 테스트를 하고 문제가 발견되지 않으면 다른 서버에 적용시켰다.

"콘텐츠 개발팀 애들이 CBT 끝날 때 괜찮은 아이템은 전부다 넣어 놨답니다. 골드도 엄청 가져다 놨고요. 그 팀 애들이전부 판타지 마니아다보니까 안 보이는 곳까지 제대로 구현하고 싶은 마음에……."

중경은 창식의 말을 끊었다.

"골드를 얼마나 갖다 놨는데?"

"최소 오천만 골드 이상이랍니다."

두통이 심해지는 건 숙취 때문만이 아니었다. 중경은 눈두덩을 문지르며 콘텐츠 개발팀 놈들에게 저주를 퍼부었다. 오천만 골드라니. 그 정도 금액이면 핵폭탄이나 마찬가지다. 시중에 풀리는 순간 돈 가치를 급락시켜 인플레를 일으킬 테니까. 문제는 거기서 끝이 아니다.

아이템 거래 사이트는 모스가르드 서버의 시장가격을 기준가로 설정했다. 다시 말해 모스가르드에 인플레가 일어나면 서버 전체의 아이템 가격이 떨어지게 된다는 뜻이다. 지금까지 현금 거래를 통해 자금을 마련해온 대형 길드나 헤비 유저는 타격을 입을 것이고 그들이 약해지면 일반 유저들도 흥미를 잃을 것이다. 온라인게임은 인간의 욕심에 기반을 두고 있다. 더 높은 레벨, 더 좋은 아이템, 더 많은 골드, 더 많은 관심. 아이러니한 얘기지만 더 많이 가진 자들이 사라지기 시작할 때 일반 유저들도 게임이 재미없어진다.

중경은 이마를 짚은 채 말했다.

"아이템은 어떤 게 있었지?"

"이름난 건 다 있던데요. 명검 글라드릴, 오말스칼린의 허리띠, 쿠리의 지팡이……."

거기까지는 중경도 예상하고 있었다. 용의 둥지에 오천만 골드를 가져다 놓을 만큼 멍청한 놈들이라면 게임에서 제일 희귀하고 값비싼 아이템을 전부 꼬라박았겠지. 하지만 창식이 머뭇거리다 "뤼카온의 망토"라고 말했을 땐 중경도 흠칫할 수밖에 없었다.

"그거 없애버렸잖아. 배경 스토리랑 퀘스트까지 전부 다."

"남은 아이템이 하나 있었던 모양이에요. 팀원 한 명이 나중에 보관함에 든 걸 보고 별 생각 없이 용한테 줬다고……."

창식은 말끝을 흐렸다.

중경은 목이 타는 걸 느꼈다. 판타지온라인 개발 당시, 중경은 유저의 레벨에 맞춰 다양한 퀘스트를 구상했다. 뤼카온의 망토는 세상에서 사라진 반신半神이 남긴 유물을 찾는 내용으로 게임의 마지막 퀘스트임과 동시에 보상으로 주어지는 아이템의 이름이었다. 스토리의 끝을 장식하는 에피소드이기 때문에 기획 개발 단계부터 최선을 다했고 각종 그래픽 디자인에도 공을 들였다.

하지만 중경은 CBT 직전에 퀘스트의 삭제를 결정했다. 보상으로 주어지는 뤼카온의 망토가 게임 밸런스를 망칠 만큼 강력했기 때문이다. 모든 마법 공격에 면역이 있는 데다 매번 반반의 확률로 상대의 공격을 무효로 만드는 능력도 강력했다. 하지만 무엇보다 큰 문제는 뤼카온의 망토에 걸려 있는 투명 효과였다. 망토를 착용하면 누구에게도 보이지 않았다. 감시 마법으로 은폐를 꿰뚫어보지 않는 한, 존재 자체를 알 방법이 없었다. 만일 뤼카온의 망토를 착용한 유저가 가지고 있는 무기까지 좋다면 무조건 원샷 원킬One shot, One kill, 한 방에 상대를 죽일 수 있다. 테스트 결과 웬만한 레벨 차이는 무시해버렸다. 퀘스트 구축에 공을 들였어도 밸런스가 무너지도록 둘 수는 없었다.

창식이 주저하다 말했다.

"그래서 말인데…… 퀘스트를 없앨 때 감시 마법까지 같이 없앤 거 기억나시죠?"

"그랬지."

중경은 창식이 무슨 말을 하려는지 깨닫고 깜짝 놀랐다.

"그럼 그놈들이 망토를 입으면……."

창식은 고개를 끄떡였다.

"지금으로신 투명 상태를 감지할 방법이 없습니다."

중경은 창식이 겁에 질린 이유를 알았다. 골드나 다른 아이템의 경우 시장을 교란할지언정 무너뜨릴 수는 없지만 뤼카온의 망토는 그럴 힘이 있었다. 보이지 않는 적에게 죽임을 당하고도 고분고분 게임을 계속할 유저는 없으니까. 용을 죽인 자들이 누군지 모르지만 마음만 먹으면 언제든 모스가르드 서버를 엉망으로 만들 수 있었다.

창식이 물었다.

"오늘 업데이트에 감시 마법을 포함시킬까요?"

"그건 안 돼. 명분이 없어."

용을 죽인 놈들이 투명 망토를 훔쳐갔다고 솔직하게 털어놓을 수는 없는 일이다. 그랬다간 투자가 취소되고 주가가 폭락할 테니까. 그야말로 진퇴양난이다. 중경은 물었다.

"다른 서버는?"

"혹시 몰라서 루키페르 아이템 전부 없앴어요. 그럼 그 자식들이 또 용을 잡더라도 헛고생하는 거죠."

"없으면 없는 대로 이상하니까 조금씩 넣어봐. 사오천 골드

정도에 괜찮은 방어구로 두어 개 정도."

"세상의 끝으로 가는 길은 어떻게 할까요. 이제 사람들도 진정한 것 같은데 다시 열까요?"

중경은 고민했다. 콘텐츠를 막아둔 채 시간을 끄는 건 곤란하다. 하지만 예전과 다르지 않다면 '세상의 끝'을 찾는 유저들이 실망할 것이다. 살짝 변화를 줄 수 있다면 좋겠는데, 마땅한 방법이 떠오르지 않았다.

"그건 좀더 생각해보지. 일단은 용 죽인 놈들 이야기부터 끝내고. 그놈들이 지금 아이템을 딴 계정으로 옮기거나 다른 놈들에게 팔아버린다면 어떻게 추적하지?"

"추적 못하죠."

중경은 눈을 감았다. 예상하고 있었지만 창식의 대답을 들으니 마음이 더욱 무거워졌다. 창식이 눈치를 보다가 말했다.

"범인들한테 자백을 받아내면 되지 않을까요? 누구한테 얼마 받고 어떻게 팔았는지 이야기를 들으면……."

중경은 벌컥 화를 냈다.

"우리가 무슨 안기부냐? CIA야? 처음 보는 놈들한테 무슨 수로 자백을 받아?"

경찰에 신고하는 게 낫지 않을까. 중경은 머릿속에 떠오른 생각을 바로 지워버렸다. 경찰에 알리는 순간 사방으로 소문이 퍼진다. 투자를 고려한다면 이번 일은 최대한 조용히 처리할 필요가 있었다.

창식이 아이디어를 냈다.

"눈 딱 감고 서버를 리셋하면 어떨까요. 관리팀 애들한테 물어보니까 엊그제 오전 열두 시 자료까지 백업이 되어 있다고 하거든요? 용 죽은 거 어젯밤이니까 이틀 전 자료로 서버 다시 열고 용이 가지고 있는 아이템 전부 없애버리면 됩니다. 그런 다음에 용 죽인 놈들 찾아서 어떤 방법을 썼는지 알아내고요."

중경은 고개를 흔들었다.

"우리가 실패한 걸 인정하는 건 안 돼. 이틀 동안 올린 레벨이랑 아이템 복구하라고 다들 난리를 피울걸?"

"그래도 용 죽인 놈들이 사고 치고 다니는 것보단 낫지 않을까요? 그놈들이 조금만 나쁜 마음을 먹어도 게임이 박살날 텐데요. 조금 손해를 보더라도 지금 정리하는 게……."

중경은 침묵을 지켰다. 그는 어제 만난 재벌 3세를 생각하고 있었다. 중요한 시기다. 좋지 않은 소문이 퍼지면 투자를 받을 수 없게 된다. 지금 가장 중요한 건 범인을 잡아 아이템을 회수하는 것도, 게임 내 버그나 해킹의 가능성을 찾는 것도 아니다. 판타지온라인에 대한 사람들의 관심을 끌어올리는 일이다. 검색어 2위에 올라간 건 좋은 기회다. 이럴 때 사람들 입에서 부정적인 말이 나올 일은 절대 만들어선 안 된다. 사람들이 판타지온라인에 기대를 가지도록 포장해야 한다. 그게 거짓말이라고 해도 상관없다.

중경은 창식에게 굳이 그런 말을 하지 않았다. 창식은 게임을 만드는 일에는 전문가지만 거기에 엄청난 돈이 필요하다는 사실은 잘 몰랐다. 중경이 게임 제작을 창식에게 넘기고 사업에 전념하게 된 것도 그 때문이다.

중경은 말했다.

"조금만 더 기다려보지. 최악의 상황이 닥친 게 확실해지면 그때 서버를 뒤로 돌리는 걸로 해."

"길드에 도움을 요청하면 어떨까요? 걔들은 저희보다 바닥 정보를 많이 가지고 있을 거 같은데."

중경은 코웃음을 쳤다.

"누구한테? 인투더레인? 사또딸보?"

"둘 다 얘기해도 좋고, 둘 중 한 명한테만 말해도 좋고요."

그러잖아도 두 놈이 광산 채굴권 문제로 치고받는 바람에 골치를 썩이고 있었다. 그런 탐욕스러운 놈들에게 용이 가지고 있던 아이템까지 이야기해서 일을 더 복잡하게 만들고 싶지 않았다.

중경은 차갑게 말했다.

"그놈들한테 용 잡은 애들 찾아서 골드랑 아이템이랑 빼앗으라고 귀띔이라도 해주자고? 우리 입장에서 뭐가 좋은 거지?"

"협상이 가능하잖아요. 어느 정도 보상을 약속하면 범인 잡는 거 도와줄 거 같은데요. 솔직히 걔들 거의 사업가잖아요. 게임이 무너지면 지들도 손해인 거 뻔히 알 텐데요. 레어템 몇 개에 욕심내다가 돈벌이를 망치진 않을걸요."

그들이 원할 보상은 하나밖에 없다. 모스가르드 서버에 대한 독점권을 달라고 하겠지. 중경은 딱 잘라 말했다.

"도움이 안 돼. 걔들이 나선다고 바로 용 죽인 놈들 찾아줄 것도 아니고. 이번 일 아는 사람 많아지면 소문이나 빨리 나지. 이찌어찌 운이 좋아 잘 마무리된다고 해도 길드 애들 소원 들어주다 허리가 휠 거다."

"우리가 말 안 해도 두 길드 다 이번 일 파악하고 있을 텐데요."

창식은 중경의 기분을 생각해 회사 직원 중에도 훈남과 인맥 길드 회원이 득실거린다는 설명은 생략하고 말을 이었다.

"벌써 범인 색출에 들어갔을걸요. 루키페르가 가지고 있는 아이템에 골드면 걔들 입장에서도 신경 쓰일 테니까요. 게임을 위해서라면 불법적인 일도 서슴지 않으니 이미 뭔가 찾아냈을지도 몰라요. 지금 그쪽 정보를 들어두면 앞으로의 일에 어떤 식으로든 도움이 될 거라고 보는데요."

창식의 말이 옳다. 중경은 불만을 참고 말했다.

"그럼 뭘 알고 있는지 살짝 운만 띄워봐. 아무것도 약속하지 말고."

"그렇게 할게요."

창식이 고개를 끄덕였다. 중경은 시계를 보았다. 어느새 1시였다.

"오늘 회의는 어떻게 할까요?"

중경은 대답하지 않고 창밖을 쳐다보았다. 낮게 깔린 구름이 마천루에 걸쳐진 채 조금씩 움직이고 있었다. 중경은 커피를 마저 마셨다. 뭔가 빼먹었다는 생각을 지울 수가 없었다. 중경의 머릿속은 부지런히 달리며 지금까지 알아낸 사실을 검토하고 조사했고, 마침내 깨달았다. 스토리가 문제야. 지금은 스토리가 부족해.

게임이 성공하려면 사람들로 하여금 용이 죽은 다음 새로운 이야기가 시작될 거란 기대감을 가지도록 만들어야 한다. 범인을 잡고 아이템과 골드가 시장에 풀릴 일을 걱정하는 건 그다음이다. 새로운 스토리만 만들어진다면 다른 문제는 모두 부차적인 것이 된다.

중경은 고민하다 말했다.

"세상의 끝 가는 길 막은 거 말이야."

"아, 그걸 깜빡했네요. 어떻게 할까요? 지금 다시 열까요?"

중경은 고개를 끄떡이고 빠르게 말했다.

"그래, 열어. 지금은 말고 며칠 있다가. 열기 전에 다른 서버에 있는 용 전부 다 죽여라."

창식은 눈을 동그랗게 떴다.

"예?"

"용이 죽은 게 업데이트의 일환인 것처럼 구는 거야. 딴 서버까지 용이 다 죽으면 다들 그렇게 생각하지 않겠냐? 게임이 어떤 식으로 변화할지 다들 궁금해할 거고. 용 죽이는 법이니 둥지에 있던 레어템에 대한 관심은 저절로 사그라질 거다."

"그래도 될까요?"

"세상에 안 되는 일이란 없어. 성공이냐 실패냐만 있지. 성공만 하면 판타지온라인 접속자 수도 엄청나게 늘 거야."

창식은 이해가 안 간다는 표정이었다.

"당장이야 관심은 끌겠지만요, 그다음에 할 게 없는데요. 확장팩도 업데이트도 준비한 게 전혀 없는 거 아시잖아요. 개발진도 해체한 상태고. 지금 당장 팀 꾸려서 날밤을 새고 만들어도 몇 달은 걸릴 텐데…… 어떻게 하시려고요?"

중경은 말을 하려다가 멈췄다. 실패하면 끝장이다. 손에 든

패를 몽땅 털어놓는 것이기 때문에 나중은 없다. 중경은 고개를 흔들었다. 아까워할 것 없다. 어차피 회사가 망하면 이제까지 만든 것도 사라진다. 지금은 눈앞에 닥친 일부터 해결해야 한다.

"오늘부터 판타지온라인2 개발진 전부 1편 업데이트 작업에 들어간다. 투에 들어가기로 한 지옥 모델링, 몬스터 디자인, 스토리 라인 다 원으로 돌려. 그럼 시간이 어느 정도 단축될 거야."

창식은 너무 뜻밖인지 말까지 더듬었다.

"그, 그거야 그렇지만…… 그럼 투 개발은 처음부터 완전히 다시 해야 될 텐데요."

"지금 상태로는 시장에 못 나가는 거 너도 알잖아. 당장 원이 못 버티면 투 완성할 때까지 못 간다. 일단 써먹을 수 있는 건 다 써먹는 게 나아."

"하지만……."

중경은 창식의 말을 끊었다.

"할 수 있냐. 그것만 말해."

잠시 침묵이 흘렀다. 중경도 한때 개발자, 그것도 실력 있는 개발자였다. 무리를 해야겠지만 충분히 가능한 일이라는 걸 알고 있었다. 하지만 제작총괄인 창식의 입으로 직접 대답을 듣고 싶었다.

창식은 망설이다 심란한 얼굴로 말했다.

"스토리나 캐릭터 모델링이야 바로 써먹을 수 있겠지만 그 외에는 처음부터 다시 작업하는 거나 다름없다고 봐야 되니까…… 최소한 한 달 반, 아니 두 달은……."

"내일 당장 포털 사이트랑 유통 쪽 애들 만나서 확장팩 수준의 새 업데이트라고, 광고 내보내자고 할 거야. 거기에서 매달 하나씩 새로운 에피소드를 선보이겠다고 얘기하면 돼."

"매달이요? 최소한 두 달 걸린다고 방금 말씀드렸는데요."

중경은 회심의 미소를 지었다. 다른 건 몰라도 그 부분은 나름의 아이디어가 있었다.

"첫 에피소드로 뤼카온의 망토 넣으면 되잖아. 그건 전에 해놓은 거 있으니까 금방 될 거고. 그걸로 시간 벌어놓고 작업 들어가면 돼. 겸사겸사 감시 마법도 만들어 넣고. 그럼 그 새끼들이 훔쳐간 망토 때문에 골치 썩을 일도 줄겠지."

창식은 고개를 갸웃거렸다.

"그래도 될까요. 망토가 너무 세서 문제였던 건데요. 망토 가진 사람이 많아지면 오히려 곤란해지지 않을까 싶은데."

"내구도 최대한 낮추고 투명 효과에 시간 제한 걸어. 한 번에 삼십 초 이상 못 쓴다는 식으로. 적당한 시간은 기획팀에서 결정하도록 하고. 개발 때보다 다들 레벨이 높아졌으니까 그 정도는 어찌어찌 견뎌낼 거야."

"범인이 가져간 건 그런 제한이 없는데요."

중경은 미소지었다.

"유저들은 그걸 모르잖아."

창식은 당황한 얼굴로 중경을 쳐다보았다.

"하지만 그건 속임수……."

그때 문이 열리고 그래픽 파트장과 프로그램 파트장이 들어왔다. 그래픽 파트장이 심각한 목소리로 말했다.

"인맥 길드 짓이라니까. 빨리 경찰에 신고해야 돼."

두 사람은 중경과 창식을 보고 멈칫했다.

"얘기중이야."

중경의 말에 두 사람은 급히 문을 닫고 나갔다. 회의실에는 중경과 창식 두 사람만 남았다. 잠시 침묵이 흘렀다. 창식은 한숨을 쉬고는 자리에서 일어섰다.

"그럼 그렇게 진행할게요."

"전체 회의는 내일로 미루자. 넌 팀장들 따로 모아서 2편으로 개발했던 콘텐츠들 1편으로 옮기는 거 계획 짜고. 뤼카온의 망토 에피소드부터 작업 시작해. 좀 오래된 에피소드니까 손볼 게 있을 거야."

"예."

"용 잡은 놈들 문제는 내가 처리할게. 그런 거까지 신경 쓸 시간 없을 테니까. 이번 업데이트도 네가 책임지고 진행하는 거다."

창식은 고개를 끄떡이고 물건을 챙겨 돌아섰다.

중경이 말했다.

"창식아, 잠깐……."

"예?"

창식은 문을 열려다 긴장한 얼굴로 중경을 돌아보았다. 중경은 살짝 웃으며 말했다.

"애들한테 말해서 여기 청소 좀 시켜라."

중경은 창밖을 보며 커피를 한 잔 더 탔다. 창식에게는 자신 있게 말했지만 그 역시 2편의 콘텐츠를 끌어온다는 계획이 옳다는 확신은 없었다. 다만 그게 지금 할 수 있는 최선의 판단이라 믿을 뿐이다. 결국 게임도 비즈니스다. 양심을 지키는 게 중요한 게 아니라 돈을 벌 가능성이 있느냐가 중요하다.

때마침 재벌 3세에게서 전화가 왔다. 중경은 일부러 반갑게 전화를 받았다.

"김 사장님. 숙취는 좀 어떠세요? 집에는 잘 들어가셨습니까."

"그게 문제가 아니라 최 대표님, 지금 인터넷 보니까 판타지 온라인에 문제가 생긴 것 같아서 전화 드렸어요. 이거 큰일 아닙니까. 제가 넣는 돈이 밑 빠진 독에 물 붓기 되는 거 아니에요?"

재벌 3세는 숨도 쉬지 않고 쏘아붙였다. 중경은 당황하지 않고 웃음기 띤 목소리로 말했다.

"그렇게 생각하세요? 그럼 작전 성공이네."

"그럼 실수가 아니란 겁니까. 뭔가 있는 거예요?"

중경은 의자에 몸을 기댄 채 느긋한 목소리로 말했다.

"제가 어제 저희 게임에 좋은 일이 있을 거라 말씀드렸던 거 기억나시죠."

"그럼 뭔가 새로운 업데이트를 발표하는 겁니까."

"역시 미국 물 먹은 분답게 눈치가 빠르시네요. 며칠만 기다려보세요. 놀랄 일이 많으니까요. 정식 발표는 내일모레 정도 생각하고 있습니다. 투자하시면 절대 후회하지 않을 겁니다."

"최 대표님, 여간내기가 아니시네. 그럼 기다려보겠습니다."

재벌 3세는 한결 밝은 목소리로 전화를 끊었다. 중경은 핸드폰을 테이블 위에 내려놓았다. 게임은 컴퓨터 속에만 있지 않다. 산다는 것 자체가 타인과의 게임이다. 판타지온라인이 아니라 인생이라는 게임. 어떤 게임이든 지는 것보다는 이기는 게 낫다. 그가 할 수 있는 일은 다 했고 이제는 기다릴 뿐이다.

유일한 변수는 용을 죽인 자들이다. 놈들이 자기들이 벌인 일을 떠들기 시작하면 수습책은 엉망이 된다. 가능한 한 빨리 놈들을 찾아내 협상을 하든 협박을 하든 입을 다물게 만들어야 한다.

어떤 놈들일까. 어떤 방법으로 용을 죽인 걸까. 보통 놈들이 아닌 건 분명하다. 중경은 이십대 중반에서 삼십대 초반 사이의 남자를 상상했다. 머리 좋고 치밀한 게임 전문가. 이번 일에 꽤 오랫동안 공을 들였을 것이다. 그렇다면 중경이 협상을 청했을 때 받아들일 가능성이 높다. 어쩌면 그쪽에서 먼저 연락해 올지도 모른다. 그쪽도 가져간 골드와 아이템 때문에 골치를 썩이고 있을 테니까. 너무 막대한 양이라 처분하기도 쉽지 않다. 현금으로 만들기 전에 게임에 문제가 생기면 오히려 손해다.

그들이 게임 홍보를 돕는다면 중경도 양보할 생각이 있었다. 모스가르드 서버의 지배권을 주는 선까지는. 중경의 입장에선 인투더레인이나 용을 죽인 자들이나 다르지 않았다. 차라리 뭔가 보여준 게 있는 범인 쪽이 낫다.

중경은 놈들이 지금 무엇을 하고 있을지 궁금해졌다. 성공을 자축하며 여자를 끼고 술을 마시고 있을까. 그동안 밀린 잠을 자고 있을까. 아니면 초토화된 판타지온라인 게시판을 보면서 웃고 있을까.

.6. 몰락의 전조

누군가 거칠게 문을 잡아당겼다. 태식은 칼을 꽉 쥐었다. 심장이 목구멍을 뚫고 나올 것처럼 쿵쾅대며 뛰었다. 성민이 문을 박차고 들어오면 이걸 휘두를 수 있을까. 과연 그럴 수 있을까. 그때 밖에서 정희의 목소리가 들렸다.

"태식아. 거기 있냐."

태식은 다리에 힘이 풀려 변기 아래로 굴러떨어질 뻔했다. 살았구나. 긴장이 풀리자 오줌이 마려웠다. 태식은 살짝 문을 열고 밖에 정희 혼자임을 확인했다.

"잠깐만 기다려."

태식은 문을 닫고 바지를 내렸다. 긴장했던 탓인지 오줌이 잘 나오지 않고. 물건도 애처로울 정도로 작아져 있었다. 태식은 간신히 마지막 몇 방울을 털어내고 밖으로 나갔다. 화장실 앞에 선 정희를 보자 더욱 서러워졌다. 태식은 정희를 꼭 안으며 말했다.

"정희야. 나 정말 죽는 줄 알았다."

"일단 손부터 닦자."

정희는 태식을 밀어내며 말했다. 이 새낀, 친구가 죽다 살아났는데 반갑지도 않나. 태식은 겸연쩍음을 감추고 축축한 손을 닦으며 물었다.

"여긴 어떻게 알았냐."

"네 생각이야 빤하지. 우리 여기 자주 왔잖아. 네가 어디 있을지 왜 모르겠냐."

정희는 말하다 생각났는지 갑자기 인상을 썼다.

"그런데 너, 친구 두고 혼자 도망가면 어떡하냐. 치사하게."

"미안해. 아깐 정말 아무 생각 안 나더라. 그 새끼한테 잡히면 진짜 죽을 거 같은데…… 땀 난 거 보이지?"

"그래도 사람이 그럼 안 되지 새끼야. 친구들이 너 대신에 잡혀가도 좋아?"

태식은 놀라 숨을 들이켰다. 그러잖아도 동철이 보이지 않아 이상하게 생각하고 있었다.

"동철이 설마 잡혔어?"

"아니. 밖에 있는데."

동철은 복도 모퉁이에서 엘리베이터와 비상계단을 감시하고 있었다. 그는 태식을 보자마자 말했다.

"성민이가 너 내일 학교에 오면 죽여버린대."

태식은 사형선고를 받은 듯한 기분이었다. 근데 동철이 저 자식은 그걸 어떻게 아는 거지. 설마 최성민 그놈이 나한테 말 전하라고 저 자식을 풀어줬나. 그냥 쟬 때리지…… 그래서 화 좀 풀지…….

태식의 속마음을 아는지 모르는지 동철은 엄지손가락을 번쩍 쳐들며 호들갑을 떨었다.

"그래도 너 진짜 대단하더라. 성민이 코에 갑자기 농구공을 팍 내리꽂는데! 우와. 아저씨에 나온 원빈 저리 가라야. 좆나 빠르데. 김태식, 내가 인정. 니가 짱이다."

"덕분에 내일 죽게 생겼잖아. 내가 진짜 미쳤지……."

어찌나 마음이 안 좋은지 목소리가 잠겨 말이 잘 나오지도 않았다. 동철은 위로할 말을 찾는 듯 입을 달싹거리다 결국 아무 말도 못하고 태식의 어깨를 꽉 잡았다.

"설마 죽이기야 하겠냐."

정희가 끼어들었다.

"쫄지 마. 그 새끼 내가 보기엔 완전 좆밥이야. 중학교 때도 뻥만 센 놈 같았어. 그냥 한번 붙어버려."

태식은 정희를 째려보았다.

"뭔 개소리야, 이 미친놈아. 와서 도와줄 것도 아니면서. 내가 싸우다 죽으면 속이 시원하겠냐."

동철이 정희에게 속삭였다.

"걔 지금 우리 학교 짱이야. 싸움 열라 잘해. 별명이 파괴의 음유시인. 졸업하면 조직에 들어간다는 놈이야."

"내가 보기엔 별거 아니던데. 태식이한테 한 방에 갔잖아."

"그거야 실수고."

"실수도 실력이지. 너희 학교 영 실망이다. 어떻게 그런 애가 일진을 하냐?"

태식은 정희의 팔을 꽉 잡으며 말했다.

"그럼 네가 내 대신 싸우면 되겠다. 내 아이템 다 줄게. 오늘 당장 다 팔아도 돼. 내일 우리 학교 와서 한 번만 붙어주라."

태식은 진심이었다. 정희가 어떤 식으로든 성민을 막아준다면 무슨 짓이든 할 용의가 있었다. 여동생이 있다면 여동생까지 넘기겠다.

하지만 정희는 슬쩍 말을 돌렸다.

"아니 뭐, 내가 나서긴 좀 그렇고. 난 싸움 못하잖아."

"이종격투기 게시판 회원이잖아!"

"탈퇴했잖아."

"이 새끼 진짜……."

태식은 뒷말을 삼키고 계단을 내려갔다. 이제는 이것저것 따지기도 싫다. 집이든 어디든 가서 눕고 싶다.

그때 동철이 앞을 막으며 말했다.

"태식아. 지금 나가면 안 돼. 아직 밖에 애들 있어."

태식은 계단에 털썩 주저앉았다. 인생의 무게가 몸과 마음을 짓누르고 있어서일까. 벌써 누군가에게 노곤해지도록 언어맞은 기분이었다. 동철이 망을 보겠다며 밖으로 나갔다.

태식은 앞으로 무슨 일이 벌어질지 알고 있었다. 괴롭힘을 당하다 학교를 그만두게 될 것이다. 멀리 떨어진 고등학교에 가서 새로 시작하든가 아니면 검정고시를 준비해야 할 거다. 휴일에도 방학에도 집 밖을 나갈 때는 조심해야 한다. 언제 어디서 성민 패거리와 마주칠지 모르니까.

새로운 학교에 간다고 좋은 일이 있을 리 없다. 뒷자리 일진들은 낙오자의 냄새를 귀신처럼 맡는다. 태식의 상상은 비약을 거듭해 뇌에 손상을 입은 노숙자가 되어 지하철에서 잠드는 미래로까지 이어졌다.

정희가 옆에 앉으며 속삭였다.

"괜찮을 거야."

"하나도 안 괜찮아."

성민과 끝까지 맞서 싸울 배짱이 있다면 차라리 나았을지도 모른다. 성민은 그 자리에서 태식을 두들겨 패고 기분을 풀었을 거고, 태식도 지금보다는 마음이 후련했을 것이다. 하지만 태식은 늘 그러듯 결정적인 순간에 겁을 먹었고 압박이 심해지면 쉽게 도망치는 인간임을 증명해 보였다. 생각해보면 용을 잡은 것도 그가 아니었다. 차도남이다. 그렇게 생각하니 기가 막혔다.

동철이 계단을 올라오며 말했다.

"밖에 아무도 없어. 다 갔나봐."

그때 태식에게 문자가 도착했다. 성민이 보낸 것이었다. 처음부터 끝까지 욕설과 협박으로 도배된 장문의 문자를 보며 태식은 몸을 떨었다. 동철이 옆에서 문자를 확인하고 목젖이 흔들릴 만큼 크게 침을 삼켰다. 두 번째 문자가 도착했다. 역시 성민이 보낸 것으로 내용은 아주 짧았다.

—내일 보자^^

덮쳐누르는 절망감에 태식은 눈앞이 아득해졌다. 별별 생각이 다 들었다. 지금이라도 집으로 찾아가면 어떨까. 성민의 부모님이 보는 앞에서 무릎 꿇고 싹싹 빌면 난감해서라도 용서해주지 않을까.

그때 마지막 문자가 왔다.

—절대 용서는 없으니까 기대해라, 십새꺄.

안 되겠구나. 태식은 땅이 꺼져라 한숨을 쉬었다. 터프가이인 척하지만 사실은 전교에서도 손꼽힐 만큼 옹졸한 놈이 최성민이다. 그런 놈이 백주대낮에 부하들 보는 앞에서 코피를 쏟게 만든 놈을 쉽게 용서할 리 없었다.

태식은 퍼뜩 떠오른 생각에 정희와 동철을 쳐다보았다. 용을 잡았을 때처럼 셋이 같이 성민이네 집에 가면 어떨까. 성민이가 아무리 싸움을 잘해도 셋이 힘을 합치면 이길 수 있지 않을까.

정희가 말했다.

"왜? 할 말 있냐?"

니들, 나 한 번만 더 믿어주면 안 되겠냐. 태식은 목구멍까지 나온 말을 도로 삼켰다. 성민과 싸우는 건 용을 잡는 일과는 차원이 달랐다. 훨씬 위험하고 훨씬 많은 것이 걸려 있다.

"아냐. 아무것도. 이제 가자."

태식은 엉덩이를 털고 일어섰다. 인생에서 뜻대로 되는 일이 얼마나 될까. 하고 싶은 일이라고 다 할 수 없고, 할 수 있는 일이라고 다 하고 싶은 것도 아니다. 태식을 도왔다가는 이들에게도 태식의 친구라는 꼬리표가 붙을 것이다. 고교 생활 내내 힘들어지겠지. 친구들에게 그런 위험을 감수해달라고 부탁할 수는 없는 일이다.

동철의 말처럼 거리에 성민 패거리는 보이지 않았지만 그럼에도 불안한 건 어쩔 수 없었다. 그는 혹시나 하는 생각에 계속 전후좌우를 살피며 걸었다. 보다 못한 동철이 뒤는 자기가 확인할 테니 앞만 보고 걸으라고 말할 정도였다.

태식은 땀으로 젖은 셔츠를 흔들어 바람을 불어넣으며 생각했다. 판타지온라인에서는 영웅인데 현실에서는 여전히 겁쟁이잉여구나. 이래서는 용을 잡은 게 무슨 소용인지 모르겠다.

▶▶

"찾았습니다."

서버관리 팀장이 흥분한 얼굴로 대표이사실로 뛰어들었다. 중경은 팀장이 내미는 종이를 받아 들었다. 범인을 너무 빨리 알아내 어리둥절할 정도였다. 종이에는 태식과 정희, 동철의 회원 정보가 적혀 있었다. 나이 17. 닉네임 차도남, 성기사이즈짱, 연쇄삽입범. 레벨은 차도남만 높을 뿐 다른 둘은 처참할 정도로 낮았다. 중경은 물었다.

"애들이 저지른 짓이 확실합니까? 고등학생 주민번호 훔쳐서 계정 만든 거 아니에요?"

"꼼꼼하게 확인했습니다. 아이피도 거의 일정하고 접속 시간대로 봐서도 학생들이 플레이한 게 맞습니다. 일요일을 제외하곤 낮 시간에 게임을 한 적이 없거든요."

"용을 죽이기엔 레벨이 너무 낮은데요. 여기서 제대로 게임한 애는 차도남밖에 없네요."

"그 친구가 주모자 같습니다. 걔가 자주 접속한 PC방 아이피가 있어서 그쪽에 전화해보니까 고교생 한 명이 알바를 하면서 카운터 컴퓨터로 계속 판타지온라인을 했다고 하네요. 이름을 확인하니 저희가 찾은 계정 이름과 동일합니다. 김태식이요."

가정집과 달리 PC방은 아이피로 위치추적이 가능하다. 업소마다 자체 아이피를 가지고 있기 때문인데, 간단한 조회만으로 상호와 전화번호, 심지어 어떤 컴퓨터로 접속했는지까지 알 수 있다. 그래도 PC방 주인이 알바 학생의 이름을 알려준 건 의외다. 팀장이 중경의 의문을 눈치챘는지 말을 이었다.

"살살 달래니까 다 이야기하던데요. 게임에 빠져서 개판으로 일했다고 엄청 욕하면서요. 걔 때문에 못 받은 돈이 한두 푼이 아니랍니다."

팀장은 1980년대 초반 학번으로 중경보다 여덟 살 연상이다. 실력은 뛰어나지 않지만 사교성이 좋고 정부 관료 쪽에 인맥이 넓어 팀장으로 채용했다. 그런데 그 재주가 사람 뒷조사에도 발휘될 줄은 몰랐다.

중경은 제일 중요한 걸 물었다.

"아이템은요?"

"그게 신기한데요, 하나도 안 빼놓고 그대로 있어요."

중경은 팀장이 준 종이를 넘겨 보았다. 세 사람이 가지고 있는 아이템이 가나다순으로 적혀 있었다. 중경은 뤼카온의 망토부터 찾았다. 망토는 김태식이 가지고 있었다.

팀장이 말했다.

"즉시 계정 정지하고 아이템 삭제하겠습니다. 고교생이니 법적인 문제가 생기지도 않을 것 같으니까요."

중경은 고개를 흔들었다.

"아니에요. 그냥 두세요."

"예?"

"이 문제는 제가 처리하죠. 계정은 그냥 두고 걔들이 언제 접속해서 누구랑 만나는지 모니터링만 하세요. 아이템 오가는 거 다 체크하시고. 여차하면 바로 정리할 수 있도록요."

팀장은 어리둥절한 표정으로 알겠다고 대답하고 밖으로 나갔다. 중경은 세 사람의 회원 정보를 다시 읽었다. 여기 적혀 있는 게 사실이라면 모든 걸 뒤집을 수 있는 기회다. 일단 녀석들이 진짜 고등학생이 맞는지 알아내고…… 중경은 거기까지 생각하다 고개를 갸웃거렸다. 태식과 동철이 다니는 학교 이름이 낯익었다. 최근에 이 학교 이름을 들은 적이 있는데 언제였더라? 중경은 포털 사이트에서 검색을 시작했고 삼 분도 안 돼 원하는 정보를 찾아냈다.

최지은.

얼마 전 홍보 모델로 썼던 아이돌 여자애.

◆◆

"시험은 잘 봤니?"

소파에 앉아 있던 엄마가 텔레비전을 끄며 물었다. 태식은 힘없이 대답했다.

"별로."

"열심히 했으면 괜찮아. 성적은 조금씩 오를 테니까 조바심

내지 말고. 엄마는 네가 최선을 다했다는 게 기뻐. 그동안 마음을 못 잡고 사는 거 같아서 걱정했는데, 앞으로도 열심히 할거지?"

태식은 환한 미소를 짓고 있는 엄마의 얼굴을 보며 목구멍까지 올라온, 전학 가면 안 되냐는 말을 참았다. 태식은 반쯤 자포자기한 심정으로 고개를 끄떡였다.

"그럼. 열심히 해야지."

태식은 방으로 가 침대에 철퍼덕 쓰러졌다. 당분간 학교를 쉬면 어떨까. 한 달쯤 지나면 최성민도 나를 잊지 않을까.

태식은 고개를 흔들었다. 아니다. 놈은 원한을 잊지 않을 것이다. 최소한 올해는. 그렇다고 학교를 한 달이나 빼먹을 묘안이 있는 것도 아니다. 갑자기 교통사고를 당하거나 암에 걸린다면 모르겠지만…… 그게 그 자식한테 맞는 것보다 나을지 모르겠다.

담임한테 도와달라고 하면 어떨까? 태식은 눈을 반짝이다 곧 한숨을 쉬며 베개에 머리를 처박았다. 그가 아는 담임은 성민을 불러 이제 싸우지 말라고 하고 끝낼 위인이었다. 그야말로 불난 집에 기름 부은 격이 되겠지.

태식이 화장실에 가려고 거실로 나왔을 때 엄마는 누군가와 통화를 하고 있었다.

"예. 태식이네 집 맞는데요. 무슨 일이세요?"

태식은 찬물로 세수를 하고 수건에 얼굴을 문지르며 마음을 정했다. 성민이 무섭다고 학교를 빠질 수는 없다. 우선은 학교에 가서 사과를 하고 화해를 청하자. 때리면 맞자. 설마 죽이기야 할까. 중학교 때의 경험을 통해 태식은 정말로 무서운 건 맞기 전의 공포라는 걸 알고 있었다. 맞기 시작하면 차라리 후련해진다. 어쩌면 가장 힘든 건 바로 지금, 그리고 내일 학교에서 처음 성민을 대면할 때다. 그다음부터는 오히려 쉽다. 성민이 시키는 대로 행동하면 되니까. 때리면 맞고 빌라면 빌고. 생각을 하는 것만으로도 속이 메슥거릴 만큼 무섭지만 어쩔 수 없었다. 이건 게임이 아니니까. 실수했다고 다시 시작할 수 없다.

태식아. 겁먹지 말고 해보자. 넌 용 잡은 놈이야. 배짱 좋게 나가서 몇 대 맞고 깨끗하게 끝내면 돼. 정 안 되면 그 새끼랑 한판 붙으면 되지. 혹시 알아? 정희 말대로 이길 수 있을지. 하지만 거울에 비친 얼굴은 겁먹은 듯 보였다. 태식은 기분이 나빠져 수건으로 거울을 벅벅 문지르고 밖으로 나왔다. 엄마는 아직도 통화중이었다.

"그렇게는 곤란하고요, 제가 태식이한테 그쪽에 전화하라고 할게요. 그럼 되겠죠?"

태식은 냉장고에서 콜라를 꺼내다 말고 엄마를 주시했다. 누구지? 설마 최성민? 다시 가슴이 쿵쿵대기 시작했다. 엄마가 수화기를 내려놓았다. 태식은 애써 태연한 척 콜라를 컵에 따르며 말했다.

"나한테 온 전화야?"

"응."

엄마는 고개를 끄떡이더니 이맛살을 찌푸렸다. 태식은 더욱 불안해졌다. 무슨 생각을 하는 걸까? 그때 엄마가 눈을 반짝이며 말했다.

"맞다! 폴룩스 엔터. 요새는 이름을 들어도 금방 까먹네. 아무튼 그 회사에서 너한테 꼭 하고 싶은 말이 있다던데. 너 거기가 어딘지 아니?"

태식은 등골이 오싹해졌다. 이 자식들, 개인정보 접근은 안 된다고 하더니 다 거짓말이었구나. 그러지 않고서야 그가 범인인 걸 이렇게 빨리 알아냈을 리 없다. 태식은 반사적으로 대꾸했다.

"폴, 폴 뭐라고? 나 그런 애들 몰라."

태식의 머릿속이 빠르게 회전했다. 근데 그놈들이 왜 전화를 했을까. 그냥 모른다고 우겨서 해결될 일이 아니다. 태식은 콜라를 마시는 척하며 지나가는 말처럼 물었다.

"근데 걔들이 뭐라고 해?"

"네 핸드폰 번호 알려달라고 그러던데? 회원 정보에 있는 번호로는 통화가 안 된다나 뭐래나. 피싱 전화면 어떡하나 싶어서 네가 전화할 거라고 했지. 걔들 누구니? 오락 만드는 회사야? 너 요새도 오락하니?"

태식은 고개를 저었다.

"무슨 소리야 엄만! 나 아침까지 공부한 거 보면 몰라."

엄마가 묘한 표정으로 태식을 빤히 쳐다보았다.

"진짜 모른다니까."

"그게 아니라 너 콜라."

태식은 그제야 콜라가 흘러내려 목을 적시고 있음을 알았다. 그는 급히 컵을 내려놓고 티슈로 얼굴을 닦았다.

"암튼 난 모르는 사람들이야. 요새는 별별 수법으로 사람 속이려고 하네. 앞으로는 그냥 모른다고 하고 전화 끊어. 나 졸려. 좀 잘게."

태식은 방에 들어와 문을 잠그고 컴퓨터를 켰다. 폴룩스 엔터 놈들이 왜 전화했는지는 안 봐도 비디오다. 우수 고객에게 사은품을 주겠다고 연락했을 리는 없을 테니까. 나쁜 일은 한꺼번에 쏟아진다더니 그 말이 딱 맞다. 그가 용을 죽인 건 어떻게 알아냈을까.

태식은 게임에 접속했다. 로딩을 기다리며 한 줌밖에 남지 않은 용기를 끌어모으기 위해 애썼다. 차도남이 아직 살아 있을지 걱정이 컸다. 판타지온라인은 조금이라도 껄끄러운 일이 있으면 관련자들의 계정을 정지하고 사건을 덮는 것으로 악명 높았다. 루키페르의 죽음 때문에 게임계가 발칵 뒤집힌 걸 생각하면 범인을 알아낸 즉시 계정을 정지하고 아이템 회수 후 통보를 위해 연락한 것일 가능성이 높다.

태식은 그렇지 않기를 바랐다. 용을 잡을 때만 해도 뭐든 다 잘 풀릴 줄 알았는데 현실은 전혀 아니었다. 시험은 망쳤고 일진에게 찍혔으며 인생은 위기에 빠졌다. 그가 얻은 건 용을 잡았다는 성취감밖에 없었다. 차도남이 사라지면 그 기억조차 사라지는 셈이다. 제발 이것만은, 하느님, 이것까지 빼앗아가면 너무하잖아요.

다행이 계정은 멀쩡히 살아 있었다. 캐릭터 창에 뜬 차도남의 늠름한 모습에 태식은 안도했다. 레벨은 95. 루키페르를 죽였을 때 경험치를 엄청나게 받은 모양이다. 혹시나 하는 마음에 아이템을 훑어보았다. 저주받은 검 글라드릴, 오말스칼린의 허리띠, 이모르의 글러브. 지존 아이템이라 불리는 레어템 전부 제자리에 있었다.

하긴, 이런 일로 계정 정지하면 안 되는 거지. 태식은 게임 내적으로나 외적으로나 불법적인 일은 전혀 하지 않았다. 차도 남의 개인적인 능력을 쓰긴 했지만 정상적인 방법으로 용을 잡았다. 상을 주지는 못할망정 빼앗아가면 쓰나. 그럼 왜 전화를 했을까…… 어떻게 용 잡았는지 물어보려고 그러나. 어쩌면 인터뷰를 하자는 건지도 모른다.

태식은 천천히 마우스 스크롤을 내리며 아이템 목록을 살폈다. 대부분의 게이머가 이름만 들어봤을 값비싼 레어템들. 엄청난 양의 골드. 그걸 보고 있자니 성민이 새끼 때문에 불편했던 속이 조금씩 풀리기 시작했다. 그는 판타지온라인 제일의 부자요 슈퍼스타였다.

학교 안 가고 집에서 게임이나 하면 얼마나 좋을까. 여기서는 성민이 새끼처럼 파렴치한 악당과 엮이는 일 없이 대접받으며 살 수 있을 텐데. 게임 회사에서까지 한번 보자고 전화할 만큼 대단한 인간인데.

아이템을 훑어보던 태식은 처음 보는 물건에 시선을 멈췄다. 끝자락이 해어져 너덜너덜한 회색 망토였는데 산전수전 다 겪은 물건인 듯 여기저기 핏자국이 있었다.

뤼카온의 망토? 이게 뭐지? 태식은 고개를 갸웃거렸다. 아이템의 색깔이나 이름을 붙인 방식으로 봐서는 퀘스트와 관련이 있는 레어템이다. 하시만 태식은 뤼카온이라는 이름을 들어본 적이 없었다. 판타지온라인의 아홉 왕국을 이 잡듯 샅샅이 뒤졌던 태식이다. 그가 모르는 퀘스트가 있을 리 없다. 그럼 이 아이템은 뭐지? 세부 정보를 클릭했지만 아이템의 설정이나 배경 스토리 모두 빈칸이었다. 오직 이름만 있을 뿐 착용시 효과에 대한 설명도 없다. 그럼 만들다 만 아이템인가? 태식이 홈페이지에서 뤼카온으로 검색해보려 할 때 경쾌한 효과음과 함께 화면 위에 '쪽지가 도착했습니다'라는 팝업이 떴다.

판타지온라인 고객센터에서 보낸 쪽지였다. '안녕하십니까. 판타지온라인의 최중경입니다'라는 제목을 보고 태식은 숨을 크게 들이마셨다. 막상 쪽지가 온 걸 보니 다시 마음이 무거워졌다. 불법적인 방법으로 용을 잡지 않았다. 그 부분에서는 하늘을 우러러 한 점 부끄럼이 없다. 하지만 개발사 입장에서는 다르게 생각할 수도 있다. 네이버 검색 2위까지 올라간 사건이다. 어쩔 수 없이 '세상의 끝'으로 가는 길을 막아야 했고. 그가 용을 죽이는 바람에 회사가 손해를 봤다고 생각할 수 있다.

태식은 마음을 가다듬고 쪽지를 열었다. 일단 무슨 말을 하려는지 알아야 할 테니까. 팝업이 뜨기 직전 태식은 생각했다. 하느님 제발 더는 힘들지 않게 해주세요. 좋게 넘어갈 수 있게 해주세요.

7. 거절하지 못할 제안

정희는 저녁을 먹고 집 근처 스타 PC방으로 갔다. 이름은 스타지만 실은 동네 초등학생들이나 드나드는 구멍가게 같은 PC방이다. 컴퓨터마다 동전 투입구를 달아놓고 오백 원을 넣을 때마다 십오 분씩 컴퓨터가 작동했다. 창문은 달려 있지 않고 흡연석도 없는 네모진 시멘트 공간으로 변두리 오락실처럼 생겼다. 직원은 동전 바꿔 주는 할아버지 한 명뿐이고, 언제나 던전앤파이터와 메이플스토리를 하는 초등학생들로 바글거렸다.

정희는 그곳에서 신의 회복 부적과 돈을 맞바꾸기로 약속했다. 보통 아이템 거래를 할 때는 결제대금을 사이트에 예치하고 판매자와 구매자가 게임에서 만나 아이템을 주고받는다. 그다음에 거래 사이트에서 수수료를 떼고 판매자에게 돈을 보내는 식이다. 약간의 수수료가 들긴 하지만 안정적이다.

하지만 '백만송이장미'라는 이름의 구매자는 직접 만나서 거래하고 싶다고 고집했다. 아이디나 댓글을 남기는 태도로 봐서는 나이를 좀 먹은 꼰대였다. 사람 사이에 돈이 오갈 땐 서로 얼굴 보고 물건을 확인할 필요가 있다는 게 이유였는데, 정희는 이해가 가지 않았다. 얼굴 보면서 거래하면 뭐가 좀 낫나? 회복 부적이 실제 존재하는 물건이라서 앞에 턱 놓고 자세히 들여다보다가 여기랑 저기에 흠집 있네요, 좀 깎아주세요, 라고 말할 수 있으면 모르겠지만 게임 속에만 있는 물건인데 그럼 게임에서 만나서 거래하는 게 간편할 것 같은데. 역시 꼰대들은 속을 모르겠다.

하지만 정희는 요구를 받아들였다. 백만송이장미가 제시한 가격이 다른 구매자들보다 삼만 원이나 높았고 직거래를 하면 수수료를 아낄 수 있기 때문이다. 한 가지 걱정이 있다면 으슥한 PC방에서 몇 대 맞고 다른 아이템까지 빼앗길지 모른다는 점이었다. 정희는 기말고사를 핑계로 집 근처 PC방에서 만나길 원했다. PC방이 입점한 상가 건물에 정희의 단골 분식집과 문방구가 있어 만일의 사태가 발생해도 쉽게 도움을 청할 수 있었다. 정상적인 꼰대라면 초등학생들이 바글거리는 앞에서 아이템 내놓으라고 협박하진 못하겠지.

정희는 PC방으로 들어가 주위를 살폈다. 늦은 저녁임에도 초등생 대여섯이 던전앤파이터를 하고 있었다. 어찌나 스피커 볼륨을 높여놨던지 쩽쩽 칼 부딪치는 소리와 비명 소리에 귀가 먹먹했다. 카운터 앞에는 정장 차림의 통통한 아줌마가 주인 할아버지와 붕어빵을 먹으며 담소중이었다. 보험설계사인가?

아니면 교회에서 왔나? 정희는 별 생각 없이 두 사람을 지나쳐 PC방을 기웃거리다 백만송이장미에게 전화를 걸었다. 세 번쯤 신호가 갔을 때 뒤에서 목소리가 들렸다.

"성기사 학생?"

돌아보니 통통한 아줌마가 핸드폰을 귀에 댄 채 웃고 있었다. 정희는 놀랐지만 곧 정신을 차렸다.

"백만송이장미…… 님, 맞으세요?"

"그래요. 난 학생이 이렇게 어린 줄 몰랐네. 말투가 어른스러워서 대학생인 줄 알았어요."

저도 아줌마가 여자라서 놀랐어요. 정희는 마음속으로 생각했다. 아줌마는 정희의 생각을 알아챘는지 살짝 웃었다.

"학생도 놀랐지? 백만송이장미 이름 보면 다 알 줄 알았는데 아니더라고. 요즘 학생들은 심수봉 모른다며?"

"그게 누군데요?"

"있어 그런 사람. 옛날에 내가 엄청 좋아했던 가순데."

"저 바쁜데요. 시험기간이라서요."

정희는 말을 잘랐다. 잔소리는 엄마한테 듣는 걸로 족하다. 처음 보는 아줌마한테 이름도 모르는 가수 이야기를 듣고 싶진 않았다. 아줌마는 약간 차가워진 목소리로 말했다.

"아, 맞다. 그렇다고 했지. 그래요, 빨리 끝내고 들어가야지. 아이템은 가져왔어요?"

"가져온 건 아니고요…… 컴퓨터 켜고 게임 접속하면 있으니까……"

"내 말이 그 말이야."

정희는 오백 원을 넣고 게임에 접속했다. 아줌마는 옆자리 컴퓨터를 켜며 붕어빵을 내밀었다.

"이것 좀 먹으면서 해요. 학생, 공부 잘하려면 많이 먹어야 돼."

"예. 잘 먹겠습니다."

아줌마는 로딩 틈틈이 정희의 화면을 훔쳐보았다. 정희는 캐릭터 창 위에 뜬 성기사이즈짱이라는 닉네임이 신경 쓰였지만 그 외에는 괜찮았다. 혹시 모른다는 생각에 레어템을 전부 제국은행의 안전금고에 넣고 수수한 아이템으로 바꿔 입었기 때문이다. 캐릭터 창만 보면 성기사이즈짱은 평범한, 아니 평범만도 못한 하이엘프 성기사였다.

정희는 회복 부적을 아줌마 계정으로 보냈다. 아줌마는 남은 붕어빵을 입안에 털어넣고 말했다.

"이거 정품 맞죠?"

이건 또 무슨 소리야. 정희는 한숨이 나오는 걸 참았다. 이 아줌마 판타지온라인을 해본 적은 있는 걸까? 정희는 호기심을 참지 못하고 아줌마의 화면을 곁눈질했다. 아줌마는 레벨5, 인간 도적이었다.

아줌마는 겸연쩍어 하며 말했다.

"내가 게임을 잘 몰라서. 요즘 나가는 모임이 있는데 거기서 친목도모 차원에서 이 게임 하더라고. 길드라고 하나? 그런 것도 하나 만들고…… 재미있다고 해서 시작했는데 레벨이 낮아서 그런지 힘드네. 친구가 아이템 좋은 게 있으면 훨씬 편하다고 해서 하나 사려는 거니까 학생이 이해 좀 해줘."

"저야 이해하죠."

정희는 아줌마가 값 깎자고 할까봐 바짝 긴장했지만 다행히 그런 일은 없었다. 아줌마는 빳빳한 현금을 내밀었다.

"이거 약속한 돈. 맞나 확인해봐. 괜히 내가 고집 피워서 여기까지 나온 것 같아서 오천 원 더 넣었어."

아줌마는 오천 원이라고 말하며 살짝 윙크를 했다. 두 사람이 PC방을 나섰을 때 굵은 빗줄기가 쏟아지고 있었다. 정희는 붕어빵을 씹으며 하늘을 올려다보았다. 검은 구름이 낮게 깔린 것이 금세 그칠 비처럼 보이지 않았다. 가다가 다 젖겠네. 정희가 속으로 혀를 차며 머리 가릴 것을 찾는데 아줌마가 말했다.

"내 차 타. 집까지 태워줄게."

아줌마는 상가 앞에 주차된 검은색 랜드로버를 가리켰다. 이 아줌마 보기보다 터프하네. 근데 이거 비싸지 않나. 집에 돈 좀 있나봐. 정희는 속으로 생각하며 꾸벅 인사했다.

"감사합니다."

그는 차에 타려다 멈칫했다. 뒷자리에 이미 사람이 타고 있었다. 짧은 머리에 알이 두꺼운 무테안경을 낀 삼십대 초반의 남자였다. 그는 무릎 위에 올려놓은 노트북을 들여다보다 정희를 힐끔 쳐다보고 다시 노트북에 시선을 주었다. 운전석에도 사람이 있었다. 노랗게 머리를 염색한 이십대 남자로 백미러로 정희를 빤히 보고 있었는데 표정이 심상치 않았다. 카오디오에서 조그맣게 최신 댄스가요가 흘러나왔다.

아줌마가 조수석에 오르며 말했다.

"뭐해. 비 들어오니까 빨리 문 닫아."

정희는 찜찜했지만 곧 생각을 고쳐먹었다. 게임을 잘 모르는 수더분한 아줌마다. 동행이 좀 이상하긴 해도 별 문제야 있으려고.

"안녕하세요."

정희는 남자에게 인사를 건네고 문을 닫았다. 남자는 아무 말 없이 계속 노트북을 들여다보고 있었다. 키보드를 두들기는 팔뚝이 엄청나게 두꺼웠다. 헬스하는 사람인가. 인상이 엄청 험악한 게 살면서 남들한테 무시당한 일은 없을 것 같았다. 정희는 차마 남자에게 말 붙일 엄두를 못 내고 의자 끝에 살짝 걸터앉았다. 차가 미끄러지듯 주차장을 빠져나갔다. 정희는 노란머리에게 길을 알려주었다.

"쭉 가시다가 육교 보일 때 오른쪽으로 들어가시면 돼요."

노란머리는 썩은 동태눈으로 정희를 쩨려보곤 다시 앞을 보았다. 정희의 말을 들었는지 아닌지 알 수 없었다. 정희는 다시금 마음이 불편해져 팔뚝 아저씨와 노란머리를 곁눈질했다. 아무리 열린 마음으로 보려고 해도 두 사람은 정상적인 직종에 종사하는 사람들처럼 보이지 않았다. 차에서 기다리고 있던 것도 이상하고 차가 너무 좋은 것도 수상하다. 그러고 보면 아줌마도 이상하다. 팔십만 원이나 들여 사는 아이템이 부적이라니. 그보다는 갑옷이나 칼이 낫지 않나? 가슴 한구석에서 스멀스멀 불안감이 피어올랐다. 정희는 문득 창밖을 보았다. 쏟아지는 빗줄기가 장막이 되어 밖의 모든 것을 가렸고 창문에 정희의 얼굴과 함께 노트북을 들여다보고 있는 옆 남자의 모습이 또렷하게 비쳤다. 마치 차 안이 세계의 전부인 것 같았다.

아줌마가 말했다.

"어느 쪽으로 가야 집이라고 했지?"

정희는 정신을 차리고 랜드로버 앞쪽에 시선을 주었다. 비에 젖은 축축한 헤드라이트 불빛이 어둠을 뚫고 나가고 있었다. 흐릿하게 서울 방향이라는 표지판이 보였다. 정희는 놀라서 소리 쳤다.

"이쪽 아닌데요. 아까 육교에서 우회전이라고 말씀드렸는데."

"그래? 일방통행인데 어쩌나. 한 바퀴 돌아서 다시 가지 뭐."

아줌마는 별거 아니라는 듯 손사래를 쳤지만 팔뚝과 노란머리는 여전히 침묵을 지켰다. 정희는 갑자기 오줌이 마려워졌다. 이 사람들 뭔가 속셈이 있다. 그게 뭔진 모르겠지만 뭔가 있는 건 확실하다.

정희는 용기를 내 말했다.

"그럼 세 분이 같은 모임 소속이신 거예요?"

"뭐, 말하자면 그렇지."

아줌마가 웃으며 말했다. 정희는 어떤 모임인지 물어볼지 말지 망설였다. 괜한 소리를 했다가 돌이킬 수 없는 일이 벌어지면 어떡하지. 그냥 가만히 있으면 집에 보내주지 않을까. 이 사람들이 누군지 알면 돌이킬 수 없어지는 게 아닐까. 하지만 차가 점점 엉뚱한 곳으로 가고 있으니 마냥 기다릴 수도 없었다. 정희는 여차하면 119에 전화해야 한다는 생각에 품속의 핸드폰을 꼭 쥐며 말했다.

"어떤 모임인데요?"

"있어. 그런 게."

아줌마는 눈웃음을 치며 적당히 넘어가려 했다. 정희의 마음속 불안감은 더욱 커졌다. 그는 유리창을 짚으며 말했다.

"저기 아줌마, 여기 세워주실래요?"

"비 많이 오는데 내려서 어떡하려고. 한 바퀴 돌아가면 돼. 조금만 참아."

"그게 아니라 오줌 마려워서요."

정희는 금방이라도 쌀 것처럼 울상을 지었다.

"빨리요! 금방 쌀 거 같아요!"

차가 멈췄다. 아줌마는 어떻게 하냐는 듯 팔뚝 남자에게 시선을 주었다. 남자가 노트북을 덮었다. 살짝 부은 눈두덩이 사이로 보이는 눈빛이 살벌했다. 남자가 말했다.

"나 인투더레인이다. 너한테 묻고 싶은 게 있는데."

▶▶

'안녕하세요. 저는 판타지온라인의 개발자인 최중경이라고 합니다. 이번 루키페르 건으로 한번 만나뵈었으면 합니다. 제가 무슨 말을 하는지 회원님께서도 아시리라 생각합니다. 죄송한 말씀이지만 저희는 저희가 공개하지 않은 콘텐츠가 세상에 나가는 걸 원치 않습니다. 가능한 한 빨리 연락 주십시오. 지금 당장도 좋습니다. 김태식 님과 다른 친구 분들께도 해가 될 일은 아니니, 부담 가지지 않으셨으면 좋겠습니다. 연락 부탁드립니다. 회사 입장에서는 가급적 조용히 일을 처리하고 싶습니다. 연락을 주시지 않았을 경우, 문제가 생기더라도 저희로서는 책

임질 수 없습니다.'

맨 끝에 기말고사 잘 보라는 말과 함께 연락처가 덧붙여져 있었다. 태식은 쪽지를 몇 번이고 다시 읽었다. 다행히 고소 이야기는 없었고 말투도 부드러운 편이다. 연락을 주지 않았을 때 생기는 문제는 책임지지 않겠다는 말은 협박이겠지만 두어 시간 전에 갈기갈기 찢어죽이겠다는 문자를 봤기 때문인지 굉장히 예의 바른 것처럼 느껴졌다.

해가 될 일이 아니니 부담 가지지 말라는 건 무슨 뜻일까? 조용히 아이템을 회수하는 대신 선물이라도 주겠다는 걸까. 그렇다면 다행이다. 돈을 벌기 위해 시작한 일이 아니다. 단지 스스로에 대한 자부심을 가지고 싶었을 뿐. 개발진과 만나 소정의 선물, 가령 대학 등록금 전액지원 정도를 받고 아이템을 돌려주는 것도 나쁘지 않다.

그리고 가능하다면 차도남을 명예의 전당에 올렸으면 좋겠다. 지금까지 판타지온라인 명예의 전당에 올라간 캐릭터는 전부 다섯. 모두 게임 내 주요 퀘스트를 처음으로 달성한 자들이다. 차도남은 처음으로 용을 죽였으니 충분히 전당에 들어갈 자격이 있었다.

시상자는 지은이로 해달라고 해야지. 태식은 히쭉 웃었다. 지은에게 기념패를 받고 함께 기념사진 찍는 상상을 하자 기분이 좋아졌다. 그때는 지은도 그를 존경하게 될 것이다. 최소한 지금처럼 아무 짝에도 쓸모없는 게임 폐인이라는 생각은 그만두겠지.

어떡할까. 지금 만나자고 전화를 할까. 태식은 중경의 전화번호를 쳐다보다 한숨을 쉬었다. 억지로 기운을 내보려 해도 힘이 나지 않았다. 명예의 전당에 오르고 지은에게 상을 받아도 부질없다는 걸 알기 때문이다.

성민은 그가 본 중 가장 잔인하고 파렴치한 양아치로 왜 인문계 고등학교를 다니는지 알 수 없는 놈이었다. 대학에 갈 생각은 아예 없고 오직 애들 때리고 여자애들 주물럭거리는 낙으로 사는 놈인데. 그런 놈에게 잘못 걸린 마당에 게임 회사의 인정을 받고 지은에게 새로운 모습을 보여주면 뭐하겠나.

태식은 침대에 쓰러지듯 누워 천장을 바라보았다. 현실도피는 그 상황에서 가장 쓸모없는 일을 하는 방향으로 연결되기 마련이다. 태식은 벌떡 일어나 교과서를 펼쳤다. 갑자기 공부가 하고 싶어졌다. 여느 때와 달리 내용이 눈에 쏙쏙 들어왔다. 하지만 태식은 시험 범위를 몰라 곧 책을 덮었다. 공부도 쉽지 않구나.

태식은 침대에 대자로 뻗은 채 동철에게 전화를 걸었다. 그에겐 아무 의욕도 남아 있지 않았지만 친구들의 입장은 다를 테니까. 녀석들은 어쩔 생각인지 이야기를 들어볼 필요가 있었다.

동철이 기운찬 목소리로 말했다.

"접속했냐? 기분 전환 삼아 얼음 동굴이나 한 바퀴 돌까?"

태식은 얼굴을 찌푸렸다. 이 자식 너무 태연한 거 아냐?

"너 전화 안 받았냐?"

"무슨 전화?"

"폴룩스 엔터. 좀전에 집으로 전화왔었는데. 쪽지도 보내고. 너 게임 접속해 있는 거지? 쪽지 확인해라. 최중경이라는 놈이 쪽지 보냈을 테니까."

"잠깐만."

목소리가 멀어지고 바쁘게 마우스 클릭하는 소리가 들렸다.

"나한테는 안 보냈는데. 걔들이 뭐라고 했는데?"

"우리가 용 잡은 거 아나봐. 조용히 일을 처리하고 싶대. 우리가 협조적으로 굴지 않았을 때 생기는 문제는 다 우리 책임이고."

동철은 신음을 흘렸다.

"씨발. 우릴 어떻게 찾았지?"

"나도 모르지."

"그럼 우리 아이템은? 계정은? 안 없앤대? 우리가 뭔가 협조를 해주면 그냥 두겠다는 거야? 뭘 도와줘야 되는데?"

"내가 그걸 어떻게 아냐. 암튼 애들도 많이 급한가봐. 우리 때문에 게임이 발칵 뒤집혔으니까. 빨리 만나고 싶다는데……어떻게 할래?"

수화기 너머로 동철의 씩씩대는 숨소리가 들렸다. 애가 많이 놀랐나, 태식이 생각하는데 동철이 불만스러운 목소리로 말했다.

"근데 생각하니까 열 받네. 그 새끼들, 왜 너한테만 연락하냐?"

"누구한테 전화했든 그게 무슨 상관이냐."

"기분 나쁘잖아. 셋이 같이 한 일인데 왜 너한테만 연락하냐고. 심지어 난 지금 게임도 하는데, 나한테 GM 보내서 얘기해도 되잖아."

"내 레벨이 제일 높잖아. 주모자라고 생각했나보지. 별것도 아닌 거 가지고 헛소리 말고 어떻게 할 건지나 얘기해봐라."

"아무리 그래도 그렇지, 셋이 함께 했는데…… 솔직히 말해서 게임은 내가 제일 잘했는데……."

그게 뭐 그렇게 중요한 거라고. 누군 내일 당장 죽게 생겼는데. 태식은 슬퍼졌다. 아무도 그를 걱정해주지 않는다. 다들 자기 생각으로 바쁘고 자기가 입은 사소한 상처가 더 아프다.

동철이 말했다.

"그래서 언제 만날 건데? 오늘?"

"내가 지금 정신이 없어서 잘 모르겠다."

동철은 그제야 낮에 있었던 일을 떠올린 듯 말했다.

"너무 걱정하지 마. 성민이가 나쁜 새끼긴 해도…… 아, 진짜 나쁜 새끼긴 한데, 설마 널 죽이기야 하겠냐. 내가 우리 반 영신이한테 얘기해서 도와달라고 할까?"

태식은 끓어오르는 짜증을 꾹꾹 눌렀다.

"됐고, 넌 어떻게 하고 싶냐?"

"뭐? 아, 게임 회사. 만나는 게 낫겠지? 무슨 얘길 하는지 들어보긴 해야 하니까. 언제가 좋을까? 시험 끝나고 만나자고 할까? 그럼 싫어하려나? 걔들 지금 똥줄 엄청 탈 거 아냐."

"암튼 난 안 나간다. 니들끼리 알아서 해. 당장 내일 학교에 가야 할지 말아야 할지도 모르겠는데 걔들을 뭐하러……."

태식은 말을 멈췄다. 동철의 말대로다. 폴룩스 엔터는 지금 똥줄이 바짝바짝 마를 상황이다. 무엇보다 태식이 어떤 방법으로 용을 죽였는지 궁금해 미칠 지경이겠지. 작은 버그 하나만으로도 인플레이션이 닥치고 회원들이 빠져나가는 게 요즘

의 온라인게임이다. 자칫 잘못 대응하면 판타지온라인도 무너
질 수 있다는 위기감을 느끼고 있을 것이다. 그러니까 태식에게
도 점잖게 쪽지를 남긴 것일 게고.

그렇다면 태식의 '사소한' 부탁 하나 정도는 들어주지 않을
까? 폴룩스 엔터에 성민과의 화해를 부탁한다면 어떨까. 폴룩
스 엔터의 홍보 모델이 지은이니까 불가능한 일은 아니다. 성
민은 피도 눈물도 없는 양아치지만 지은에 대한 애정만은 진
심으로 보였다. 지은이 생글생글 웃으며 한 번만 봐달라고 말
하면 들어주지 않을까? 태식은 한 줄기 희망을 보고 다급하게
말했다.

"동철아, 만나서 얘기하자."

"언제?"

"지금."

태식은 옷을 챙겨 입고 거실로 나왔다. 저녁을 준비하던 엄
마가 놀란 목소리로 말했다.

"너 어디 가니? 밥 안 먹어?"

"독서실이요. 아까 햄버거 먹어서 지금 배 안 고파요. 공부하
다가 좀 늦게 들어올게요."

"너 어제도 밤새웠는데 오늘은 좀 쉬는 게 낫지 않겠니?"

"며칠만 더 고생하면 되는데요 뭐."

"너무 무리하진 마."

엄마는 대견한 얼굴로 태식의 머리를 쓰다듬었다. 갈수록 거
짓말만 느는구나. 태식은 우울해졌다. 판타지온라인. 최성민.
둘 중 한 가지만 알아도 엄마는 큰 충격을 받을 것이다. 가급적

그런 상황은 피했으면 좋겠는데.

그는 집을 나서며 정희에게 전화했다. 게임 회사에서 동철에게 연락하지 않았다면 정희도 지금 무슨 일이 벌어지는지 전혀 모르고 있을 거란 생각에서다. 신호가 다섯 번쯤 갔을 때 정희가 전화를 받았다.

"난데, 지금 어디냐?"

대답이 없었다. 태식은 핸드폰을 보고 전화가 끊겼음을 알았다. 그는 다시 전화했지만 정희는 받지 않았다. 이 자식, 어디서 뭐하고 있는 거야?

▶▶

인투더레인이 물었다.

"전화 안 받냐?"

"별거 아니라서요. 나중에 제가 하죠 뭐."

정희는 핸드폰을 등 뒤로 감췄다. 인투더레인은 피식 웃고서 담배를 꺼내 정희에게 내밀었다. 덩치에 어울리지 않게 얇고 가느다란 슬림형 담배였다. 정희는 고개를 흔들었다.

"안 피우는데요."

인투더레인은 담배를 입에 물고 불을 붙였다. 라이터 불빛에 손등에 난 길쭉한 흉터가 드러났다. 정희는 입술을 깨물었다. 이제는 정말 오줌을 쌀 것 같았다. 차가 돌멩이를 밟았는지 덜컹거렸다. 창밖은 온통 논밭이었다. 차는 점점 집에서 멀어지고 있었다. 씨발, 대체 어딜 가는 거야.

인투더레인은 창문을 내리고 재를 털었다.

"너랑 네 친구들이 용 잡았지?"

"아, 아닌데요."

"잘 생각하고 말해라. 나 거짓말 싫어해."

"그냥 회복 부적 판 건데요. 용을 언제 잡아요. 저 시험기간이에요. 장미 아줌마, 뭐라고 말 좀 해주세요. 저 그냥 학생인 거 아시잖아요. 빨리 집에 가야 돼요. 지금 대체 어디 가시는 거예요. 너무 늦으면 엄마가 걱정하신단 말이에요."

정희가 겁에 질려 횡설수설 사정했지만 아줌마는 못 들은 척했고 노란머리는 라디오 볼륨을 높였다. 아줌마가 갑자기 노란머리에게 말했다.

"나 저기, 저 정류장에서 내려줘."

노란머리가 차를 세웠다. 아줌마는 핸드백에서 삼단 우산을 꺼내 들고 차에서 내렸다. 그녀는 마지막 순간 정희를 쳐다보며 어색하게 웃었다. 화장기 진한 얼굴에 피로가 느껴졌다.

"학생, 미안해. 사는 게 힘들어서. 별일 없을 테니까 걱정 말고."

그녀는 우산을 쓰고 도망치듯 버스 정류장으로 달려갔다. 정희는 멍한 눈으로 그 뒷모습을 바라보았다. 노란머리가 다시 차를 출발시켰다.

인투더레인이 말했다.

"아까 말했지. 길을 잘못 들어서 돌아가는 거라고. 쓸데없는 걱정 말고 느긋하게 드라이브를 즐겨라. 금방 집에 갈 테니까."

"너무 많이 돌아가잖아요……"

정희는 점점 인가가 뜸해지는 창밖을 쳐다보며 거의 울 듯한 목소리로 말했다. 인투더레인이 다리를 꼬고 앉으며 말했다.

"우리 애가 길을 잘 몰라서 그래. 그러니까 네 말은 네가 용 죽인 거 아니라 이거지?"

"그렇다니까요."

"거짓말이야."

인투더레인은 무뚝뚝하게 말했다. 하지만 정희의 말이 왜 틀렸는지 알려주진 않았다. 그는 게임에 능했지만 사람 겁주는 일도 잘했다. 세상사에 빠삭한 아저씨들이야 직접적인 폭행이 가해지지 않는 한 겁먹는 일이 드물지만 이런 어린애 혼 빼놓는 일이야 식은 죽 먹기보다 간단하다. 그는 지금도 주먹 한 번 쓰지 않고 당장 정희가 바지에 오줌을 지리도록 만들 수 있었다. 하지만 인투더레인은 기다렸다. 정희가 머릿속에서 수많은 망상을 만들고 겁에 질려 모든 걸 털어놓을 때까지. 질문은 그다음에 하면 된다.

▸▸

태식은 아파트 단지 외곽의 테니스장에서 동철을 기다렸다. 보통은 역 근처의 롯데리아나 PC방을 약속 장소로 잡았지만 오늘은 그럴 엄두가 나지 않았다. 만에 하나 성민이 하이에나처럼 근처를 배회하며 그를 찾고 있다면 앞으로의 계획을 짜기도 전에 인생이 끝날 테니 말이다. 테니스장은 언제나 덩치 좋은 강사들과 짧은 치마를 입은 아줌마들이 땀을 뻘뻘 흘려가며 공을 치고 있어서 누군가에게 잡혀갈 걱정은 안 해도 된다. 그럼에도 태식은 은근히 겁이 나 계속 주위를 두리번거렸다. 문득 처량함이 밀려들었다. 이러려고 시작한 일이 아닌데. 용만 잡으면 다 잘될 줄 알았는데. 그는 지금 생애 최대의 위기 앞에 있었다.

오 분 정도 기다리자 동철이 나타났다. 두 사람은 녹색 철망 뒤에 서서 이야기를 나눴다. 동철이 게임 게시판에서 본 따끈 따끈한 소식을 알려주었다.

"누가 게시판에 회사 직원이라면서 익명으로 글 올렸거든? 개 말로는 루키페르가 끝내주는 물건을 가지고 있었대. 그거 때문에 회사가 발칵 뒤집혔다는데?"

"끝내주는 물건이야 엄청 많았지."

"그런 정도가 아니래. 지금 판타지온라인 판도를 뒤집어버릴 수 있을 만큼 대단한 물건이래. 만들긴 했는데 공개할 생각은 없는 그런 거. 그거 하나면 인투더레인이니 사또딸보도 날려버 릴 수 있다는데?"

"거짓말이야. 그런 중요한 얘기를 게시판에 왜 쓰냐?"

"분위기로 봐서는 진짜 같던데. 내 껀 뒤져봤는데 특별한 거 없더라. 넌 뭐 있냐? 확인 좀 해봤어?"

태식은 한숨을 쉬었다. 똥인지 된장인지 찍어먹어야 알 놈이 다. 태식은 제발 정신 차리라고 사정하듯 말했다.

"그런 게 있든 없든 뭐가 중요하냐. 지금 회사 애들이 우리 정체 다 알아냈는데. 그거 들고 폴룩스 엔터 본사 난입해서 전 부 죽일래? 어차피 다 소용없지."

"그래도 뭔지 알면 좋잖아."

"그것보다 너 최성민이 지은이랑 사귀는 거 아냐?"

"최지은? 진짜?"

동철은 눈을 동그랗게 뜨고 반문했다. 태식은 묵묵히 고개를 끄떡였다. 동철은 슬픈 표정을 지었다.

"실망이네 최지은. 성민이 새끼가 어떤 놈인지 모르나? 독하고 잔인하고 질기고 답 없는 놈인데. 근데 넌 그런 걸 어떻게 알았냐."

동철에게 구질구질한 뒷이야기를 털어놓고 싶지 않았다. 태식은 어쩌다 두 사람이 함께 있는 걸 봤다는 식으로 적당히 얼버무렸다.

"그래서 말인데……."

태식은 목소리를 낮춰 지은을 통해 성민과 화해하겠다는 계획을 설명했다. 동철은 주먹으로 손바닥을 쳤다.

"그거 괜찮다. 그렇게 하면 그럭저럭 넘어갈 수 있겠는데."

"근데 그렇게 해도 되겠냐. 그러려면 게임 회사 애들이랑 합의 봐야 되는데, 내가 그런 조건 내밀면 회사에서 딴 거 안 해줄지도 모르잖아. 니들한테 손해가 될 수도 있어."

"괜찮아, 사람이 사는 게 먼저지 딴 게 뭐 그리 중요하냐. 난 솔직히 네 덕분에 용 잡고 좋았어."

태식은 감격을 이기지 못하고 동철의 손을 꽉 잡았다. 동철이 이렇게 의리 있는 놈인 줄 미처 몰랐다.

"정말 고맙다. 나중에 꼭 보답할게."

"친구끼리 보답은 무슨. 그리고 설마 아무것도 안 해주기야 하겠냐."

두 사람이 악수를 하는데 테니스를 치던 아줌마가 공을 받으려다 슬라이딩하듯 미끄러지며 하얀색 팬티를 드러냈다. 긴 생머리가 인상적인 예쁘장한 아줌마였다. 두 사람은 철망에 바짝 붙어 아줌마를 뚫어져라 바라보았다. 아줌마가 완전히 일어서는 순간 두 사람의 집중력도 끝났다. 두 사람은 다시 악수를 하며 말했다.

"게임 회사 애들 언제 만날까?"

"오늘 만나자고 해야지. 그래야 내일 학교 가지."

동철이 갑자기 얼굴을 찌푸렸다.

"이럴 줄 알았으면 아이디 멋있는 걸로 지을걸. 회사 애들은 날 연쇄삽입범으로 알 거 아냐. 약속 잡았는데 여직원이 나오면 어떡하냐."

"미친 변태 새끼 소리 듣는 거지."

"근데 정희는 어떡하냐?"

"걔 아이디는 그래도 봐줄 만해."

"그게 아니라 걔 지금 아이템 팔고 있을 거 아냐. 게임 회사 애들이 그거 가지고 트집 잡으면 어떡하지?"

"아이템이 얼마나 많은데. 부적 하나 판 걸로는 표도 안 나."

"그럴까."

다만 정희가 섭섭해하지 않을까 걱정이다. 아이템 팔아서 팔자 고치려고 했는데 소정의 선물 정도만 받고 끝나게 생겼으니까.

"그나저나 정희는 왜 안 오냐?"

"아까 전화하니까 그냥 끊던데. 전화하라고 문자는 보냈다. 그 자식 우리 몰래 딴 아이템도 팔고 있는 건지……."

그때 정희에게서 전화가 왔다. 이놈도 양반은 못 되네. 태식은 핸드폰을 꺼내 들며 말했다.

"야, 너 지금 어디야?"

정희는 감기에 걸린 듯 쉰 목소리로 말했다.

"나? 집 앞이지. 방금 물건 팔았다. 밥 살게. 나와라. 아까 한참 가격 설명하고 있는데 네가 전화를 해서……."

값 정해놓고 파는데 무슨 가격 설명을 해? 이 자식, 딴 물건도 판 거 아냐? 태식은 의심이 들었지만 지금은 그보다 중요한 일이 있었다.

"너 게임 회사 애들한테 전화 못 받았냐? 지금 난리 났어. 개들 우리가 용 잡은 거 다 알아. 당장 보재."

"진짜? 어…… 그래서 뭐라고 했어?"

"지금 동철이랑 만나서 어떻게 할지 의논하고 있다. 근데 너 목소리가 왜 그래?"

"어? 어…… 여기 비가 많이 와서. 거긴 안 와?"

"안 와. 너 혹시 회복 부적 말고 딴 것도 팔았니?"

"아냐, 안 팔았어. 백만송이장미라는 아줌마가 사갔는데 게임에 대해 잘 몰라서 이것저것 알려주느라고. 그럼 우리 계정은 어떻게 됐냐? 개들이 아이템 다 가져갔어?"

정희의 목소리가 갑자기 필사적이 됐다. 이렇게까지 놀랄 줄 몰랐네. 어지간히 아이템 팔고 싶었던 모양이구나. 태식은 정희를 자극하지 않으려고 신중하게 말했다.

"아직은. 하지만 앞으로 어떻게 될지 모르지."

"다행이네. 그럼 지금 게임에서 만날까. 서로 어떤 아이템 있는지 확인하고 빼돌릴 건 빨리 빼돌리자."

태식은 얼굴을 찌푸렸다. 뭔가 이상하다. 돈독이 오르긴 했어도 정희는 비관주의자에 걱정이 많은 녀석이다. 게임 회사에서 전화했다고 하면 겁에 질려서 이제 어떡하냐고 방방 뜰 줄 알았는데 아이템부터 빼돌리자니, 정희답지 않다.

태식은 한번 떠보기로 했다.

"그건 곤란하고, 지금 게임 회사 가기로 했는데 너도 같이 가자. 아이템 반납하면 용돈 주겠대."

동철이 무슨 소리냐는 듯 눈을 커다랗게 떴다. 태식은 조용히 하라고 입술에 손가락을 댔다.

"잠깐만!"

정희가 소리쳤다. 태식은 고개를 끄떡였다. 뭔가 딴 속셈이 있을 줄 알았지.

"왜?"

정희는 머뭇거리다 울먹이며 말했다.

"사실은 나 무서운 형들한테 잡혀 있어."

"뭐? 누구?"

태식은 놀라 반문했다. 무서운 형이라니, 그게 무슨 소리야. 정희의 울음소리가 멀어지고 누군가 핸드폰을 받아 쥐며 낮게 기침을 했다. 껌 좀 씹고 침 좀 뱉어본 놈들 특유의 쇳소리가 섞인 저음이다.

"니가 김태식이냐. 니가 용 잡았다며."

태식은 어이가 없어 말을 잇지 못했다. 오늘 일진이 대체 왜 이 모양인지, 하다 하다 이제는 조폭 같은 작자랑 통화를 다 하는구나. 이런 목소리를 내는 인간을 실제로 본다면 쫄아서 말도 제대로 못하겠지만 지금은 전화상이라 그런지 짜증부터 났다.

　"아저씨 누구세요?"

　"그건 알 거 없고, 네가 가진 아이템 사고 싶은데, 어떠냐? 한번 보자. 게임 회사 애들이랑 얘기하기 전에."

　태식이 대답하지 않자 남자는 자기 딴에는 부드럽게 말했다.

　"사기 칠 생각 없으니까 걱정 마라. 제대로 값 쳐줄 거야. 아이템 거래 사이트에 올라온 시가 그대로."

　동철이 태식에게 바짝 붙으며 입 모양으로 말했다. 이 사람 누군데? 우리 아이템 사고 싶대? 태식은 동철에게 조용히 하라고 손을 흔들고 남자에게 말했다.

　"제대로 값 쳐주겠다는 사람이 납치를 해요?"

　그 말에 동철이 흠칫 놀랐다. 남자는 까마귀처럼 웃었다.

　"오해가 있구나. 납치한 거 아냐. 한번 물어봐라. 우리가 억지로 잡아두고 있나. 집까지 태워다주다가 니들 얘기가 나온 거야. 아이템 많다니까 다른 것도 좀 보고 싶어서 그래. 마음에 드는 건 몇 개 샀으면 좋겠고. 걱정되면 게임에서 만나서 물건 넘기면 되잖아. 하나 줄 때마다 입금해줄 테니까."

　남자는 잠시 말을 멈췄다가 느릿하게 말을 이었다.

　"안 그러냐?"

　두려움이 밀려들었지만 태식은 배에 힘을 주고 말했다.

"싫은데요."

"뭐?"

"난 내가 팔고 싶은 것만 팔아요. 왜 내 물건을 아저씨한테 보여줘야 되는데요? 아저씨 강도예요?"

시작이 어려웠지 한번 말을 내뱉기 시작하자 마음속에 있던 말이 기관총처럼 터져나왔다. 남자도 당황했는지 한동안 침묵이 흘렀다. 괜한 말을 했나. 그건 아니다. 하루 종일 겁에 질려서 도망다니고 나쁜 놈들을 피할 궁리만 했다. 그러다 이제는 얼굴 한 번 본 적 없는 아저씨한테까지 협박을 당하게 되니 지긋지긋해서 못 참겠다.

태식은 남자의 대답을 기다리지 않고 으름장을 놨다.

"지금 바로 경찰에 신고할 수도 있거든요. 당장 정희 놔줘요."

"너 말 잘한다? 하긴 요새 애들 다 말은 잘하지. 말만 잘해서 문제지. 네 친구야 당장 놔줄 수 있어. 근데 누가 용 죽이고 아이템 챙겼는지 게시판에 글 올라오면 어떻게 될까. 학교랑 이름이랑 아이디랑 전화번호랑 다 뜨면. 이 바닥에 꼴통, 또라이, 사이코가 얼마나 많은지 아냐? 학교랑 집이랑 전부 난리 날 거다. 어떤 미친놈은 너네 집 앞에서 칼 들고 기다릴걸? 그래도 좋겠냐?"

태식은 눈을 감고 이마를 짚었다. 관자놀이가 쿡쿡 쑤셨다. 당장 내일 학교에서 성민에게 얻어맞을 일만으로도 걱정인데, 이제는 별 미친놈이 다 설치는구나 싶다. 이 미친놈이 학교에 와서 성민이랑 싸웠으면 좋겠다.

"아저씨가 제일 미친 것 같네요."

태식은 남자의 대답을 기다리지 않고 전화를 끊었다.

▶▶

"여보세요? 여보세요! 이 자식, 끊었네."

인투더레인은 핸드폰 액정을 손가락 끝으로 톡톡 두들겼다. 정희는 겁에 질려 더듬더듬 말했다.

"엄청 착한 앤데 오늘 학교에서 안 좋은 일이 있어서 그래요. 일진 애가 내일 죽어버린다고 벼르고 있거든요."

"그거 안됐네."

인투더레인은 핸드폰을 정희에게 건넸다. 태식이란 녀석이 맹랑하게도 경찰에 신고하겠다고 뻗댔지만 그는 걱정하지 않았다. 아무 잘못도 저지르지 않았으니까. 그는 폭력을 휘두른 적이 없고 아이템 내놓으라고 협박한 적도 없다. 직거래를 하고서 판매자를 집까지 태워주려다 길을 몰라 헤맸을 뿐이다. 차를 돌려 집으로 가는 동안 심심해서 이런저런 대화를 나누고 판타지온라인에 접속해 가지고 있는 물건을 구경한 게 전부다. 아이템을 빼앗지도 않았고 억지를 부린 적도 없다.

랜드로버가 아파트 단지 안으로 들어갔다. 노란머리가 정희의 집 앞에 차를 세웠다. 인투더레인은 담배를 입에 물며 말했다.

"여기가 너희 집이냐?"

정희가 얼빠진 얼굴로 고개를 끄떡였다. 인투더레인은 정희의 머리를 쓰다듬었다.

"귀여운 자식."

그가 정희를 잡은 건 우연이 아니었다. 이번 거래 자체가 그가 파놓은 함정이었다. 용이 죽은 걸 알자마자 그는 판타지온 라인에서 거래되는 아이템의 시가부터 확인했다. 그중 회복 부적에 관심을 가진 이유는 그것이 비교적 흔한 아이템이지만 최근 들어 몬스터를 잡아도 잘 나오지 않아 시장에 매물이 거의 없기 때문이었다.

인투더레인은 용을 죽인 놈들이 아이템 거래 사이트를 체크하고 있을 것이라 확신했다. 돈 때문에 한 일일 테니까. 당장 레어템을 처분할 생각이 없더라도 가격 동향은 알아보고 있겠지.

그는 아이템 거래 사이트에 나온 회복 부적을 싹쓸이한 후 시가보다 더 높은 가격에 다시 물건을 올렸다. 서로 다른 이름으로 세 개. 범인 중 누군가 탐욕에 못 이겨 물건을 내놓게 만들기 위해서였다. 주모자가 똘똘한 놈이라고 해도 공범 중에는 욕심이 덕지덕지한 바보가 있을 테니까. 그리고 이 꼬맹이가 덥석 미끼를 물었다.

하지만 정희에겐 그가 찾는 물건이 없었다. 다른 두 놈도 빨리 만나봐야 할 텐데…… 게임 회사에서 나서기 시작했다는 게 문제다. 그들이 손쓰기 전에 일을 마무리 지어야 한다. 최소한 협상이 가능한 수준까지. 그러지 않으면 전쟁에서 이길 수 없다.

인투더레인은 주머니에서 하얀 봉투를 꺼냈다.

"너한테 부탁할 게 있는데……."

그가 말을 끝내자 정희는 봉투를 집어 들고 급히 차에서 내렸다. 그는 열린 문 너머로 정희가 아파트 안으로 뛰어 들어가는 걸 지켜보았다. 인투더레인은 담배를 마저 피우고 보도블록 위에 꽁초를 던졌다.

노란머리가 말했다.

"어디로 갈까요?"

"사무실로 가지."

차가 움직이기 시작했다. 인투더레인은 의자에 등을 기대고 눈을 감았다. 피로했다. 거의 이틀째 잠을 자지 못했다. 하지만 지금이 그에게 남은 마지막 기회였다.

그는 용이 가지고 있는 레어템과 골드를 손댈 생각은 없었다. 그가 원하는 것은 뤼카온의 망토였다. 예전에 게임 회사 직원을 접대하다가 이야기를 들은 적이 있었다. 게임 밸런스를 무너뜨리는 아이템이라 고심 끝에 삭제했다고. 하지만 마지막 하나가 루키페르의 둥지에 남아 있다고 했다. 정준은 인투더레인의 능력에 망토를 더하면 지금의 상황을 충분히 뒤집을 수 있을 거라 믿었다.

용이 가지고 있던 아이템을 빼앗아 전세를 역전시키는 것보다 그편이 낫다. 혼자의 힘으로 길드 하나를 날려버리는 셈이니까. 진정한 영웅의 탄생이다. 훈남 길드에 가입하고 싶어 하는 사람들도 늘어나겠지.

정준은 조금 전 노트북으로 정희의 계정을 확인했다. 탐나는 아이템이 몇 개 있었지만 꾹 참았다. 소탐대실할 이유는 없었다. 그에게 필요한 건 아이템 하나였다. 그 경우 회사 측에서도 과정을 문제 삼지 않을 것이다. 그들 입장에서는 게임이 잘 팔리는 게 중요하니까. 인투더레인이 혼자 힘으로 인맥 길드를 세상에서 지워버린다면 그보다 게임 홍보에 도움이 될 일도 없을 것이다.

물색 모르는 회사가 계정을 정리하기 전에 망토를 찾아야 했다. 태식이란 놈이 물건을 가지고 있을까. 아니면 동철? 그는 둘 중 누굴 먼저 만나야 할지 고민했다.

▶▶

동철이 말했다.

"납치라니 무슨 소리야. 정희한테 무슨 일 생겼어?"

"아이템 팔러 갔다가 깡패한테 잡혔나봐."

태식이 간단히 사태를 설명하자 동철은 사색이 되었다.

"어떡하지? 경찰에 신고할까?"

태식은 대답하지 못했다. 달리 방법이 없지만 솔직히 암담했다. 경찰에 가서 무슨 말을 해야 할지도 모르겠고. 게임 아이템 뺏으려는 놈들이 친구를 납치했다고 하면 경찰이 좋아할 것 같지도 않다. 아니, 그 말이 무슨 뜻인지 이해할 수 있을지나 모르겠다. 어찌어찌 수사가 잘돼서 정희가 풀려나도 뒷감당이 걱정이다. 엄마는 그가 밤새 시험공부를 한 게 아니라 게임을 했다는 사실을 알게 될 거고 어쩌면 학교에까지 소문날지 모른다.

유명해지고 주목받고 싶긴 했어도 이런 식은 아니었다. 태식은 스스로에게 자부심을 가질 정도의 유명세를 바랐다. 덤으로 지은에게도 어필할 수 있으면 좋겠다고 생각했을 뿐이다. 근데 이상한 새끼들이 친구를 붙잡고 아이템을 내놓으라고 하고 있으니…… 어디서부터 일이 꼬였는지 모르겠다.

동철이 말했다.

"조금만 기다려보는 게 낫지 않을까. 게임 아이템 욕심내는 속 좁은 놈들 아냐. 설마 계속 정희 잡아두고 있기야 하겠냐?"

"그럼 쿨하게 풀어준다고?"

그때 다시 전화가 왔다. 이번에는 모르는 번호였다. 태식은 핸드폰을 노려보며 생각했다. 누굴까. 아까 그 쇳소리 내던 놈인가? 말도 없이 전화를 끊었다고 화가 난 걸까.

태식은 망설이다 전화를 받았다.

"여보세요."

"안녕하세요. 김태식 회원이시죠? 저는 폴룩스 엔터의 최중경이라고 합니다. 회원 정보에 핸드폰 번호를 적지 않으셔서요. 전화 드리는 데 시간이 좀 걸렸습니다. 제가 보낸 메일은 확인하셨죠?"

차분한 목소리. 정중한 말투. 조금 전 이야기했던 깡패와는 천지 차이지만 이상하게도 태식은 조금 전보다 더 속이 답답해졌다.

"예. 봤는데요."

"언제 만나는 게 좋을까요? 저는 빠르면 빠를수록 좋은데. 내일 학교 앞에서 뵙는 건 어떨까요. 저희가 그쪽으로 가겠습니다."

태식은 입술을 깨물었다. 언제고 이들과 이야기를 해야 한다는 걸 안다. 하지만 지금은 정희 문제부터 해결해야 한다.

"제가 지금 좀 바빠서요. 기말고사 기간이라. 제가 나중에 전화 드리면 안 될까요?"

정적이 흘렀다. 태식은 중경이 화를 낼 것이라 짐작했다. 기말고사 기간에 용 잡은 놈들이 뭔 소리냐고 하겠지. 그러나 최중경은 더욱 정중하게 말했다.

"저희가 급해서 그렇습니다. 게시판 보셨으면 아시겠지만, 루키페르를 잡는 방법에 대한 루머가 퍼질 대로 퍼진 상탭니다. 게이머들 절반이 세상의 끝에 모여 용을 잡고 있어요. 물론 지금까지는 전부 실패하고 있지만 덕분에 게임 플레이가 엉망이 됐습니다. 김태식 회원님께서 용을 잡고 얻은 게임머니를 풀어 인플레이션이 발생했다는 말까지 나오고 있으니까요. 더 의혹이 커지기 전에 일을 정리하고 싶습니다. 제 말 무슨 뜻인지 아시겠죠?"

"죄송합니다만 정말 시간이 없어요. 금방 연락 드릴게요."

"잘 생각하세요. 가급적 평화적으로 일을 해결하고 싶습니다만, 자꾸 이런 식으로 피하면 저희도 강압적인 방법을 쓸 수밖에 없습니다."

태식은 얼굴을 찌푸렸다. 그냥 들어 넘길 수 없는 말이다. 그는 전화를 끊지 않고 물었다.

"강압적인 방법이라뇨?"

"비정상적인 방법으로 게임을 플레이하면 저희 측에서 임의로 계정을 정지할 수 있다는 건 알고 계시죠?"

태식은 뭔가 해냈다는 뿌듯함을 느끼고 싶었을 뿐이다. 그런데 이 인간들은 왜 그 소그만 것조차 용납하지 않으려는 걸까. 그가 가진 모든 걸 빼앗아야 직성이 풀리는 걸까. 말투만 다를 뿐, 최중경도 쇳소리를 내던 남자와 비슷한 인간이었다. 태식은 경찰서에 가야 한다는 사실도 잊은 채 따져 물었다.

"왜 비정상적이라고 생각하는데요?"

"정상적인 방법으로는 용을 잡을 수 없으니까요."

"정상적인 방법으로 잡았거든요."

"그럼 저희 앞에서 한번 보여주시죠, 어떻게 잡았는지."

"왜요?"

"확인을 하자는 거죠. 게임에 어떤 버그가 있는지 빨리 알아내야 다른 게이머들까지 그 방법으로 용을 잡는 사태를 막죠."

"왜 그래야 하는데요? 제가 무슨 범죄를 저지른 것도 아닌데, 왜요?"

동철이 태식 곁에 바짝 붙어 대화를 엿듣다 핸드폰 수화기를 손으로 막고 조그맣게 말했다.

"이 사람한테 도와달라고 하자."

"무슨 소리냐 그게. 애가 홍신소도 아닌데 납치된 애를 어떻게 찾아."

"판타지온라인 서비스하는 애들이잖아. 우리 찾아낸 것도 그렇고, 지금 정희가 어디 있는지도 알지 몰라."

태식은 생각에 잠겼다. 어쨌든 게임 회사에서 그가 모르는 정보를 가지고 있는 건 확실하다. 태식은 핸드폰을 고쳐 잡고 말했다.

"여보세요."

"듣고 있습니다. 생각이 바뀌셨어요?"

"솔직히 말씀드릴게요. 저희가 지금 아저씨를 만날 상황이 아니거든요. 친구가……."

태식은 어떤 단어를 쓸지 망설였다. 납치라고 말하면 정말 납치로 굳어질 것 같은 기분이다. 중경이 다시 물었다.

"친구가 어떻게 됐는데요?"

"어떤 자식한테 잡혀 있어요. 회복 부적 팔려고 나갔는데 우리가 용 잡은 거 알고 있었대요. 제가 가진 아이템 중에서 마음에 드는 거 몇 개 사고 싶다고 전화 왔었어요."

"친구라면 어떤 분 말씀이시죠? 연쇄삽입범? 성기사이즈짱?"

"성기사이즈짱이요."

"누가 전화했죠? 전화번호를 알고 있나요?"

"정희 핸드폰으로 전화해서 그런 건 모르겠어요."

"큰일이군요. 그러니까 더욱 빨리 우리하고 만나야 하는 겁니다. 세상에는 별별 놈들이 다 있어요. 일이 커지기 전에 차단해야 합니다."

중경의 목소리가 살짝 밝아졌다. 왜 기분이 좋아진 걸까? 태식의 머릿속 경고 사이렌에 불이 들어왔다. 이 자식 혹시 정희를 데려간 놈과 한패인 게 아닐까?

중경이 말했다.

"저희 쪽에서 해결해볼까요?"

"아뇨. 경찰에서 연락 오면 말이나 잘해주세요. 정희 찾고 다시 전화 드릴게요."

"잠깐만요!"

중경의 목소리가 높아졌다.

"경찰에 신고하는 게 옳은 선택일까요? 그럼 일이 너무 커질 텐데요. 그냥 아이템에 욕심이 난 바보의 짓입니다. 긁어 부스럼 만들 필요가 없어요. 저한테 맡겨주시면 조용히 처리할 수 있습니다."

"혹시 모르니까 경찰에 말하는 게 나을 것 같아요."

태식이 전화를 끊으려고 할 때, 최중경이 말했다.

"한 가지만 명심하세요. 이 경우에 문제가 생기면 전부 김태식 씨 책임이라는 걸."

태식은 절망감을 느끼며 말했다.

"알았으니까 내가 전화할 때까지 기다리세요."

"잘 생각해요. 김태식 씨가 가지고 있는 아이템 중에 절대로 공개되어선 안 되는 게 있습니다. 용 잡는 방법을 유출하는 것도 안 되지만, 그런 아이템들 마음대로 사용하거나 팔아먹다가 걸리면 태식 씨한테도 좋지 않을 겁니다."

"안 그럴 거예요."

태식은 전화를 끊었다.

▶▶

중경은 핸드폰을 내려놓으며 빙그레 웃었다. 이것으로 용을 죽인 게 세상 물정 모르는 고등학생 셋이라는 사실을 확인했다. 일이 훨씬 간단해졌다. 그는 태식이 온라인게임으로 먹고사는 작업장에 속해 있을 가능성을 염두에 두고 있었다. 그 경우 어떤 식으로 조건을 맞출지 고민하고 있었는데 학생이라면 아무 문제 없다. 그가 구상하고 있는 스토리에도 딱 맞는다. 사악한 길드에 대항하는 드래곤 슬레이어 세 사람. 그들은 고등학생에 불과했다. 홍보만 잘하면 한동안 게이머들의 입에 오르내리는 얘깃거리가 될 것이다.

어떤 놈이 정희를 데려갔을지는 뻔하다. 모스가르드 서버에 아이템에 목숨 건 인간은 많지만 직접 사람을 찾아내 실력 행사를 할 만큼 돈 놈은 둘뿐이다.

중경은 서버관리팀장에게 전화했다.

"이정희 방금 접속했었죠? 누구랑 만났죠?"

모니터링 결과를 확인하는지 잠시 두런대는 소리가 들렸다. 잠시 후 관리팀장이 말했다.

"백만송이장미라는 회원이랑 만나서 아이템을 거래했다네요. 회복의 부적이요. 음…… 레벨5 인간 도적이고요, 훈남 길드 소속인데요?"

인투더레인이군.

"그다음은요?"

"혼자서 한 번 더 접속해서 아이템 확인하고 로그아웃했습니다."

"다른 아이템은 거래하지 않았고요?"

"예. 모두 그대로 있습니다."

"고맙습니다. 계속 수고해주세요."

중경은 전화를 끊고 생각에 잠겼다. 아이템과 골드를 빼앗지 않은 것은 의외다. 나른 꿍꿍이가 있는 걸까. 인투더레인은 일자무식에 타인과 관계를 맺는 일에도 서툴렀지만 머리가 나쁘진 않았다. 나름대로 계산이 있는 게 틀림없다.

인투더레인이 정희를 상대로 범죄를 저지를 거란 걱정은 하지 않았다. 소싯적에 조직에 몸담았었다고 자랑처럼 떠벌리는 얼간이지만, 짖는 개는 물지 않는 법이다. 정말 조폭 출신이라면 아무 말도 하지 않았겠지. 인투더레인은 그저 못 배운 양아치에 지나지 않았다. 그런 놈에게 사람을 죽이고 아이템을 빼앗을 배짱이 있을 리 없다.

그래도 경고는 해야겠지. 중경은 인투더레인의 핸드폰 번호를 찾아 문자를 보냈다. '적당히 하시죠. 성기사 그냥 보내세요.'

이 정도면 알아듣겠지.

중경은 핸드폰을 내려놓고 생각에 잠겼다. 인투더레인을 그냥 둬서는 안 된다. 회원을 잡아다가 협박을 늘어놓다니, 선을 넘어도 너무 많이 넘었다. 차라리 잘됐다. 태식이 길드에 복수해도 이상하지 않을 명분이 생긴 셈이니까. 이번 기회에 확실히 정리하는 게 좋겠다. 인투더레인에 사또딸보까지.

.8. 인생이라는 게임

이태 전 새로 지은 경찰서는 회색 콘크리트를 그대로 드러낸 오층짜리 건물로 첫인상부터 사람을 겁주는 무언가가 있었다. 옥상에는 레이더처럼 생긴 반원형의 안테나가 있었고, 건물 외곽으로 철조망이 둘러쳐 있었다.

태식은 동철과 함께 주춤주춤 경찰서로 들어갔다. 널따란 로비는 사람들로 붐볐고 한쪽 벽에는 안내도가 붙어 있었다. 태식이 상상했던 것과 달리 일층에 매점과 커피숍이 입점해 있었고, 드나드는 사람들도 동네에서 흔히 볼 수 있는 아줌마 아저씨 들이었다. 태식은 약간이지만 안심했다. 경찰서에 들어가면 바로 흉악범, 창녀, 수갑 찬 깡패 들과 마주칠 줄 알았다.

두 사람은 안내도 앞에 서서 어디로 가야 할지 의논했다. 강력팀? 수사팀? 여성청소년팀? 두 사람은 일단 가장 가까이 있는 민원실로 향했다. 평일 저녁이라 그런지 사람은 많지 않았다. 태식은 번호표를 뽑아 들고 빈자리로 갔다.

"저기 신고할 게 있어서 왔는데요."

노트북을 들여다보고 있던 스포츠머리의 중년 남자가 고개를 들었다. 그는 태식과 동철을 일별하곤 우울한 얼굴로 입을 열었다.

"인터넷 문제냐?"

"예."

"그럼 여기다 얘기하지 말고 인터넷 들어가서 사이버수사대에 신고해. 경찰이 나설 일이란 판단이 서면 여기 수사팀에서 형사 배정해줄 테니까 그때 와서 얘기해. 누가 인터넷으로 너 욕하고 그런 거면 집에서 삭이고. 경찰 바쁘다."

"그런 거 아니에요. 급한 일인데요."

친구가 납치되었다고 말하려는 순간, 동철이 태식의 옆구리를 툭툭 쳤다. 녀석이 꺼내든 핸드폰에 정희의 문자가 찍혀 있었다.

—야. 니들 어디야. 나 풀려났어.

동철이 조그맣게 태식의 귓가에 속삭였다.

"어떡하지?"

태식은 형사의 눈치를 보며 조그맣게 말했다.

"풀려난 거 확실한지 어떻게 알아? 우리까지 잡으려고 거짓말 치는 거 아닐까?"

"전화해볼까?"

태식은 고개를 끄떡였다. 동철은 멀찌감치 떨어진 곳으로 가

정희에게 전화를 걸었다. 형사는 두 사람을 지켜보다 지겨운 듯
말했다.

"무슨 일인데 그래? 인터넷으로 거래한 물건이 안 왔어?"

"그런 게 아니라요, 직거래하러 나갔는데⋯⋯."

"물건이 달라? 입금해줬는데 상대방이 안 나왔어? 약속은
확실히 잡은 거야?"

태식이 뭐라고 말해야 할지 고민할 때 저쪽에서 동철이 "집
전화로 통화했어! 풀려난 거 맞아!" 하고 소리를 질렀다. 저 바
보. 아주 동네방네 소문을 내지. 태식은 잽싸게 자리에서 일어
서며 말했다.

"죄송합니다. 저희가 약속을 잘못 잡았었나봐요."

▶▶

정희는 역 앞 편의점에서 태식과 동철을 기다리고 있었다. 친
구들이 경찰에 신고하기 전에 연락이 돼서 천만다행이다. 인투
더레인의 싸늘한 눈빛만 떠올리면 다리에 힘이 빠졌다. 놈은
일만 잘 풀리면 서로 좋은 일이 있을 거라고 말했지만 정희는
그보다 일이 잘 안 풀렸을 때 무슨 일이 생길지가 더 걱정이었
다. 인투더레인은 그의 학교, 집, 전화번호까지 모두 다 알고 있
었다. 그런 인간의 심기를 거스르고 싶지 않았다.

재수도 좆나게 없지⋯⋯.

용을 잡았을 때만 해도 이런 문제가 생길 줄은 몰랐다. 아이
템 팔아 돈 벌 생각에 그저 기뻤다. 인투더레인처럼 무서운 인

간과 엮일 줄 알았으면 애초에 이런 일에 끼지 않았을 것이다. 정희는 품속의 돈봉투를 만지작거리며 반드시 태식과 동철을 설득해야 한다고 다짐했다.

거리 저쪽에서 친구들이 나타났다. 정희는 억지로 밝은 표정을 지으며 크게 손을 흔들었다.

"여기야. 이 새끼들, 친구가 위기에 빠졌는데 구하러 올 생각은 안 하고 경찰에 신고할 생각부터 하냐?"

누가 숨어 있는 건 아닌가 걱정되는지 태식과 동철은 첩보원을 방불케 하는 몸놀림으로 사방을 살피며 정희에게로 다가왔다. 태식이 정희의 얼굴을 유심히 들여다보며 말했다.

"우리가 가면 너 구하냐. 다 잡히지. 다친 데는 없냐?"

"어."

"아이템은 어떻게 됐어?"

"회복의 부적 하나 팔았지."

"다른 건 안 팔았어? 걔가 뺏어가지 않았어?"

"응."

정희는 건너편의 해산물 뷔페를 가리켰다.

"배고픈데 저기서 밥이나 먹자. 내가 살게."

태식이 말했다.

"뜬금없이 니가 왜 밥을 사? 밥 못 사서 죽은 귀신 붙었냐."

"금강산도 식후경이잖냐. 힘든 때일수록 맛있는 거 먹어야지."

태식은 동철과 시선을 교환했다. 정희의 태도가 수상하게 느껴진 모양이다. 정희는 급히 말했다.

"아까는 내가 너무 쫄아서 그런 거고, 막상 얘기 좀 해보니까 사람이 괜찮더라고."

두 사람의 표정이 더욱 이상해졌다. 더 변명해봐야 좋을 것 없다. 정희는 태식과 동철에게 어깨동무하며 말했다.

"가자. 가서 밥 먹으면서 이야기하자."

뷔페는 학생할인도 없고 오케이캐시백도 안 되는 콧대 높은 곳으로 1인당 정확히 삼만오천 원을 받았다. 동철이 딴 데 갈까? 하고 운을 떼웠지만 정희는 고개를 흔들고 봉투에서 돈을 꺼내 계산했다. 제일 비싼 뷔페에서 밥을 사라는 게 인투더레인의 엄명이었다.

그러고 보니 돈을 얼마나 줬는지 보지도 않았네. 정희는 두 사람이 안 보는 틈을 타 봉투 속을 확인했다. 정확히 백만 원이 들어 있었다. 그래도 아주 나쁜 놈은 아니네. 정희는 조금 마음을 풀었다.

세 사람은 참치 회며 훈제 연어, 초밥 등을 접시 가득 담아 자리에 앉았다. 동철이 포크로 오징어먹물 파스타 면발을 둘둘 감으며 물었다.

"너 잡은 애들 정체가 뭐였냐? 깡패야?"

이제부터가 중요하다. 정희는 정신을 바짝 차리고 아무렇지 않게 말했다.

"아니. 훈남 길드 사람이야."

"진짜?"

동철이 눈을 동그랗게 떴다. 정희는 태식을 가리키며 말했다.

"응. 아까 애랑 통화한 사람이 인투디레인이야. 실제로 보니까 카리스마 짱이던데? 사람들이 레인님, 레인님 하면서 껌뻑

죽더라고."

"완전히 조직이네."

"조직이라기보다는 회사 같더라. 나한테 아이템 산다고 한 여자는 길드 경리래. 따로 작업장에 사무실도 있다더라. 처음에는 쫄았는데, 좀 있으니까 괜찮더라. 게임을 너무 많이 해서 그런지 말투는 험해도 신사적이더라고."

태식이 혼잣말처럼 중얼거렸다.

"인투더레인이 깡패 출신이라더니 진짠가보네."

정희는 찔끔했다.

"진짜?"

"응. 그런 소문이 있었어. 판타지온라인 초창기 때 정모를 했는데 거기서 시비가 붙어서 세 사람을 아작내버렸다고. 너 정말 큰일 날 뻔했다. 그딴 새끼한테 납치를 당하고."

"납치까지는 아니고……."

정희가 말끝을 흐릴 때, 동철이 말했다.

"근데 인투더레인이 네 아이템 안 빼앗아갔다고?"

"응. 내가 가진 아이템 보고 싶다고 해서 보여줬는데, 그냥 쭉 보더니 잘 봤다고 하더라고."

"이상하네. 그럴 거면 왜 보자고 했대? 우리가 신고한다고 해서 겁먹었나?"

"그럴 수도 있고."

정희는 게살 수프를 떠먹으며 태식의 눈치를 보았다. 바로 말을 꺼내는 건 곤란하니까 일단 운부터 떼자.

"근데 태식이 너에 대해서 자꾸 묻더라."

"날? 왜?"

"네가 용 잡는 계획 짰잖아. 아이템도 아이템이지만 용 잡는 방법을 알고 싶은 모양이던데. 용 한 마리만 털면 다른 서버도 얼마든지 장악이 가능하니까 그렇겠지?"

"내가 계획 짠 걸 개들이 어떻게 알았는데?"

정희는 태식의 눈치를 보다 조심스럽게 말했다.

"내가 말했지."

"미친 새끼! 진짜!"

"미안해. 차에 타자마자 어디 시골 같은 데로 데려가는데 무서워서 뭐 어떻게 할 수가 있어야지. 쫄아서 묻는 대로 대답했어."

동철이 끼어들었다.

"나는? 내 이름도 말했어?"

"응."

"이름이랑 학교랑 전화번호랑 전부 다?"

"응."

"내 실력이 제일 좋다는 말은?"

"그건 안 했는데. 근데 그 사람, 나쁜 사람 아니야. 내가 미리 겁먹어서 그렇지, 나한테도 점잖게 대해줬고. 내가 말 잘해놨으니까 니들한테 싫다는 거 억지로 강요하진 않을 거야. 나야 돈 필요해서 아이템 팔았지만 니들은 그냥 좀 멋있어 보이고 싶어서 한 일이라고 얘기했거든. 니들한테 이거 전해달라더라."

정희는 인투더레인에게 받은 명함을 태식과 동철에게 건넸다.

HR2 인베스트 대표 조정준.

"조정준이 인투더레인 이름이냐?"

"응. 거기 있는 번호로 전화달래."

동철은 달걀 껍데기처럼 반질반질한 명함을 이리저리 살폈다.

"종이가 엄청 고급스럽네. 이름도 꼭 무슨 투자회사 이름 같고."

정희는 말했다.

"아, 길드 운영은 시작이고, 그걸로 번 돈으로 투자한대. 주식이랑 부동산이랑. 임대 사업도 한다던데."

태식이 벌떡 일어섰다. 정희는 태식이 화난 줄 알고 놀랐지만 그건 아니었다. 음식을 더 가지러 가기 위해서였다. 정희는 뷔페를 도는 태식을 졸졸 따라다니며 전화 한번 해보라고 말을 건넸다. 태식은 대게와 가리비 샐러드, 삶은 새우 등을 접시에 담다가 퉁명스럽게 말했다.

"너 말이야, 왜 그렇게 인투더레인 편드냐? 아까 봉투에서 돈 꺼내는 것도 수상하고. 용돈이라도 받았어?"

"니들 밥 사주라고 조금 받긴 했는데, 근데 나 그것 때문에 이런 얘기하는 거 아냐. 솔직히 그 새끼 열라 무서운데 적당히 원하는 거 해주고 돈 받는 편이 낫지 않냐?"

"걔가 원하는 게 뭔데?"

"우리가 가진 아이템 중에 뭔가 원하는 게 있나봐."

태식은 걸음을 멈추고 정희를 쳐다보았다. 두 사람 뒤를 따라오던 동철이 눈을 반짝이며 말했다.

"내가 말했지. 밸런스를 깨는 무지막지한 아이템이 있다고. 인투더레인이 그걸 찾나보다."

밸런스가 깨지든 말든 정희와는 관계없었다. 그는 단지 자기 면상이 깨지지 않기를 바랄 뿐이다. 그는 소망을 담아 간절하게 말했다.

"암튼 둘 다 잘 생각해봐. 억지로 권할 생각은 없으니까."

▶▶

태식은 대변기에 앉아 엉덩이에 힘을 주었다. 불안한 마음에 이것저것 너무 많이 집어먹은 모양이다. 비싼 가게답게 화장실에는 비데까지 설치되어 있었다. 태식은 휴지를 둘둘 말아 손바닥에 감으며 문짝을 바라보았다. 문짝에 광고지가 여러 개 붙어 있었다. 장운동을 돕는다는 식이섬유 광고도 있었고 금연 담배 광고도 있었다. 그중 유독 태식의 눈에 띄는 건 교회에서 내놓은 광고였다.

'왜 걱정합니까. 기도할 수 있는데.'

기도해서 될 일이 아니니까 그렇지. 태식은 분통이 터졌다. 하느님이 성민이 새끼 잡아가주신다면야 백 번도 더 기도하겠다. 정희가 무슨 생각으로 인투더레인을 펀드는지 모르겠지만 그는 솔직히 그쪽에서 무슨 아이템을 찾는지 전혀 관심없었다. 그에게는 아이템 판매보다 훨씬 중요한 문제가 있었다. 워낙 다채롭게 사건이 터져 잊고 있었는데 내일 학교 갈 생각을 하니 정신이 다 아찔했다.

어떻게 하면 성민과 화해할 수 있을까. 게임 회사에 전화해볼까. 지금 전화해서 지은이와 연결해달라고 해도 될까. 태식은 고개를 흔들었다. 아까 통화해본 결과 최중경이란 인간, 깐깐한 놈이었다. 일단 용 잡는 것부터 보고 난 다음에 이야기를 진행하자고 할 거고 차도남의 능력을 보면 버그를 이용해 용 잡았다고 방방 뛸 것이다. 어떤 식으로 협상이 되든 아이템은 다 빼앗기고 차도남도 빼앗길 가능성이 높았다.

하지만 이대로 학교에 갈 순 없는 일이다. 썩은 동아줄이라도 잡아봐야지. 태식은 중경에게 전화했다. 열 번 가까이 신호가 간 다음에야 누군가 전화를 받았다. 어딘가 노래방인지 가라오케인지 노랫소리며 사람들 웃음소리로 소란스러웠다.

"저 김태식인데요."

중경의 목소리가 들렸다.

"아, 태식 씨. 일은 잘 정리됐습니까?"

"예. 덕분에요. 경찰에 신고는 안 했어요. 생각해보니까 그럴 일이 아니었네요. 친구도 잘 돌아왔고 아이템도 그대로 있어요. 그래서……."

그때 수화기 저편이 소란스러워졌다. 몇 사람이 싸이의 〈챔피언〉을 합창하고 있었다. 태식은 지금 만나도 될까요, 라고 말했지만 저쪽에 들리지 않은 듯했다. 이번 일에 관심이 떨어진 걸까. 태식이 망설일 때 중경의 목소리가 들렸다.

"잘됐네. 그럼 내일쯤 볼까?"

어느새 중경은 반말을 쓰고 있었다. 태식은 그 사실을 의식하지 못한 채 다급하게 말을 받았다.

"지금 봤으면 좋겠는데요. 밤에도 좋으니까."

"내가 지금 투자자들이랑 미팅중이어서 말이야. 그냥 내일

보지. 내가 학교로 갈게. 시험기간이라고 했지? 같이 점심 먹으면 되겠네."

태식은 더 사정하려다 그만두었다. 비굴하게 구는 것도 지친다. 어떻게든 되겠지.

"그래요 그럼."

태식은 전화를 끊고 물을 내렸다. 그는 뷔페로 돌아와 친구들에게 중경이 내일 학교로 올 거라고 이야기했다.

가게를 나왔을 때는 어느새 날이 캄캄해져 있었다. 정희와 동철은 중경을 만날 문제며 성민이 이야기로 할 말이 많은 듯했지만, 태식은 그럴 기분이 아니었다. 그는 피곤하다고 말하고 친구들과 헤어졌다.

주택가는 8시만 넘으면 인적이 끊긴다. 길가의 편의점 앞에는 교복 차림의 남학생 셋이 화단에 쪼그려 앉아 컵라면을 먹고 있었다. 태식은 혹시 저거 성민이 아닌가 하는 생각에 일순 멈칫했다가 상대가 중학생인 걸 알고 안심했다.

이러다 제명에 못 살지.

그래도 성민과 만나지 않았으니 다행이다. 태식이 중학생을 지나쳐 아파트로 들어갈 때, 누군가 말을 걸었다.

"김태식?"

태식은 깜짝 놀라 고개를 돌렸다.

살집이 좋은 삼십대 초반의 남자가 큼지막한 랜드로버에서 내리고 있었다. 짧은 머리에 무테안경을 끼고 있었고 근육질의 몸매를 드러내는 스판덱스 소재 티셔츠에 청바지 차림이었다. 아마도 차 안에서 태식이 오기를 기다리고 있었던 모양이다.

태식은 주춤주춤 물러섰다. 이놈은 또 뭘까. 불길한 예감이 뇌리를 스쳤다. 남자가 말했다.

"나 인투더레인인데, 잠깐 얘기 좀 하자."

씨발, 좆 됐구나. 태식은 마음속으로 정희를 욕했다. 당분간 연락 안 할 거라더니, 당일 즉시 출동이냐. 하여간에 이 자식 뭐 하나 제대로 하는 게 없다.

태식은 슬슬 뒷걸음질을 하며 주위를 살폈다. 오늘따라 야밤에 줄넘기하러 나온 사람 한 명 없었다. 다만 인투더레인이 내린 차 옆에 노란머리가 기대서 담배를 피우고 있었는데, 정희가 말했던 아줌마는 보이지 않았다. 완전 깡패들이 삥 뜯으러 온 분위기네. 이러다 인투더레인에게 얻어맞고 사무실로 끌려가는 거 아닌지 모르겠다. 태식은 바짝 긴장해 굳어지려는 다리를 억지로 움직여 아파트 현관을 향해 조금씩 나아가며 말했다.

"안 팔아요. 가세요. 나 시험공부 해야 돼요."

"공부는 무슨. 너 이쪽에 재능 있던데 그냥 이거 하는 게 낫지 않겠냐. 어떻게 용 잡을 생각을 했냐? 난 이 일에 오 년을 매달렸어도 그런 생각 못했는데."

인투더레인은 구수한 미소를 지었다. 소름이 끼쳤다. 판타지 온라인의 전설인 인투더레인이라면 좀더 멋있는 외모를 가지고 있을 줄 알았는데. 정희는 카리스마 짱이라고 했지만 태식이 보기엔 전혀 그렇지 않았다. 살벌한 표정에 공사장 근육 같은 몸뚱이까지, 깡패가 되지 못한 양아치처럼 보일 뿐이다. 다만 한 가지는 정희와 생각이 일치했다. 정말 무섭게 생겼다.

"암튼 시험공부 해야 되니까 가세요."

"잠깐이면 된다니까."

인투더레인이 팔을 잡았다. 뿌리치려 했지만 힘이 어찌나 센지 오히려 질질 끌려갔다. 어떡하지? 소리를 지를까. 그랬다간 엄마도 이 꼴을 볼 텐데 그때 뭐라고 변명하지? 태식은 다리에 힘을 주고 버티며 필사적으로 말했다.

"알았어요, 알았어. 그럼 잠깐만 얘기해요. 신사적으로."

인투더레인이 걸음을 멈추고 태식에게 시선을 주었다.

"차는 안 타요."

"그렇게 해."

태식은 인투더레인을 주차장 구석으로 데려갔다. 인투더레인은 담배를 입에 물며 태식에게도 권했다.

"전 안 피우는데요."

"요즘 애들 몸 챙기는 거 하나는 끝내준다니까."

인투더레인은 폐 깊숙이 연기를 빨아들였다. 담배 끝이 빨갛게 달아올랐다. 그는 연기를 내뱉으며 말했다.

"앞으로도 피우지 마라. 건강에 안 좋아."

"하고 싶은 말이 뭐예요?"

"정희한테 내 명함 받았지? 아까도 말했듯이 너한테 사고 싶은 물건이 있어서 그래. 지금 차에 가서 아이템 좀 볼 수 있을까?"

태식이 인상을 쓰자 인투더레인은 너털웃음을 지었다.

"농담이야. 그럼 이따 밤에 게임에서 만나는 건 어때? 일대일로 조용히. 너 이번에 레어템 만땅 챙겼을 테니까 나랑 만나도 꿀릴 거 없잖아."

아저씨 말고 성민이하고 판타지온라인에서 만나고 싶네요. 태식은 마음속으로 중얼거렸다. 판타지온라인 서비스 시작 때부터 최고수로 이름을 떨친 인투더레인이다. 용을 잡은 지금도 이놈과는 맞상대를 하고 싶지 않다. 아니, 일단 따로 만날 이유가 없다.

태식은 말했다.

"만나서 뭘 하려고요?"

"아이템 하나만 팔면 돼. 내가 이름을 말할 테니까 있는지 없는지 알려주고, 있으면 내게 넘기는 거지."

"그게 뭔데요?"

"이름은 나중에 알려주지."

인투더레인은 히죽 웃었다. 태식은 당장 돌아서 도망치고 싶은 걸 참고 말했다.

"제가 왜 그걸 아저씨한테 팔아야 되는데요?"

"값을 제대로 쳐줄 테니까. 덤으로 네 문제를 내가 해결해줄 수 있고."

"저한테 무슨 문제가 있는데요?"

태식은 아저씨 말고, 라는 뒷말을 삼켰다.

"학교에 괴롭히는 놈이 있다며? 내가 앞으로 그러지 말라고 잘 타일러줄 수 있지."

"걔 남의 말 듣는 애 아닌데."

"그건 나한테 맡겨. 내가 그런 애들 잘 알거든."

정말? 그게 가능할까? 태식은 입술을 깨물었다. 학교 싸움에 폭력배의 도움을 받는다는 게 말도 안 된다는 걸 알지만 마음이 쏠리는 건 어쩔 수 없었다. 태식은 성민 뒤에 조직이 있다는데 괜찮겠냐고 물을까 말까 고민했다.

그때 등 뒤에서 경적 소리가 들렸다. 헤드라이트 불빛 너머로 낯익은 차가 보였다. 아빠가 차창 밖으로 얼굴을 내밀고 소리쳤다.

"태식아, 뭐하냐."

태식은 딱딱하게 굳었다. 대답할 말이 떠오르지 않았다. 누가 봐도 양아치인 게 분명한 남자랑 서 있는 이유를 어떻게 설명하지? 태식은 인투더레인의 팔을 잡으며 생각나는 대로 말했다.

"저희 독서실 총무세요."

인투더레인은 담배꽁초를 화단에 집어던지고 꾸벅 인사했다.

"안녕하십니까."

"아, 예. 안녕하세요."

아빠는 총무의 외모가 의외였던지 어색하게 인사를 받았다. 인투더레인은 태식의 어깨에 손을 얹으며 말했다.

"태식 군이 공부를 참 열심히 해요. 금방 좋은 일이 있을 겁니다."

"아, 예에……."

아빠는 뭔가 의심스럽다는 얼굴로 태식과 인투더레인을 번갈아 쳐다보았다. 태식이 급히 덧붙였다.

"총무 겸 사장님이세요."

"그럼 다음에 뵙겠습니다."

인투더레인은 다시 인사하고 태식의 귓가에 속삭였다.

"잘 생각하고 마음 정하면 우리 길드로 와라."

인투더레인이 랜드로버에 탔다. 노란머리가 운전석에 올라 시동을 걸고 차를 출발시켰다. 태식은 눈치를 보다 먼저 변명했다.

"집이 엄청 부자예요. 독서실 있는 건물이 다 저 사람 거래요."

"진짜?"

"그럼요. 제가 왜 거짓말을 치겠어요?"

아빠는 아무래도 수상하다는 듯 태식을 쳐다봤지만 딱히 할 말이 떠오르지 않는지 고개를 갸웃거리며 중얼거렸다.

"저 사람, 생긴 건 딱 조폭인데."

"사장님이라니까요. 제가 갑자기 공부 열심히 한다고 집까지 태워다준 거예요. 독서실 체인 만들고 참고서 출판사도 차릴 거래요."

태식은 거짓말도 하다 보니 점점 는다고 생각했다.

▶▶

신발을 벗고 거실에 들어서자 피로가 몰려들었다. 온몸이 파김치처럼 처지고 눈이 스르륵 감겼다. 엄마는 태식의 가방을 받아주며 여태 독서실에서 공부하다 왔냐고 기뻐하고 또 측은해했다. 아빠는 조금 전 독서실 사장을 만난 이야기를 했다.

"생긴 건 조폭인데 독서실 사장이래. 차도 좋고. 돈이 엄청 많다네. 당신, 그 독서실에 대해 들은 거 있어?"

태식은 덜컥 겁에 질렸지만 다행히 엄마는 고개를 흔들었다.

"몰라요. 되게 험상궂게 생겼나봐요?"

"얼굴만 그래요. 얼굴만."

진짜 얼굴만 그랬으면 좋겠다.

태식은 방으로 들어가 침대에 대자로 뻗었다. 그야말로 암담했다. 몸은 그대로 녹아내려 침대 속으로 스며드는 느낌이지만 너무 피곤해서인지 잠이 오지 않았다. 그는 이리저리 뒤척이다 비몽사몽간에 핸드폰 문자 알림 소리를 들었다. 혹시 중경이 보낸 걸까. 지금 만나자고 하는 건지도 몰라.

태식은 책상으로 손을 뻗어 핸드폰을 집어 들었다. 액정에서 뿜어져 나오는 파르스름한 불빛이 희미하게 방 안을 비췄다. 성민이 보낸 문자였다. 그것도 장문 문자로 일곱 통을 보냈는데 그야말로 한 편의 서사시였다. 처음에는 기습에 당해 코피를 쏟은 것에 대한 억울함으로 시작해 중간은 태식에 대한 증오와 분노를 쏟아냈고 막판에는 내일 태식을 어떻게 때릴지 묘사했다. 어찌나 자세한지 당장 호러소설로 출판사에 투고해도 될 것 같았다. 민원실에서 만난 형사한테 이걸 보여주고 감옥에 넣을 수 있는지 물어보고 싶단 생각마저 들었다.

태식은 핸드폰을 내려놓고 인투더레인이 한 말을 떠올렸다. 그런 애들 잘 안다고 했는데. 성민이가 아무리 흉악한 놈이라고 해도 인투더레인이라면 마음을 돌려먹지 않을까. 일단 얼굴만 봐도 설득력이 넘치는데.

아냐, 그런 생각 말자. 태식은 억지로 유혹을 억눌렀다. 학생 사이의 일에 폭력배를 끌어들여선 안 된다고 생각해서가 아니다. 솔직히 그는 군대라도 끌어들이고 싶었다. 그보다는 뒷감당이 문제였다. 당장이야 어찌어찌 넘어간다고 쳐도 그 독사 같은 성민이 놈이 태식을 계속 봐줄 리 없다는 걸 알기 때문이다. 언젠가는 이자까지 붙여서 톡톡히 복수하려고 들 텐데 그때 인투더레인에게 또 도움을 청할 순 없다. 그놈은 아이템만 챙기면 입을 싹 닦을 게 틀림없다.

태식은 핸드폰을 끄고 침대에 누웠지만 잠을 이루지 못했다. 아무래도 안 되겠다. 그는 일어나 컴퓨터를 켰다. 내일 아침 성민의 성난 얼굴을 마주할 생각을 하니 견딜 수가 없다. 심판의 날을 한두 달 미루는 거라고 해도 시도해볼 필요가 있겠다. 인투더레인한테 어떻게 설득할 건지, 나중에 문제가 생기면 애프터서비스는 해줄 건지 물어나봐야겠다.

판타지온라인에 접속하니 읽지 않은 쪽지만 오십 통이 넘었다. 대부분 훈남 길드 소속의 유명한 게이머들이 보낸 것이었다. 레벨100 이상의 초고수들. 그들은 용을 잡은 것에 대한 간단한 축하 인사와 함께 아이템 구경 좀 하자, 얼마에 팔래, 빨리 길드에 가입하라는 등의 흰소리를 늘어놓고 있었다.

태식은 손톱을 물어뜯었다. 인투더레인 이 미친 새끼, 어디까지 소문을 낸 거야? 아직까진 길드 고위층만 알고 있는 모양이지만 여차하면 동네방네 소문낼 수도 있는 일이다. 그렇게 되면 게시판에 이름과 전화번호가 뜨는 건 그야말로 시간문제다. 학교와 집 앞에 아이템 노리는 미친놈이 나타날 거란 얘기, 절대 농담이 아니었다.

그럼 어떡하지. 태식은 혼란에 빠져 멍하니 화면을 바라보았다. 성민이도 싫지만 인투더레인에게 가는 것도 두렵다. 겁에 질려 아무 결정도 내리지 못하고 망설이는 꼴이라니. 태식은 스스로가 하찮게 느껴졌다. 그에 비해 깨진 접시 여관 앞에 우뚝 서 있는 차도남의 모습은 반짝반짝 빛이 났다. 아침에 아이템을 확인하며 갑옷과 방패를 바꿔주었는데 용을 잡은 전사다운 위용이 느껴졌다.

그때 인투더레인에게서 쪽지가 왔다.

—들어왔구나. 길드로 와라.

태식은 문득 인투더레인이 원하는 아이템이 무엇인지 궁금해졌다. 글라드릴? 오말스칼린? 아니지. 인투더레인이라면 종류별로 두세 개씩 가지고 있을 터였다. 태식은 제국은행의 안전금고로 가서 아이템을 살폈다. 비싼 아이템이 가득했지만 이거다 싶은 건 없었다. 도대체 뭘 원하는 거야? 태식은 뤼카온의 망토에 시선을 멈췄다. 자꾸 눈에 밟힌다. 한 번 본 적도 들은 적도 없는 아이템. 도대체 정체가 뭘까?

태식은 은행을 나왔지만 훈남 길드로 가지 못하고 골목을 따라 빙글빙글 돌았다. 여전히 마음을 정할 수 없었다. 차라리 내일 중경을 만나서 이야기하는 편이 낫지 않을까. 걔는 그래도 깡패는 아니니까. 지은이만 설득할 수 있다면 그게 제일 좋긴 하다. 그 경우라면 졸업 때까지 쭉 두 발 뻗고 잘 수 있고 지은이와 친해질 계기도 될 테니까.

문제는 내일 성민을 어떻게 피하느냐다. 태식은 거기까지 생각하다 쓸쓸하게 웃었다. 게임에서는 최고수가 빨리 만나자고 보채는데 현실에서는 같은 반 애한테 맞을까봐 벌벌 떨고 있으니 우스웠다. 용을 잡으면 다 잘될 줄 알았는데. 자신감을 가지고 살게 될 줄 알았는데. 반나절 만에 나락으로 떨어질 줄은 몰랐다.

태식은 문득 길 건너편에 보이는 감옥에 시선을 주었다. 자수하는 난쟁이 대장장이가 보였다. 자수라…… 나도 자수하고 싶다. 태식의 머릿속에 불꽃이 튀듯 성민을 피할 기가 막힌 아이디어가 떠올랐다. 그래, 자수하면 되겠구나!

그때 인투더레인의 두 번째 쪽지가 도착했다.

—지금 어디냐? 오고 있는 거지?

—엄마가 불러서요. 다시 연락드릴게요.

태식은 답장을 보내고 로그아웃했다. 그래도 내일 계획이 섰기 때문일까, 침대에 눕자 졸음이 밀려왔다. 태식은 곧 잠이 들었고 밤새 악몽을 꾸었다.

성민이가 몸에 휘발유를 붓고 불을 붙이는 꿈이었다. 불은 순식간에 교실 전체로 옮겨 붙었다. 커튼이며 칠판이 활활 타올랐다. 태식은 차도남과 달리 불에 대한 내성이 없었다. 그는 고통으로 울부짖었고 그 아비규환 속에서 성민은 인투더레인, 최중경과 함께 낄낄대며 웃었다.

.9. 게임의 왕

"그게 무슨 소리냐? 교무실에서 시험 보겠다니?"

담임이 안경을 고쳐 쓰며 물었다. 태식은 간절하게 말했다.

"교실에서 시험 보면 딴생각이 들 것 같아서 그럽니다."

"딴생각이라니, 남의 시험지라도 보겠다는 거냐? 누굴 보여 주겠다는 거냐? 하긴, 네 시험지를 볼 놈은 없으니 보겠다는 거구나. 김태식, 너 지금 커닝하겠다고 선포하는 거냐?"

담임은 어이없다는 듯 목소리를 높였다. 옆에 있던 학생주임은 교사 생활 이십오 년 만에 이런 놈은 처음이라고 중얼거렸다. 태식은 의연하게 대처했다.

"그래서 드리는 말씀인데요, 유혹에 견뎌낼 수 있도록 교무실에서 혼자 시험을 보고 싶습니다. 신생님. 한 번만 도와주십시오. 저 공부 열심히 했습니다. 지금에 와서 노력을 배신하고 싶지 않습니다."

담임은 입을 굳게 다문 채 태식을 뚫어져라 바라보다 불쑥 물었다.

"너 진짜 공부 열심히 했냐?"

"예."

태식은 담임의 시선을 피하지 않고 눈을 부릅뜨며 대꾸했다. 이틀이나 잠을 못 자 몰골은 초췌하고 눈에는 핏발이 서 있다. 누가 봐도 열심히 공부했지만 좌절한 학생의 얼굴이다. 담임도 그렇게 판단했는지 쯧쯧 혀를 차더니 한결 누그러진 어조로 말했다.

"새끼, 그러니까 진작 열심히 했어야지. 갑자기 한다고 성적이 오르냐."

태식은 틈이 생겼음을 느끼고 더욱 애절하게 말했다.

"이제부터 열심히 하겠습니다 선생님. 이번 한 번만 도와주시면 안 될까요. 후회 없이 시험 보고 싶습니다."

"뭐 나야 괜찮은데 다른 선생님들 의견이 어떤지 모르겠다. 너도 여기 사람들 왔다 갔다 하는데 집중이 되겠냐?"

"그럼요. 열심히 하겠습니다. 선생님."

담임은 쩝쩝 입맛을 다셨다. 얼굴 가득 귀찮은 빛이 역력했지만 후회 없이 시험을 치르고 싶다는 학생에게 안 된다는 말은 차마 못했다. 대신 그는 학생주임에게 시선을 주었고, 주임은 고개를 끄떡였다.

"그렇게 하죠. 서로 조금씩만 조심하면 되니까."

"대신 너 여기서 엉뚱한 짓 하다 걸리면 죽는다."

"감사합니다, 선생님!"

태식은 진심으로 감격해 선생님들에게 몇 번이고 인사했다. 그는 엉뚱한 짓을 할 생각이 전혀 없었다. 식물처럼 조용히 교무실에서 시험을 보다가 집에 갈 생각이었다. 다른 선생 몇 명이 교무실에서 시험 출제 얘기 못하잖아, 하고 투덜댔지만 목소리는 크지 않았다. 학생주임은 교사 경력 이십오 년의 베테랑이었다. 그가 내린 결정을 뒤집을 짬밥이 되는 교사는 없었다. 교감조차 떨떠름한 얼굴로 태식이 교무실에서 시험을 보는 걸 승인했다.

태식은 가방을 바닥에 놓고 담임 책상 옆의 보조의자에 앉았다. 밤새 잠을 설쳐서인지 머리가 지근지근하고 눈이 쑤셨다. 그래도 교무실에 있으니 마음만은 편했다. 쉬는 시간에 운동장 뒤편 쓰레기장으로 끌려가 성민이한테 맞을 걱정은 안 해도 된다. 미봉책에 불과하다는 걸 태식도 알고 있었다. 하지만 당장 맞지 않을 길은 이것밖에 없었다. 태식은 오늘 중경을 만나면 바짓가랑이에 매달려서라도 합의를 봐야겠다고 다짐했다.

성민의 부하가 교무실 앞을 기웃거렸다. 시험 시작이 코앞인데, 태식이 나타나지 않자 무슨 일인지 확인하러 온 모양이다. 태식은 모른 척 고개를 숙이고 핸드폰을 무음으로 돌렸다. 다른 때라면 시험이 시작될 때까지 빈둥댔을 테지만 최선을 다하겠다며 교무실에 들어온 이상 그럴 순 없었다. 그는 교과서를 꺼내 열심히 읽는 척했다. 시험을 잘 봤으면 하는 기대는 없다. 솔직히 그 난리를 치고 성적 잘 나오길 바라면 양심도 없는 놈이다. 단지 이번 일이 아무 탈 없이 지나가기를 바랄 뿐이다.

일 년짜리 기간제 교사로 들어온 형이 시험지를 건넸다.

"야. 시험 잘 봐라."

"예."

기간제 교사 형은 옆에 서서 흥미로운 눈으로 그가 문제 푸는 걸 지켜보았다. 시험공부를 전혀 안 했다는 사실을 들키면 교무실에서 쫓겨날지도 모른다. 태식은 시험지를 손바닥으로 가린 채 어색한 미소를 지으며 형을 쳐다보았다.

"선생님, 죄송한데요, 저 누가 보면 문제 못 푸는데요."

시험이 끝나고 태식은 핸드폰을 확인했다. 문자 삼십 개가 도착해 있었다. 태식은 문자를 열 개 정도 읽다가 속이 메슥거려 포기했다. 설마 교무실로 난입하진 않겠지. 태식은 혹시 모른다는 불안감에 문을 쳐다보았고, 입구 바로 옆에 태권도가 3단인 체육 선생이 앉아 있는 걸 보고 안심했다.

태식은 마음의 안정을 위해 핸드폰을 아예 꺼버리고 다음 시험을 준비했다. 신기하게도 평소보다 더 집중이 잘 됐다. 완전히 포기했기 때문일까. 다른 걱정이 많아 성적은 문제가 되지 않아서일까. 그는 한결 편한 마음으로 문제를 풀었고, 문제집 한 장 넘겨 보지 않은 상태로선 최상의 결과를 냈다. 태식은 시험지를 걷어가는 교사 형을 보며 뿌듯한 마음을 느꼈다.

성민은 쉬는 시간마다 교무실 앞을 얼쩡거리며 기회를 노렸지만 태식은 화장실에 갈 때도 담임이나 학생주임과 함께 행동할 만큼 용의주도했다. 담임은 소변을 누며 말했다.

"시험은 잘 보고 있냐?"

"그럭저럭요."

시작이 있으면 끝이 오게 마련이다. 시험이 끝난 후에도 교무실에 숨어 있을 수는 없었다. 담임과 함께 교실로 돌아왔을 때 분위기는 북극처럼 차가웠다. 그가 없던 사이 성민이 엄청 히스테리를 부렸던 모양인지 다들 매서운 눈으로 태식을 노려봤다.

성민은 태식의 뒷자리에 턱을 괴고 앉아 있다 태식을 보고 환하게 웃었다. 꼭 영화 속 마약 중독자처럼 기괴한 미소였다. 태식에게 맞은 코가 퉁퉁 부어 코주부처럼 보였다. 태식은 그대로 돌아서 달아나고 싶은 걸 꾹 참았다. 지금 도망가면 다 끝이다. 삼십 분, 아니 십 분만 버티면 된다. 그는 후들거리는 다리로 책상 사이를 지나쳐 자리에 앉았다. 준호는 태식을 보고도 말 한마디 걸지 않았다.

담임이 말했다.

"오늘 태식이 학교 안 나온 거 아니고 교무실에서 시험 봤다. 오늘은 특별히 허락했는데 내일부터는 안 되니까 다른 놈들도 교무실에서 시험 봐야겠다, 그런 소리 하지 마라. 그리고 너 최성민, 얼굴이 왜 그 모양이야? 또 어디서 쌈박질했냐? 하여간에 내가 저놈 때문에 제명에 못 죽지."

"죄송합니다."

성민이 음침한 목소리로 대답하곤 태식의 목덜미에 훅 입김을 불었다. 태식은 부르르 몸을 떨었다. 언제 주먹이 날아올지 모른다는 두려움 때문에 숨 쉬기가 힘들었다. 등판과 옆구리가 쿡쿡 쑤시는 게 벌써 흠씬 얻어맞은 것 같은 기분이다.

성민이 귓가에 속삭였다.

"겁나냐?"

태식은 주먹이 날아올 줄 알고 이를 악물었다. 다행히 성민은 바로 손을 쓰진 않았다. 수업이 끝나고 어디든 데려가 제대로 때릴 모양이다. 태식은 문을 곁눈질했다. 종례가 끝나자마자 튀어나갈 생각이었는데 벌써 성민의 부하 둘이 앞문과 뒷문 가까운 자리를 지키고 앉아 있었다.

준호가 슬그머니 쪽지를 건넸다.

'성민이가 너 죽인대. 빨리 도망쳐.'

설마 진짜 죽이기야 하겠니. 조금 때리다 말겠지. 태식은 준호를 보며 죽음을 앞둔 사형수처럼 담담한 미소를 지었다. 하지만 그의 머릿속은 벌써부터 패닉 상태였다. 담임은 창문이 더러우니 당번은 닦고 집에 가라는 말로 종례를 마쳤다. 등 뒤에서 성민의 웃음소리가 들리는 듯했다. 이렇게 끝내선 안 된다. 태식은 다급한 마음에 손을 번쩍 들며 외쳤다.

"선생님! 드릴 말씀이 있습니다!"

담임의 시선이 태식에게 쏠렸다. 성민이 태식의 어깨를 잡았다가 슬그머니 손을 뗐다. 태식은 가방을 품에 안고 벌떡 일어나 담임을 향해 달려갔다. 앞문 옆에 앉아 있던 성민의 부하가 당황한 표정으로 성민을 쳐다보았다. 태식은 담임 곁에 꼭 붙어서 교실을 나와 복도를 지났다. 성민이 어떤 표정을 짓고 있을지 돌아볼 용기는 차마 나지 않았다.

담임이 말했다.

"무슨 일인데 그래?"

"내일도 교무실에서 시험 봐도 될까요."

"안 된다고 했잖아."

"성적이 오르는 것 같아서요. 내일 하루만 더 교무실에서 시험 볼 수 있으면 십 등은 오를 것 같은데요."

"진짜야? 오른다고 약속할 수 있어?"

태식은 슬쩍 뒤를 돌아보았다. 성민과 부하들이 뒤따라오고 있었다. 담임이 다시 물었다.

"오른다고 약속할 수 있냐니까 왜 대답을 안 해?"

현관에서는 아이들이 슬리퍼를 운동화로 갈아신고 있었다. 태식은 교무실까지 따라갈 것처럼 담임 곁에 바짝 붙었다. 성민의 부하 둘이 두 사람을 지나쳐 복도 저쪽으로 달음질쳤다. 태식이 복도 반대쪽 문으로 도망치는 걸 미리 차단할 속셈이다. 하지만 태식은 그리로 도망칠 생각이 없었다.

"그럼 내일은 교실에서 시험 볼게요."

태식은 몸을 틀어 현관으로 뛰어나갔다. 그는 쪼그려 앉아 운동화를 갈아 신고 있던 여학생의 머리를 뛰어넘어 운동장으로 내달렸다. 누군가와 심하게 어깨를 부딪쳤지만 상관하지 않고 계속 달렸다. 아이들이 옆을 휙휙 스치고 지나갔다.

교문 앞에 동철이 서 있었다. 그가 손가락으로 태식의 어깨 너머를 가리켰다. 성민이 새끼가 바로 뒤에 있구나. 태식은 겁에 질려 힘껏 발을 내디뎠다. 다음 순간 누군가 가방을 잡아챘다.

"잡았다! 이 쥐새끼."

등 뒤에서 성민의 목소리가 들렸다. 태식은 성민이 잡아당기는 대로 질질 끌려가다가 몸을 비틀어 가방을 벗어던지고 다시 달렸다. 성민이 엉덩방아를 찧으며 소리쳤다.

"이 씹새끼가 진짜!"

태식은 죽을힘을 다해 달렸지만 점점 느려지는 건 어쩔 수 없었다. 숨이 가빠졌다. 다리에는 아직 힘이 있지만 심장이 터질 것 같아 더는 뛰기 힘들었다. 태식은 겁에 질려 뒤를 돌아보았다. 이를 악문 성민이 3미터 정도 뒤에 있었다. 도망치는 건 불가능하다. 살아남으려면 최대한 사람들 많은 곳으로 가야 한다.

태식은 다시 앞을 보며 뛰었고, 골목 어귀의 김밥천국으로 뛰어들었다. 그런데 문이 잠겨 있었다. 입구에 금일 휴업이라는 팻말이 보였다. 태식은 몇 번 문을 잡아당기다가 정신을 차리고 뒤를 돌아보았다.

저쪽에서 성민이가 태식의 가방을 든 채 걸어오고 있었다. 성민 앞으로 모세의 기적처럼 길이 뚫렸다. 아이들은 길 양쪽으로 물러서며 저 새끼 누군지 모르겠지만 죽었다, 라고 수군댔다. 이제 도망갈 길이 없다. 태식은 문에 바짝 붙었다. 땀방울이 온몸을 타고 흘러내렸다. 차라리 1교시부터 맞을걸. 이제 성민은 무슨 일이 있어도 태식을 용서하지 않을 것이다.

성민이 말했다.

"각오는 됐냐?"

이판사판이다. 태식은 이를 악물었다. 어차피 일이 잘 풀리긴 글렀다. 질 때 지더라도 싸우는 편이 낫지 않을까. 차도남이 각성했을 때처럼 용기를 내면 그도 달라질 수 있지 않을까.

성민이 건들거리며 다가와 태식의 멱살을 잡았다. 어찌나 겁이 나는지 앞이 잘 보이지 않을 정도였다.

"뭐하냐. 그때처럼 덤벼봐."

태식은 말라붙은 용기를 긁어모으려 노력하며 주먹을 꽉 쥐었다. 휘두를까. 말까. 휘둘러도 될까. 입안이 바짝 말랐다. 보이지 않는 줄이 팔다리를 칭칭 감고 있는 것 같아 주먹을 쳐들 수가 없었다. 그동안의 실패가, 공포가 그를 옥죄고 있었다. 성민이 혼잣말처럼 한심한 새끼, 하고 중얼거렸다. 태식은 있는 힘을 다해 고함을 질렀다.

"으아아아아!!"

순간적으로 팔다리를 조이고 있던 줄이 풀렸다. 태식은 온 힘을 그러모아 다해 주먹을 휘둘렀다. 성민은 슬쩍 몸을 빼 가볍게 주먹을 피하고는 태식의 얼굴을 내갈겼다. 태식은 그대로 고꾸라졌다. 입안 가득 피 맛이 느껴졌다. 성민이 다가오며 말했다.

"새꺄 일어나. 이제 시작이니까."

성민이 멱살을 잡아 일으켰다. 얼굴 위로 주먹이 쏟아졌다. 눈알이 깨지는 것처럼 아팠다. 태식은 멱살을 틀어쥔 성민의 손을 쳐내며 마주 주먹을 휘두르려 했지만 힘도 스피드도 부족했다. 태식은 다리를 걸어차이고 나뒹굴었다.

태식은 바닥을 짚고 일어섰다. 코피가 신발 위로 뚝뚝 떨어졌다. 성민이 어이없다는 듯 웃었다.

"이 새끼. 계속 덤비네?"

덤비긴 뭘 덤벼. 그냥 일어난 거지. 맞기 시작하니 오히려 마음이 편해졌다. 한 대도 때리지 못했지만 뭔가 해냈다는 생각이 들었다. 처음 루키페르에게 덤볐던 차도남이 이런 기분이었을까. 태식은 성민을 노려보며 피가 섞인 침을 퉤 뱉었다. 일진들처럼 멀리 날릴 생각이었는데 침은 입술을 타고 주르륵 흘러내렸다. 뒤에서 지켜보던 성민 패거리들이 웃음을 터뜨렸다.

"한심한 새끼."

성민은 피식 웃고서 다시 달려들었다. 태식은 반사적으로 두 팔을 들어 머리를 가렸다. 인정사정없는 주먹이 소나기처럼 전신으로 쏟아졌다. 반격해야 한다는 걸 알지만 몸이 말을 듣지 않았다.

한 대만. 한 대만 때릴 수 있다면.

태식은 마음속으로 부르짖었지만 주먹이 쏟아질 때마다 용기는 꺾이고 힘은 빠졌다. 통증은 그냥 아프다는 말로 표현할 수 있는 게 아니었다. 어떤 땐 차갑고 어떤 땐 뜨거우며 뼛속까지 아리기도 하고 살갗을 벗겨내는 것처럼 쓰라리기도 했다. 강대한 적과 호각으로 싸운다는 건 만화책이나 게임에서나 가능한 일이었다. 결국 태식은 술 취한 사람처럼 비틀비틀 물러서다 차도에 자빠졌다.

성민이 펄쩍 날아올라 이단옆차기를 날렸다. 태식은 눈을 감았다. 저거 맞고 끝나겠구나. 어쨌든 오늘은.

그때 검은색 렉서스가 두 사람 사이에 끼어들었다. 성민은 충돌 직전에 보닛을 짚고 간신히 멈췄다. 그는 검게 선탠된 차 창을 노려보며 소리를 질렀다.

"씨발. 이건 또 뭐야?"

그 틈에 태식은 차를 짚고 일어섰다. 온몸이 덜그럭거렸다. 오른쪽 다리는 넘어질 때 접질렸는지 발목에 힘이 들어가지 않았다. 렉서스 반대쪽에 선 성민이 태식을 향해 손가락을 까딱였다.

"너 일루 와. 지금 뒈지기 싫으면 당장 튀어와."

그때 차문이 열리고 캐주얼한 정장 차림의 삼십대 후반 남자가 내렸다. 남자는 오만한 눈빛으로 성민과 뒤에 선 패거리들을 훑어보다 태식의 몰골을 보고 혀를 쯧쯧 찼다.

"괜찮으세요?"

남자는 포켓에서 꺼낸 손수건을 태식에게 내밀었다. 성민은 저걸 그냥 둬야 하나 하는 표정으로 두 사람을 바라보고 있었다. 하지만 감히 남자에게 덤비진 못했다. 덩치만 봐서는 한주먹거리도 안 될 게 분명함에도 그랬다.

"김태식 씨 맞으시죠? 저 최중경입니다."

그럴 거라 생각했다. 정의의 기사가 약자를 돕는 일은 현실에서는 벌어지지 않으니까. 만일 그렇다면 태식은 지금까지 오십 번도 넘게 기사를 만났어야 했다. 사람들은 저 아저씨 누구냐고 수군댔고, 성민은 이글거리는 눈빛으로 태식을 노려보았다. 태식은 손수건으로 코피를 닦았다. 피로했다. 둘 사이에 너무 많은 일이 있었고, 그걸 너무 많은 사람이 봤다. 이제 화해는 물 건너간 건지도 몰랐다. 설사 지은이가 개입한다고 해도.

중경이 구경꾼들을 한 번 빙 둘러보고 말했다.

"여긴 시끄러우니까 자리를 옮기죠."

태식은 묵묵히 고개를 끄떡였다. 성민이나 다른 패거리들의 험악한 얼굴은 더 이상 보고 싶지 않았다. 중경은 태식이 타도록 차문을 열어주었다. 성민은 태식과 중경을 죽일 듯이 노려보았지만, 그게 전부였다. 차는 조용하고 푹신했으며 좋은 냄새가 났다. 태식은 가죽 시트에 몸을 묻었다. 성민은 차가 움직이도록 주춤주춤 물러섰다. 세상에 두려울 것 없는 놈처럼 굴던 녀석도 돈 있어 보이는 어른 앞에선 찍소리도 못하는구나. 태식은 왠지 슬퍼졌다.

학교에서 체육 선생이 뛰어오고 있었다. 누가 교무실에 달려가 싸움이 났다고 이른 모양이다. 선생은 성민을 보고 고함을 질렀다.

"너 이 새끼 학교 앞에서 뭐하는 거야!"

중경이 말했다.

"수습하고 갈까요?"

태식은 고개를 흔들었다.

"그냥 가요."

중경이 차를 출발시켰다. 태식은 손수건으로 터진 입술을 꼭 누르며 창밖을 보았다. 성민은 체육 선생한테 멱살이 잡혀 질질 끌려가고 있었고, 패거리들은 얼빠진 얼굴로 멀어지는 차 꽁무니만 쳐다보고 있었다.

최중경이 기분 좋은 목소리로 말했다.

"학교 폭력 심각하다더니 진짜네. 아까 그 친구 거의 깡패 수준이던데. 학교 다니기 쉽지 않겠어."

중경은 태식을 힐끔 쳐다보곤 말을 이었다.

"다친 덴 괜찮아? 병원에 잠깐 들를까?"

"아뇨. 그냥 가죠."

침을 삼킬 때마다 입안이 쓰라렸다. 태식은 손수건으로 상처를 살살 눌렀다.

"피 많이 났는데 괜찮겠어?"

그 말에 아래를 내려다보니 셔츠는 물론 청바지까지 피가 묻어 있었다. 태식은 손수건으로 바지를 문질렀다. 피가 끈적끈적해 잘 닦이지 않았다. 이상하게도 피를 많이 흘렸다는 걱정보다 이걸 어떻게 빠나, 하는 걱정이 먼저 들었다. 옷에 피 묻으면 잘 안 지워진다던데.

중경의 핸드폰이 부르르 떨렸다. 중경은 문자를 확인하곤 핸들을 꺾었다. 차는 블록을 한 바퀴 돌아 다시 학교 근처로 갔다. 성민이 패거리는 보이지 않았다. 김밥천국 골목 앞에 동철이 서 있었다. 그는 쪼르르 달려와 차에 탔다.

"아휴, 이 피 좀 봐. 세상에. 태식아, 괜찮냐? 나 잘 보여?"

"그래. 보이니까 만지지 마. 아파."

태식은 얼굴을 만져보려는 동철의 손을 밀어내며 말했다. 그는 동철이 여길 어떻게 알고 왔는지 궁금했다. 그가 묻기도 전에 동철이 으스대며 말했다.

"내 덕분에 목숨 건진 줄 알아. 분위기 보니까 안 될 것 같아서 내가 중경이 형한테 SOS 쳤다. 성민이 새끼, 쫄아서 말 한마디 못하는 거 봤지?"

"중경이 형?"

"아침에 잠깐 통화했어."

근데 벌써 호형호제하는 사이가 됐다고? 태식의 시선이 저절로 중경에게로 옮겨갔다. 중경은 운전을 하며 아무렇지 않게 말했다.

"네가 전화를 꺼놔서 동철이한테 전화했지. 괴롭히는 애가 있으면 그렇다고 말을 하지. 그랬으면 내가 어떻게든 해줬을 텐데."

태식은 중경이 뭘 해줄 수 있을지 궁금했다. 인투더레인을 동원해 겁을 주나? 아니면 배운 사람답게 이사장, 교장에게 압력을 가하나?

동철이 말했다.

"너 근데 진짜 대단하더라. 성민이 새끼가 눈 부라리면 딴 반 일진들도 설설 기는데 끝까지 주먹 휘두르데. 다른 애들도 막 감탄하고 그랬어."

"그래봐야 맞기만 했지."

태식은 조그맣게 중얼거렸다. 중경이 말했다.

"그것도 대단한 거야. 폭력에 맞서 싸운다는 게 쉬운 일이 아닌데. 보통은 그냥 참는 편을 택하니까. 나도 힘든 학교생활 해봐서 잘 알지."

태식은 중경을 다시 봤다. 고등학교 때 맞고 다녔다니 그래도 아주 나쁜 놈은 아닌 모양이다. 중경이 말했다.

"암튼 잘됐어. 딱 고등학생 히어로답잖아. 용 잡고 거대 길드에 대항하는 판타지온라인의 영웅."

태식은 의아해졌다.

"거대 길드에 대항하다뇨?"

"그 이야기는 나중에 하고, 잠깐 여기 들렀다가 가자."

중경은 슬쩍 말을 돌리고 차를 세웠다. 건물 입구에 외과 병원 간판이 보였다.

"저 돈 없는데요."

"걱정 마. 내가 낼 테니까. 어른이 돼서 아픈 청소년을 모른 척할 수는 없지."

태식은 내키지 않았다. 중경에게 신세 지는 것도 싫고 부어 터진 얼굴을 의사에게 보이는 것도 싫었다. 하지만 중경과 동철은 벌써 차에서 내렸고 이제 와서 싫다고 뻗대는 것도 우스운 일이었다. 태식은 오만상을 찌푸린 채 두 사람을 따라 내리다 수중에 가방이 없음을 깨달았다. 맞다. 성민이한테 뺏겼지.

의사는 입안의 찢어진 상처를 소독하며 물었다.

"진단서 끊어드릴까요?"

너무나도 사무적인 어조에 태식은 놀랐다. 태식이 누구에게 왜 맞았는지 전혀 궁금하지 않은 듯 보였다. 물어보면 대답하려고 변명을 궁리하고 있었는데. 다른 사람 일에 전혀 관심이 없는 걸까. 옆에 삐딱하게 서 있던 중경이 말했다.

"끊어주세요."

태식이 쳐다보자 그는 어깨를 으쓱하며 말했다.

"뭐든 포멀한 게 좋아. 있으면 언제든 써먹을 수 있을 거야."

진단서가 있으면 무얼 하지? 태식은 혼란스러웠다. 성민이를 고소해 콩밥을 먹이나. 학교를 그만두게 하나. 그게 가능할까. 그래도 되는 걸까. 과연 그게 옳은 일일까. 태식은 고민 끝에 말했다.

"나중에요. 필요하면 다시 올게요."

세 사람은 병원을 나왔다. 오가는 사람들이 모두 태식을 힐끔거렸다. 반창고 붙인 얼굴에 피 묻은 티셔츠가 시선을 끄는 모양이었다. 중경은 태식을 보고 혀를 끌끌 찼다.

"안 되겠다. 이대로는 식당에 들어가다 쫓겨나겠어. 잠깐, 보자…… 아직 남은 게 있나 모르겠네."

중경은 차로 걸어가 트렁크를 열었다. 골프 가방 옆에 티셔츠 여러 벌이 비닐에 싸인 채 차곡차곡 쌓여 있었다. 그는 그중 하나를 태식에게 던졌다. 판타지온라인 로고가 새겨진 홍보용 티셔츠였다.

"이거라도 입어라. 홈페이지에서 팔려고 만든 건데 거의 안 팔려서 내가 백 개 샀지."

동철이 부러운 듯 입맛을 다시며 말했다.

"형 이거 저도 하나 가져도 돼요?"

"두 개 가져가."

태식과 동철은 차 안에서 판타지온라인 티셔츠로 갈아입었다. 중경은 두 사람을 힐끔 쳐다보곤 기분 좋은 어조로 말했다.

"이대로 밥 먹으러 가면 게임 홍보 제대로 되겠다."

▶▶

중경이 데려간 곳은 여의도의 고급 일식당이었다. 종업원이 세 사람을 다다미방으로 안내했다. 방은 서늘했고 향냄새가 났다. 방 한가운데 직사각형 테이블이 있고, 대나무로 된 좌식 의자가 각 면마다 두 개씩 놓여 있었다. 테이블 아래 바닥은 깊게 파여 발을 내려놓을 수 있게 되어 있었다.

중경은 종업원에게 만 원짜리 몇 장을 건네주며 말했다.

"중요한 이야기중이니까 들어오기 전에 꼭 노크해주세요. 금방 두 사람 더 올 테니까 요리는 그때부터 넣어주시고."

동철이 자리에 앉으며 말했다.

"정희한테도 연락하셨어요?"

"아니. 걔는 안 와. 시험 때문에 바쁘다고 해서. 너희들 의견이 자기 의견이라고 하더라."

태식이 물었다.

"그럼 누가 오는 거죠?"

중경의 입꼬리가 살짝 올라갔다.

"최지은. 너희도 알지? 니들이랑 같은 학교 다니던데. 근처 스튜디오에서 판타지온라인 업데이트 관련해서 촬영이 있길래 점심이나 먹으러 오라고 했다."

"정말요?"

동철은 뛸 듯이 기뻐했지만 태식은 마음이 편치 않았다. 그가 원했던 대로 일이 진행되고 있음에도 그랬다. 성민이한테 맞은 충격 때문일까 아니면 짧은 시간에 너무 많은 일을 겪고 피로해진 탓일까. 지금 눈앞에서 벌어지는 일이 전부 이상하게만 느껴졌다.

동철은 스마트폰의 카메라를 거울 삼아 머리 모양을 다듬고 잇새에 낀 게 없는지 살폈다. 중경이 물었다.

"지은이 좋아하나봐?"

"아휴, 연예인이잖아요. 실제로 보면 머리가 얼마나 작은지. 형이야 여러 번 봤겠지만 우리는 같은 학교 다녀도 얼굴 보기 힘드니까…… 잠깐만, 근데 업데이트라뇨? 업데이트 있어요?"

"그래. 니들 때문에 조금 일찍 공개하기로 했지."

동철은 업데이트에 대해 이것저것 묻기 시작했다. 언제부터요? 새 몬스터도 있어요? 레벨 제한은요? 새 종족, 새 직업도 등장하는 거죠? 지은에 대해선 까먹은 모양이다. 태식은 뜨거운 물수건으로 눈을 문질렀다. 상처에 닿을 때마다 따끔따끔했다.

장지문이 열리고 지은이 들어왔다. 그녀는 헐렁한 하얀색 티셔츠에 반바지, 검은색 스타킹을 신고 있었다. 지은이의 쭉 뻗은 다리를 보고 동철이 조그맣게 우와, 소리를 내더니 태식에게 속삭였다.

"와, 반검스 봐라. 죽인다 죽여. 역시 반바지엔 검정 스타킹이 진리야."

니가 무슨 스타킹 덕후냐. 태식은 괜히 심술이 나서 코를 막고 있던 솜을 뽑아 테이블 아래로 날렸다. 부어터진 얼굴로 지은을 만나는 게 왠지 부끄러웠다.

중경이 말했다.

"지은이 왔어? 이 실장은?"

"주차장에 차 대고 금방 들어올 거예요."

지은은 태식과 동철을 보고 멈칫했지만 특별한 표정의 변화 없이 빈자리에 앉았다. 중경이 말했다.

"촬영은 재미있었어?"

"그럭저럭요."

지은은 태식을 빤히 쳐다보았다. 태식은 시선을 피하지 않았다. 그는 뭘 째려봐? 하는 마음으로 지은을 마주 노려보았다. 심장박동이 은근히 빨라지는 것 같아 기분 나빴다.

중경이 말했다.

"아, 얘들. 내가 아는 동생들인데 우리 일에 재능이 있어서 미리부터 공을 들이고 있지. 지은이는 잘 모르려나? 이 친구들 너랑 같은 학교 다니거든. 이쪽은 유동철."

동철이 입을 헤벌리며 말했다.

"반갑다. 나 7반 동철이. 너 부른 노래 MP3로 다 가지고 있는데. 목소리가 참 좋은 거 같애."

"고마워."

지은은 거만하게 고개를 까딱였다. 중경이 말했다.

"이쪽은 김태식."

"알아요."

지은이 담담하게 말했다. 중경과 동철 둘 다 놀랐다. 특히 동철은 배신자 보듯 태식을 쩨려보았다. 태식은 억울하기도 하고 답답하기도 했지만 아무 말도 하지 않았다. 솔직히 할 말도 없고.

"전에 성민이한테 맞을 때 한 번 봤죠. 오늘 학교에서 아주 난리가 났다면서요?"

중경이 피식 웃었다.

"아, 그렇게 본 거야? 근데 그 소문이 벌써 너한테까지 들어갔어?"

"트위터로 봤어요. 학교 앞 골목에서 엄청 싸웠다던데요."

동철이 대신 변명했다.

"이번에는 일방적으로 맞진 않았어. 대등하게 싸웠어."

태식은 테이블 밑으로 동철의 다리를 걸어찼다. 미친 새끼가 왜 거짓말을 하고 그래. 선혀 대등하지 않았는데. 지금 생각해도 창피해 죽겠는데. 화장실 앞에서 마주쳤을 때나 지금이나 지은에게 태식은 아웃 오브 안중, 안중에도 없는 인간이었다. 괜한 말해봐야 비웃음이나 살 뿐이다.

그때 장지문을 열고 지은의 매니저가 들어왔다. 그는 연베이지색 재킷에 검은색 면바지 차림의 이십대 중반 남자로 한 손에는 핸드폰을 다른 손에는 메신저백을 들고 있었다. 매니저는 지은 옆자리에 앉으며 오늘 영상 나온 거 보니까 게임이 잘될 거 같다고 너스레를 떨었다. 뒤이어 종업원들이 애피타이저를 들고 쏟아져 들어왔다.

요리가 나오는 사이 중경은 매니저와 이야기를 나눴다.

"너무 급하게 촬영을 원하셨어요. 오늘 촬영 때문에 다른 스케줄 두 개나 펑크 냈습니다. 다른 멤버들만 먼저 보냈는데 솔직히 요즘 지은이가 대세 아닙니까. 지은이 없는 거 보면 다들 실망할 텐데 큰일이에요."

"죄송합니다. 급하게 결정된 일이라서요. 대신 계약금은 그쪽에서 원하는 금액으로 맞추기로 했으니까……."

중경과 매니저는 계약 기간과 광고 노출 매체, 기간 등에 대해 협의를 계속했다. 지은은 대화에 끼어들지 않고 조금씩 회를 집어먹으며 계속 핸드폰으로 트위터를 하고 누군가와 문자를 주고받았다. 동철이 눈치를 보다 몇 번 말을 걸었지만 뭘 물어도 지은의 대답은 "응" 하나뿐이었다.

식사가 끝나고 중경과 매니저는 담배를 피우러 나갔고 동철은 화장실에 갔다. 방에는 태식과 지은만 남았다. 지은이 핸드폰을 내려놓으며 말했다.

"너 성민이랑 왜 싸웠냐?"

"안 싸웠어. 내가 맞았지."

"걔가 너 가만 안 둘 거래. 조금 전까지 체육 선생이랑 학생 주임한테 시달렸나봐."

"안됐네."

태식은 퉁명스럽게 말했다. 지은이에게 성민이 자식 이야기를 들으니 신기하게도 두근대던 마음이 가라앉고 다시 만사가 귀찮아졌다. 그는 지은의 핸드폰을 턱으로 가리키며 물었다.

"지금 성민이랑 그 얘기 했냐?"

"아니, 친구랑 얘기하는 거야. 성민이 기분 나쁠 때 말 걸면 엄청 짜증 내거든. 이럴 때는 전화 와도 안 받는 게 나아."

지은은 입술을 삐죽이 내밀며 대답했다. 태식은 고개를 설레설레 흔들며 말했다.

"무슨 얘긴지 알겠다. 나도 어제오늘 문자 좀 받아봤으니까. 아주 살벌하더라."

지은은 묘한 눈빛으로 태식을 쳐다보다 물었다.

"성민이 코, 네가 그랬니?"

"응."

"어쩐지. 농구하다가 다쳤다고 하는데 표정이 영 안 좋았거든. 의외다, 너한테 그런 배짱이 있는 줄 몰랐네."

"실수였지."

"오늘 여긴 어떻게 온 거야? 판타지온라인 열심히 하는 건 알았지만 개발사 사장하고 친한 줄은 몰랐네? 무슨 능력이 출중한 건데?"

"능력 없어. 그냥…… 게임하다가 알게 됐지."

지은은 뭔가를 더 물으려 했지만 담배 피우러 갔던 사람들이 돌아왔다. 매니저는 헐레벌떡 뛰어 들어와 메신저백을 챙기며 말했다.

"지은아. 가자. 다음 스케줄 또 늦겠다."

지은이 핸드폰을 들고 일어섰다.

"그럼 저희는 먼저 가보겠습니다."

매니저는 중경과 악수하고 태식에게도 눈인사를 건넨 후 룸을 나섰다. 지은은 매니저를 따라가다 문득 태식을 돌아보며 말했다.

"야. 너 오늘 좀 시크하다?"

뭔 소리야 쟤는. 태식은 인상을 썼다. 마침 문 앞에서 신발을 벗고 있던 동철이 지은이 하는 말을 듣고 입을 딱 벌렸다. 그는 방으로 들어오며 물었다.

"시크라니? 그게 무슨 뜻이야? 너한테 한 말이야?"

"나도 몰라."

태식은 심장박동이 다시 빨라지는 걸 느꼈다. 지은이도 그에게 관심이 생긴 걸까. 그래도 용을 잡은 게 잘한 일이었던 걸까. 중경은 무슨 생각을 하는지 웃고 있었지만 이유를 설명하진 않았다. 종업원이 그릇을 치우러 들어왔을 때 중경이 말했다.

"커피 세 잔 부탁드립니다. 우리끼리 할 이야기가 있어서요."

태식은 정신을 바짝 차렸다. 이제부터가 중요한 이야기다. 중경은 종업원들이 모두 나가길 기다렸다가 입을 열었다.

"아까 언뜻 이야기했지만 곧 판타지온라인이 업데이트될 거다. 내일 새벽에 모든 서버에 있는 용이 죽고 그다음에 첫 번째 에피소드의 광고가 뜰 거야. 뤼카온의 망토."

뤼카온의 망토? 그거 나한테 있는데? 태식은 내심 놀랐지만 내색하지 않으려 애썼다. 중경이 말했다.

"원래는 당분간 공개하지 않으려고 했는데 너희들이 일을 터트리는 바람에 어쩔 수 없이 지금 오픈하기로 한 거야. 지금 너희들 때문에 엄청 골치 아파졌어. 용 죽고 온통 난리인 거 알지? 포털 사이트 검색어 순위에 오르질 않나. 게임 운영에 문제가 있다고 유통사한테 욕 엄청 먹고. 덕분에 회사 주가도 많이 떨어졌다."

동철이 울상을 지었다.

"형, 죄송해요. 저희가 그런 걸 잘 모르고."

"지금부터 잘하면 돼. 그래서 말인데 너희들이 형 많이 도와줘야 된다. 처음에는 그냥 계정 정지하고 게임 정상화할까 했는데 그러지 않기로 했다. 회사 입장에서도 손해만 보고 끝낼 순 없고, 너희들 재능을 그냥 썩히는 것도 아쉬운 일이니까 서로 윈윈할 수 있는 방법을 찾아보자는 거지."

동철이 반색했다.

"저희한테 재능이 있나요?"

"그럼. 형이 얼마나 놀랐는지 모르는구나. 너희들 도대체 루키페르를 어떻게 잡은 거냐? 게임 전문가들도 절대 불가능하다고 했는데."

"그게……."

동철이 슬쩍 태식의 눈치를 보았다. 태식은 미미하게 고개를 저었다. 아직은 차도남 이야기를 하고 싶지 않았다. 중경이 원하는 게 좀더 확실해지기 전에는. 중경 역시 지금은 그 이야기를 할 생각이 없는지 고개를 저었다.

"뭐 그런 디테일한 이야기는 나중에 하지. 어쨌든 니들 덕분에 게임 홍보가 되긴 했어. 한동안 업데이트도 없지, 이슈가 될 일도 안 터져서 조금씩 묻히고 있었는데 덕분에 이틀 가까이 검색어에 떴으니까."

태식이 말했다.

"그래서 저희한테 원하는 게 뭐죠?"

그때 종업원이 커피와 디저트를 가지고 들어왔다. 중경은 종업원이 나갈 때까지 침묵을 지키다 커피를 한 모금 마시고 입을 열었다.

"스토리. 너희한테 원하는 건 바로 스토리야."

태식은 영문을 몰라 눈을 깜빡였다. 동철 역시 중경의 말이 이해가 안 가는지 조심스럽게 물었다.

"스토리라뇨?"

"게임 콘텐츠는 결국 그래픽이나 조작성보다는 스토리다. 게임적인 요소가 부족해도 게이머들에게 전해지는 스토리가 확실하면 절대 망하지 않거든. 솔직히 말해서 판타지온라인 올드하잖아. 니들 표현대로 하면 그래픽 구리고, 느려터졌고, 놀 거리도 부족하고. 예전에야 잘나갔지만 초반부터 하던 애들 아니면 거의 안 하지. 지금 업데이트하고 광고를 때린다고 썩 홍보가 되진 않을 거야. 현재 베타 서비스하고 있는 게임 중에도 판타지온라인보다 나은 게 얼마든지 있으니까."

동철이 말했다.

"별로 안 나아요. 하반기 대작이라고 하는 게임들 제가 다 해봤는데 밸런스 엉망이고요 운영도 영 개판이라……."

"고맙다. 근데 보통은 그렇게 생각 안 해. 당장 가장 눈에 들어오는 게임을 하기 마련이지. 그래서 형은 너희들한테 기대를 걸고 있다. 너희들이 도와주면 사람들의 흥미를 끌 수 있을 것 같거든. 게임 외적 스토리. 용을 잡은 고등학생들이 아이템을 노리는 거대 길드와 한판 승부를 벌인다. 어때? 너희들도 땡기지 않니?"

태식은 얼굴을 찌푸리며 반문했다.

"거대 길드요?"

"훈남 길드 말이야. 너희들 괴롭힌 인투더레인. 인맥 길드도 이 기회에 정리하는 편이 좋겠지. 걔들이 돈 벌자고 게이머들 얼마나 괴롭히는지 봤을 거 아냐? 아이템 얻자고 정희를 납치할 만큼 맛이 갔으니까 너희들도 감정이 썩 좋진 않겠지. 이번 기회에 싹 날려버리고 억압받는 게임 세상을 구한 히어로가 되는 거지."

태식은 히어로가 아니었다. 사실은 겁쟁이에 가깝다. 용을 잡은 건 그가 할 수 있는 최대한의 도전이었다. 현실에서는 할 수 있는 일도 해야 할 일도 없었으니까.

태식은 말했다.

"저는 히어로 아닌데요."

"스스로 히어로라고 주장하는 것만큼 없어 보이는 것도 없지. 넌 가만히 있어. 형이 그렇게 만들어줄 테니까. 예정대로라면 내일 모든 서버의 용이 죽고 모레 확장팩 광고가 나갈 거야.

그런 식으로 일단 사람들의 흥미를 끄는 거지. 그리고 너희들이 훈남 길드와 전쟁을 선포하고 한판 붙는 거야. 새 에피소드에 새 영웅의 등장. 딱 좋지."

동철이 얼굴을 찌푸렸다.

"그게 가능할까요? 우리 둘 아니, 셋이서 길드랑 싸운다는 게."

태식이 말했다.

"셋이 한꺼번에 덤벼도 인투더레인 하나 못 이길걸요."

"이길 수 있어. 태식이 너한테는 망토가 있으니까."

태식은 심장이 덜컹 내려앉는 기분이었다. 그놈의 망토. 뭔가 있을 줄 알았다. 중경은 망토에 대해 간단히 설명했다.

"첫 에피소드가 뤼카온의 망토니까…… 에피소드에 대한 사전 설명으로도 아주 좋지. 너희가 인투더레인을 잡고 길드를 무너뜨리는 한에서 말이지만."

"그럼 좋긴 좋은데. 근데 엄마가 알면……."

동철은 말끝을 흐렸다. 중경은 씩 웃었다.

"부모님이 걱정돼서 그래? 괜찮아. 너희들 컴퓨터 재능 때문에 우리 회사에서 특별 채용했다고 해라. 학교 다니면서 우리 일을 돕는 거지. IT의 천재라는 식으로 내가 가서 말씀드려줄 수도 있고. 학교 여자애들이 다 너희를 다시 볼 거다. 지은이도 포함해서."

중경의 목소리는 부드러웠고 꿈꾸는 것처럼 달콤했다. 그가 말하는 내용은 더욱 달콤했고. 하지만 태식은 마음에 들지 않았다. 과연 그럴까. 그게 내가 원하던 걸까. 그는 입을 굳게 다

문 채 생각을 거듭했다. 중경이 말을 이었다.

"그러다 졸업하면 병역 특례를 해줄 수도 있고. 물론 자격증을 하나 따야 되지만 별로 어려운 거 아니니까."

"정말요? 그럼 군대 안 가요?"

"사 주 교육만 받으면 돼. 이번 일만 잘 끝내면 내가 도와줄 수 있어. 원한다면 다른 장비도 챙겨주지. 일단 훈남 길드를 무너뜨리고 그다음에 너희들도 길드를 만들어. 그럼 형이 기자들 동원해서 인터넷에 기사 나가게 할 테니까……"

태식은 눈을 감았다. 더 듣고 싶지 않았다. 내가 정말로 바라는 게 뭘까. 그는 결론을 내리고 눈을 떴다.

"저기요, 아저씨."

중경이 떨떠름한 표정으로 입을 다물었다. 방 안이 조용해졌다. 동철은 분위기가 이상하다고 생각했는지 디저트로 나온 푸딩을 먹다 말고 두 사람의 눈치를 보았다. 태식은 중경을 똑바로 바라보며 말했다.

"지은이 전화번호 알려주세요."

중경의 입가에 살짝 미소가 맺혔다.

"어, 그래. 알려줘야지. 매니저 번호 말고 지은이 직통번호로 알려줄게."

분위기가 원래로 돌아갔다. 동철이 푸딩을 마저 먹으며 말했다.

"저도 알려주세요."

"대신 내가 줬다고 절대 얘기하지 마라."

태식이 말했다.

"지금 알려주세요."

중경의 표정이 조금 딱딱해졌다. 하지만 곧 피식 웃고선 핸드폰을 꺼내 번호를 불러주었다. 그는 놀리듯이 물었다.

"이제 됐냐?"

태식은 번호를 저장하고 자리에서 일어섰다. 중경이 말했다.

"어디 가? 아직 얘기 안 끝났는데?"

"전 안 해요."

"뭐?"

중경은 당황한 얼굴로 반문했다. 태식이 거절할 거라 전혀 예상 못한 듯 보였다. 동철이도 놀랐는지 입을 반쯤 벌린 채 굳어 있었다. 중경이 태식을 따라 일어서며 말했다.

"아까 걔 때문에 머리가 복잡해서 그래? 그건 걱정 마. 형이 알아서 처리할 테니까. 그런 녀석이 권위에 약한 거, 아까 봐서 알지? 내가……."

태식은 눈을 내리깔았다. 하지만 하려던 말을 그만두진 않았다.

"아뇨. 안 해요."

그는 장지문을 열고 밖으로 나갔다. 대기하고 있던 종업원이 정중하게 인사했다.

▶▶

"왜 그랬어? 좋은 기회였는데!"

"몰라."

"모르긴 뭘 몰라! 니가 말했잖아."

"그냥 그러고 싶었어."

태식은 버스 정류장으로 걸어가며 대답했다. 동철은 그 뒤를 따라가며 인상을 썼다. 저 바보가 갑자기 왜 그랬을까? 성민이 한테 너무 맞아서 미쳤나? 지금 벌어지는 일이 다 판타지온라인 때문인 것 같아 삐쳤나? 이야기가 잘 풀리고 있었다. 그런데 갑자기 안 한다고 선언하고 튀어나가다니 도대체 무슨 생각인지 모르겠다. 중경이 형 덕분에 살았으면서. 밥까지 얻어먹고선.

무엇보다 중경은 그들의 능력을 인정해줬다. 누군가에게 특별한 존재라는 것. 세상의 주목을 받고 있다는 것. 동철은 그게 너무 좋았다. 태식도 용을 잡은 게 뭔가 보여주고 싶어서라고 했다. 그런데 막상 기회가 오니까 차버린 이유가 뭔지 동철은 이해가 되지 않았다. 그럼에도 중경과 남지 않고 태식을 따라나온 건 그 역시 바보이기 때문이리라.

동철은 태식을 설득하기 위해 애썼다.

"성민이 때문에 그래? 중경이 형이 도와준다잖아. 중경이 형이 거짓말 치는 거 같아서 그래? 일 끝나면 입 싹 닦을 것 같아서 겁나?"

태식은 망설였다. 동철은 의심스러운 눈으로 태식을 바라보았다. 태식은 이유를 설명하려는 듯 입술을 달싹거렸다. 몇 번을 망설이다 겨우 입을 열었다.

"그 사람들 말이야."

"사람들?"

"최중경. 인투더레인. 이 일에 관련된 사람들 다. 그 사람들 우리한테 관심 없어. 우리가 뭘 해냈다고 생각하지도 않고. 그저 자기 일이랑 관계가 있으니까 말만 그렇게 하는 거야. 막말로 걔들이 진짜 우리 재능이 탐나서 저러냐? 게임에 민주주의를 꽃피우려고 길드 없애재? 그냥 다 쇼야. 네 말대로 필요가 없어지면 그냥 버려진다고."

"그래서?"

"관둘 거야. 나한테 뭘 뜯어내려고 하는 사람들하곤 더 이상 못 있겠어."

"그게 다야?"

동철이 걸음을 멈췄다. 태식은 동철을 돌아보았다. 멀리서 버스가 오고 있었다. 동철이 어이없다는 듯 다시 물었다.

"고작 그게 전부야? 그거 때문에 용 잡은 거 이렇게 끝내겠다고? 중경이 형이 계정 정지하고 아이템 다 가져가면 어떡할 건데. 우리가 용 잡은 거 아무도 모르잖아."

"모르면 좀 어떠냐. 그거 때문에 괜히 이용당하고 모르는 사람들하고 싸우는 것보다 낫지."

갑자기 동철이 성을 냈다.

"하나도 안 낫거든? 그럼 내가 뭘 해야 되는데? 뭘 해서 사람들한테 인정받아야 되냐고?"

태식은 대답하지 않았다. 그가 놀란 표정으로 동철을 쳐다보았을 때 버스가 도착했다. 태식은 차에 올랐지만 동철은 타지 않았다. 그는 돌아서서 중경이 있는 곳으로 갔다.

태식은 흔들리는 버스를 타고 집에 돌아왔다. 사람들은 부어 터진 얼굴에 게임 티셔츠를 입고 있는 태식을 힐끔힐끔 훔쳐보았다. 햇빛이 얼굴 위로 쏟아지자 둔한 통증이 느껴졌다.

동철에게 말하지 않은 것이 하나 있었다. 그가 게임을 시작하고 용을 잡은 건 유명해지기 위해서도 돈을 벌기 위해서도 아니었다. 지은 때문이었다. 그럼에도 동철의 마지막 표정이 잊히지 않았다. 녀석에게도 고민이 있다는 걸 잊고 있었다. 하지만 그는 동철과 함께할 수 없었다. 인투더레인이나 중경과 대화하고 있으면 형편없고 비겁한 인간이 되는 기분이었다. 용을 잡기 전 그의 모습이다. 그는 단지 뭔가를 이뤄서 사람들에게, 특히 지은에게 당당해지고 싶었다. 그 직전까지 왔는데 포기할 수는 없는 일이다.

태식은 버스에서 내려 지은에게 전화했다. 진작 전화하고 싶었지만 차 안이 시끄러워 참았다. 지은이 하는 말을 못 알아듣는 일은 피하고 싶었으니까. 심장이 쿵쾅쿵쾅 뛰었다. 한참 신호가 가다 지은의 목소리가 들렸다.

"여보세요."

태식은 말문이 막혔다. 중경 앞에서는 잘도 대들었는데 막상 지은이 목소리를 들으니 꿀 먹은 벙어리가 된 기분이었다.

"여보세요. 말씀하세요."

"나 태식이야."

태식은 간신히 말했다.

"누구? 아, 김태식. 니가 무슨 일로…… 잠깐만, 근데 너 이 번호 어떻게 알았냐? 아까 그 아저씨가 가르쳐줬어? 진짜 너무하네. 급한 일 있을 때만 연락한다더니."

"내가 급한 일 있다고 그랬어."

"무슨 일인데?"

태식은 호흡을 가다듬었다. 심장이 성난 말처럼 뛰고 있었다. 그는 마음을 안정시킬 시간을 벌 생각으로 물었다.

"근데 너 통화 가능한 거야? 지금 바쁜 거 아냐?"

"언니들 촬영이라 난 잠깐 차에서 쉬고 있어. 매니저 오빠는 옷 가지러 갔고. 그러니까 빨리 말해. 나 금방 나가야 되니까."

태식은 침을 꿀꺽 삼키고 어렵게 말을 꺼냈다.

"너 말이야…… 성민이랑 많이 친하니? 그러니까 애인 같은 거야?"

제발 아니길, 심각한 사이는 아니라고 말해주길 태식은 마음속으로 빌고 또 빌었다. 지은이 피식 웃으며 말했다.

"아하, 성민이 때문에 신경 쓰여서 그래? 내가 화해 주선해 줄까?"

태식은 어리둥절했다가 곧 지은이 오해하고 있음을 깨달았다. 지은이를 통해 성민과 화해할 생각을 하긴 했었다. 하지만 지금은 그것 때문에 전화한 게 아니다. 그래도 겸사겸사 화해하는 건 좋겠지. 어쨌든 내일 학교에는 가야 하니까.

"그래주면 좋긴 한데."

"알았어. 한번 물어볼게."

"근데 그거 말고 할 말이 하나 더 있는데…… 아니, 지금 한 말은 원래 하려던 말이 아니고…… 진짜 할 말이 있어서."

태식은 식은땀을 흘리며 횡설수설했다. 성민이와 싸울 때만 큼은 아니지만 용을 잡을 때보다 더 떨렸다.

지은이 말했다.

"잠깐, 아, 나 들어가봐야겠다. 내가 나중에 전화할게. 이 번호로 하면 되지?"

태식이 대답을 하기도 전에 전화가 끊겼다. 태식은 조그맣게 어, 라고 말하고 핸드폰을 주머니에 넣었다. 결국 속엣말을 하지 못했지만 그래도 기분은 나쁘지 않았다. 다음에, 다음에 하면 되지. 중간에 짜증나고 무서운 일이 있긴 했어도 잘 마무리된 것 같아 태식은 기뻤다.

그래도 용을 잡길 잘했어.

태식은 현관문을 열다가 부어터진 얼굴과 판타지온라인 티셔츠와 학교에 두고 온 가방을 떠올렸다. 엄마한테 뭐라고 하지? 짧은 시간 궁리를 해봤지만 이거다 싶은 아이디어가 떠오르지 않았다. 일단 밖에서 작전을 다시 짜가지고 와야겠다. 태식이 문을 닫고 돌아서려 할 때 안에서 엄마 목소리가 들렸다.

"태식이 왔니?"

태식은 주저하다가 문을 밀고 들어갔다. 밖에서 궁리한다고 해결될 일이 아니다. 그런다고 얼굴이 말끔해지거나 옷에 묻은 피가 지워지진 않을 테니까. 오다가 깡패한테 맞았다고 할까. 아니면 얼굴을 가리고 방으로 뛰어들까. 태식의 머리가 빛의 속도로 회전했다. 하지만 전혀 고민할 필요가 없었다. 엄마가 득달같이 뛰어와 태식 앞을 막아섰기 때문이다.

"태식아, 몸은 괜찮아? 시비 붙는 사람 있으면 바로 집에 전화부터 했어야지!"

"아 그게…… 나 싸운 거 어떻게 알았어?"

"너희 독서실 사장님이 와서 알려주셨어."

거실 소파에 인투더레인이 앉아 있다가 태식을 보고 손을 흔들었다. 전날 봤던 양아치 복장이 아니라 말쑥한 정장 차림으로 뿔테 안경을 끼고 있었다. 태식은 딱딱하게 얼어붙었다. 이 미친놈이 여길 어떻게 들어왔지.

엄마가 말했다.

"이분이 직접 네 가방을 가져다주셨지 뭐니. 다친 데는 괜찮아? 어휴, 얼굴 긁힌 것 좀 봐. 그래도 흉은 안 질 것 같으니 다행이네. 우리 아들 많이 놀랐겠다."

"그냥 친구들 싸움인데요 뭐."

태식은 간신히 입을 뗐다. 인투더레인의 발밑에 태식의 가방이 놓여 있었다. 저 사이코가 가방을 어디서 가져왔는지 이해가 가지 않았다.

인투더레인은 진지한 목소리로 엄마에게 말했다.

"독서실 앞에서 싸움이 붙었으니 당연히 제가 나서야죠. 당장 내일 시험인데 가방이 없으면 불편하잖아요. 독서실에서 집까지 별로 멀지도 않으니까 겸사겸사 가져다주러 왔습니다."

"이거 고마워서 어떡해요."

"별말씀을요. 당연히 해야 할 일인데요. 태식 군 얼굴 봤으니 이제 가봐야겠네요. 태식아, 굴하지 말고 공부 열심히 해라. 공부는 집중력이야. 어? 근데 그 티셔츠는 뭐니?"

인투더레인은 판타지온라인이란 이름을 처음 본 것처럼 과장된 표정을 지으며 물었다. 태식은 이를 악물며 대답했다.

"친구가 갈아입으라고 줬어요. 사은품 받은 거라고."

"친구 누구?"

"최중경이요."

인투더레인의 눈이 가늘어졌다. 작고 냉혹한 눈이 섬광처럼 빛났다. 그는 부드럽게 웃으며 말했다.

"아, 중경이. 그 자식 눈치가 기가 막히다니까. 그래도 너랑 제일 친한 건 나인 거 알지?"

인투더레인은 태식의 팔을 툭 치고 현관으로 갔다. 그는 구두를 신다가 문득 생각난 듯 말했다.

"참, 성민이 걱정은 마라. 내가 혼쭐을 내줬으니까. 당분간 절대 너한테 시비 거는 일 없을 거야. 그럼 독서실에서 보자."

태식은 온몸에 소름이 돋는 것을 느꼈다. 인투더레인은 가볍게 윙크하곤 집을 나섰다. 엄마는 닫힌 문을 바라보다 말했다.

"네 말대로 얼굴은 무서운데 사람은 착하네."

"별로 안 착해."

태식은 간신히 말했다. 엄마는 얼굴을 찌푸렸다.

"무슨 소리니. 너 땜에 여기까지 왔는데. 너, 성민이란 애랑 왜 싸운 거야? 사장님도 그냥 애들 일이라고 얘기 안 하던데. 걔 그냥 둬도 괜찮은 거니?"

"괜찮아. 그냥 잠깐 오해가 있었어. 별일 아니야."

"무슨 오핸데 사람 얼굴을 밤탱이로 만들어."

"걔는 더 많이 다쳤을지도 몰라. 암튼, 괜찮아."

태식은 방으로 도망쳤다. 문을 닫고 벽에 기대서며 태식은 정말 그럴지 모른다는 생각에 몸을 떨었다.

▶▶

중경은 사무실에 홀로 앉아 담배를 피웠다. 태식이란 놈이 그런 식으로 가버릴 줄은 몰랐다. 길드 결성을 돕고 회사에 취직시켜주겠다고 했으니 감격해서 충성을 다할 줄 알았는데. 아직 학생이라 이게 얼마나 좋은 기회인지 모르는 걸까. 녀석은 자신이 졸업한 후에 무슨 일이 있을지 짐작도 못할 것이다. 기껏해야 편의점, PC방 알바가 고작이다. 요즘 같은 때 제대로 된 직장에 취업하는 일은 그리 쉽지 않다. 테이블 위의 핸드폰이 부르르 떨렸다. 중경은 문자를 확인했다.

—형, 저는 형 편이에요. 뭐든 말씀만 하세요.

동철이 보낸 문자였다. 이놈으로는 모자라는데. 중경은 꽁초를 빈 생수병에 집어넣었다. 그가 필요한 건 용을 잡을 만큼 머리가 잘 돌아가고 배짱 있는 놈이었다. 얼떨결에 용을 잡은 바보가 아니다.

계획을 그냥 접는 편이 나으려나. 중경은 고민했다. 이미 어느 정도 게임 홍보는 되어 있는 상태다. 차례로 업데이트를 발표하는 정도로도 괜찮지 않을까. 길드는 천천히 손봐줘도 상관없으니까. 괜히 태식을 끌어들였다가 오히려 일이 꼬일 가능성이 있다. 앞으로 최소한 반년은 끌고 가야 할 녀석인데 확실히 컨트롤이 되지 않는다면 곤란하다. 동철은 중경에게 꽉 잡혔지만 한 명만으로는 부족했다. 게다가 실질적으로 용 잡는 계획을 짠 건 태식이었다. 그런 발상을 할 수 있는 놈이 있어야 길드를 운영하는 데도 도움이 된다.

창식이 문을 열고 들어왔다. 얼굴에 피로한 빛이 역력했다. 중경과 대화한 후로 거의 자지 않고 작업에 전념한 모양이었다.

"뤼카온의 망토, 작업 끝났습니다. 말씀만 하시면 바로 게임에 넣을 수 있습니다. 지금 시작할까요?"

"아냐. 하루만 기다려. 모레 광고 나가기로 했으니까. 모레 아침에 용 전부 제거하고 광고에 맞춰 새 에피소드 넣어."

"예."

"수고했다. 들어가서 푹 쉬어라."

창식은 방을 나가려다 중경을 돌아보며 말했다.

"형, 우리 괜찮은 거죠? 별일 없는 거죠?"

"그럼. 나만 믿어."

창식은 더 하고 싶은 말이 있는 듯 중경을 바라봤지만 결국 꾸벅 인사하고 방을 나갔다. 저 녀석도 심란한 모양이군. 중경은 생각했다. 하지만 창식에게 상황을 설명해줄 마음은 없었다. 녀석은 분명히 겁을 먹고 약한 소리를 늘어놓을 테니까. 이번 일은 온전히 그의 손으로 끝내는 게 옳다. 중경은 컴퓨터 앞으로 갔다. 창식조차 걱정하는 걸 보면 업데이트 발표만으로는 부족한 게 분명하다. 그 전에 뭔가 큰 걸 하나 터뜨려서 사람들의 관심을 끌어모아야 했다. 태식이 하지 않겠다면 그가 하면 된다. 중경은 무엇이든 될 수 있는 무적의 캐릭터를 가지고 있으니까.

중경은 모스가르드 서버에 접속해 훈남 길드로 갔다. 판타지온라인에서는 길드 결성시 공터를 구입, 건물을 올리는 일이 가능했다. 처음에는 헛간을 제공하지만 길드원이 많아질수록, 혹은 게임 머니를 쓸수록 인테리어가 나아져 나중에는 성이 되기도 했다.

훈남 길드는 모스가르드 서버에서 가장 크고 화려한 성을 가지고 있었다. 사람들은 훈남 길드의 성을 농담 삼아 게이바라고 불렀다. 길드원 중 95퍼센트 이상이 남자였기 때문이다. 몇 안 되던 여자 회원들은 사또딸보를 따라 대부분 인맥 길드로 옮겼다.

게이바는 길드원이 아니면 드나들 수 없었다. 훈남 길드는 가입 조건이 까다로운 편이라 운영진이 요구하는 스펙을 전부 갖춰도 한 달 정도 기다려야 했다. 하지만 중경에게는 무엇이든 될 수 있고 어디든 갈 수 있는 창조주가 있었다. 지금 당장 길드에 들어가 모조리 죽이고 나와도 상관없다. 하지만 그래서는 의혹만 생길 뿐, 게임 운영에는 도움이 되지 않는다.

중경은 잠시 궁리하다 창조주를 차도남으로 바꿨다. 겉모습만 달라진 게 아니라 가지고 있는 아이템, 능력치, 회원 정보까지도 완벽하게 동일했다. 지금 GM과 마주친다고 해도 그를 차도남으로 알아볼 것이다. 중경은 차도남 이름으로 가입 신청서를 작성한 후 인투더레인에게 쪽지를 보냈다. 정확히 일 분 후 가입이 승인되었다.

차도남, 아니 창조주는 훈남 길드로 들어갔다. 게이바 중심부의 널따란 홀은 길드원으로 가득했다. 대부분 레벨80 이상의 고수로 인맥 길드와의 전쟁 때문에 게이바에 대기하고 있는 모양이었다. 그들은 인맥 길드를 끝장낼 방법에 대해서, 그리고 어떤 식으로 서버를 운영해야 할지를 두고 잡담을 나눴다.

부하들과 얘기중이던 인투더레인이 차도남을 보고 다가왔다. 동네 노는 아저씨 같던 현실에서의 모습과 달리 게임상의 인투더레인은 대제국의 황제만큼이나 화려하고 위엄이 넘쳤다. 그는 머리부터 발끝까지 황금 갑옷으로 무장했고 글라드릴의 검과 태고의 방패로 무장하고 있었다. 중경은 입가에 고소를 머금었다. 꼭 없는 놈들이 게임에서는 있는 척한단 말이지.

채팅창에 인투더레인의 귓엣말이 떴다.

—잘 왔다. 전화기 꺼놔서 너 안 오나 걱정했지 뭐냐. 그래도 아예 머리가 없지는 않구나. 다른 애들은?

—걔들은 안 와.

—뭐?

중경은 굳이 더 말을 섞을 이유를 느끼지 못했다. 대량 살상을 하려면 어떤 방법을 쓰는 게 좋을까. 중경은 가지고 있는 마법 목록을 쭉 살피다 하나를 골랐다. 지옥의 불꽃을 실은 운석이 쏟아져 반경 백여 미터를 날려버리는 마법이다. 판타지 온라인 최악의 마법으로 개발 초기에 취소되어 이름조차 짓지 않았다.

창조주가 손바닥을 펼치자 고대문자로 이뤄진 주문이 빙글 빙글 돌다 영롱한 빛을 뿜어내며 하늘로 날아올랐다. 그래픽 효과도 만들다 말아서 다른 마법처럼 멋지지 않았다. 하지만 중경에게는 상관없었다. 덩샤오핑이 말했듯, 흰 고양이든 검은 고양이든 쥐만 잘 잡으면 그만이니까. 게이바에 모였던 게이머들의 시선이 모두 차도남에게로 향했다. 인투더레인이 물었다.

—뭐냐 저거?

중경은 대답하지 않았다. 아니, 대답할 필요가 없었다. 우르릉 쿵쾅. 화면이 흔들리고 하얀 섬광과 함께 하늘에서 운석이 떨어지기 시작했다. 길드원들이 불에 타며 쓰러지기 시작했다. 고위 마법사들이 방어 마법으로 어떻게든 운석을 막아보려 했지만 소용없었다. 순간이동으로 도망치려던 자도, 타운 포털을 열려던 자도 모두 실패했다. 중경이 육십 초간 어떤 마법도 사용이 중지되는 범위 마법을 작동시켰기 때문이다. 그들은 화면을 욕설로 도배하며 하나둘 녹아버렸다.

차도남, 아니 창조주는 운석이 떨어지는 가운데 우뚝 서 있었다. 대부분의 게이머가 녹아버렸지만 그는 체력이 전혀 닳지 않았다. 운석이 멈춘 후 살아남은 건 인투더레인과 레벨110대의 전사 둘뿐이었다. 셋 다 고가의 방어 아이템을 장착하고 있었던 모양이지만, 그럼에도 체력은 100 정도밖에 남아 있지 않았다.

그들은 미친 듯이 물약을 빨아 에너지를 채우기 시작했다. 문제는 체력이 찰 때까지 시간이 필요하다는 데 있다. 중경은 그들이 정상이 될 때까지 기다리지 않았다. 기다려줘도 이길 수는 있지만 굳이 시간 끌 일이 아니니까. 그는 글라드릴 검을 휘둘러 차례로 베어버렸다. 두 명의 전사가 쓰러지고 넓은 홀에는 인투더레인과 중경 둘만 남았다.

인투더레인이 말했다.

—너 인맥 길드랑 손잡았냐? 사또딸보가 다 죽이고 오라고

시키디?

중경은 아니라고 대답하려다 생각을 바꿨다.

—그래. 사또딸보 조건이 더 좋더라고.

—배신자 새끼. 너 이러고도 무사할 것 같냐?

인투더레인의 체력이 1,000을 넘어갔다. 중경은 인투더레인이 시간을 벌 생각임을 알았다. 그때 마법 사용이 중지되는 일 분이 끝났다. 인투더레인이 체인 라이트닝을 쏘며 달려들었다. 타이밍이 기가 막혔다. 역시 판타지온라인을 휘어잡았던 싸움꾼답다. 중경은 내심 감탄하며 절대방어의 방패로 공격을 막고 칼을 휘둘렀다. 눈이 침침해질 만큼 화려한 그래픽 효과가 홀 전체로 퍼져나갔다.

인투더레인이 쓰러졌다.

—다시 보게 될 거다.

—그렇게 해.

중경은 흐뭇하게 웃었다. 이렇게 되면 태식도 어쩔 수 없겠지. 그에게 도움을 청하지 않는 한 앞으로 인생이 많이 힘들어질 것이다. 솔직히 그는 누가 어떤 식으로 생각하고 움직이든 관심 없었다. 그가 정한 스토리대로 굴러가기만 하면 된다.

중경은 시체들 사이를 오가며 레어템을 챙겼다. 이 정도면 다른 공작을 하지 않아도 인맥 길드에서 마무리를 해주겠지. 레벨이 아무리 높아도 좋은 아이템이 받쳐주지 않으면 전쟁에서 이길 수 없는 법이다. 아니면 태식이한테 시켜서 천천히 끝내도 되고. 그는 태식이 돌아올 거라 자신했다. 안 그러면 어딜 가겠나?

태식은 차가운 시트 속에 웅크리고 있었다. 어둠은 달콤하고 혼자 있는 방은 안전했지만 잠이 오지 않았다. 어느 정도는 침대에 눕기 전 핸드폰을 켜고 문자 내용을 확인한 탓도 있을 것이다. 협박, 회유, 보상. 태식은 문자를 다 읽지 못하고 다시 꺼버렸다. 심란한 마음과 달리 몸은 조금씩 느슨해졌다. 마치 조립 로봇이 부서지듯, 모래성이 무너지듯 근육이 이완되어 침대 위로 허물어졌다.

태식은 옅게 잠이 들어 악몽을 꿨고, 비몽사몽간에 전화벨 소리를 들었다. 시간을 보니 새벽 4시였다. 벨소리는 멈추지 않고 계속되었다. 오밤중의 벨소리는 우스꽝스러울 정도로 컸다. 이 시간에 어떤 미친놈이야. 태식은 돌아눕다가 정신이 번쩍 들었다. 어쩌면 자신에게 온 전화인지도 몰랐다. 부모님이 받기 전에 그가 받아야 했다.

그는 침대에서 뛰어내려 문을 열고 거실로 튀어나갔다. 몸이 다시 조립되느라 덜그럭거렸다. 하지만 벌써 아버지가 거실로 나와 전화를 받고 있었다. 그는 요즘 들어 빠지기 시작한 앞머리를 쓸어 올리며 전화기에 귀를 대고 있다가 태식에게 수화기를 내밀었다.

"너한테 전화 왔다."

태식은 심장이 쿵쾅거리는 걸 느끼며 전화를 받았다. 인투더레인의 목소리가 흘러나왔다.

"넌 이제 죽었어."

바로 전화가 끊겼다. 태식은 놀라 멍하니 있다가 간신히 수화기를 내려놓았다. 아버지가 졸린 목소리로 물었다.

"누구냐? 이 시간에."

"내…… 내일 시험 범위 바뀌었대요."

아버지는 아무 말 없이 태식을 바라보았다. 태식은 거짓말이 들킨 것 같아 급히 방으로 향했다. 아버지가 말했다.

"태식아. 무슨 일인지 모르지만 힘들면 얘기해라. 혼자 끙끙 앓지 말고."

"그럼요."

태식은 억지로 고개를 끄떡이곤 문을 닫았다. 그는 아침이 올 때까지 다시 잠들지 못했다.

▶▶

성민은 학교에 오지 않았다. 그럴 거라 짐작은 했지만 막상 성민의 빈자리를 보자 태식은 심장이 덜컹 내려앉는 기분이었다. 성민 패거리들 모두 불안한 표정으로 태식을 힐끔거렸다. 담임은 조회가 끝나자마자 태식을 교무실로 불렀다.

"너 어제 성민이랑 싸웠냐?"

"아뇨. 그냥 맞았는데요. 한 대도 못 때렸어요."

"왜?"

왜 한 대도 못 때렸냐고 묻는 건 아니겠지. 태식은 우물쭈물하다가 입을 열었다.

"요즘 제 태도가 마음에 안 든다고……."

"너 무슨 외제차 타고 갔다던데, 누구야?"

"친척 형이에요. 지나가다 절 봤대요. 그 형 아니었으면 저 죽었을 거예요."

태식은 필사적으로 거짓말을 했다. 다행히 담임은 태식을 의심하는 기색이 아니었다. 당연한 일이다. 평소 공부는 못해도 말썽과는 거리가 멀었던 태식이니까. 얼굴만 봐도 싸움 못하는 게 보이는데 일진으로 소문난 성민을 어떻게 했을 거라 생각하긴 쉽지 않다. 담임은 한풀 꺾인 어조로 말했다.

"새꺄. 그런 일이 있었으면 진작 말을 했어야지. 학교 앞에서 맞을 때까지 가만있어?"

그럼 뭘 했어야 했냐고 따질 수도 있지만 태식은 그러지 않았다. 담임도 태식의 대답을 기대한 건 아니었다.

"너 그 문제로 일 크게 만들 생각 없지?"

"없는데요."

담임의 표정이 살짝 밝아졌다.

"잘 생각했다. 그러잖아도 힘든 애 더 힘들게 할 거 있냐. 알았으니까 들어가봐. 시험 잘 보고."

태식은 교실로 가려다 담임을 돌아보며 물었다.

"근데 성민이한테 무슨 일 있나요?"

"어제 집에 가다 몰매 맞았대. 지나가던 사람들이 갑자기 시비 걸고 막 때렸다는데 그게 말이 되냐. 지가 먼저 시비를 걸었겠지. 녀석, 바빠 죽겠는데 또 일거리를 만들었어."

등을 타고 식은땀이 흘러내렸다. 인투더레인은 그가 생각한 이상으로 미친놈이었다. 그렇다면 새벽 4시에 전화해 한 말도 농담이 아닐 수 있다.

"많이 다쳤대요?"

"입원했다더라."

태식은 도망치듯 교무실을 빠져나왔다. 동철이 문 앞에서 기다리고 있었다. 그는 태식을 보자마자 눈을 빛내며 물었다.

"니가 그랬냐?"

"내가 뭘 그래. 나한테 무슨 힘이 있다고. 담임 말로는 지나가던 사람들이 시비 걸었다는데."

태식은 일부러 강하게 말했다. 인투더레인에게 귀띔 비슷한 말을 들었다는 것조차도 감추고 싶었다.

"성민이 말고. 그 새끼를 니가 뭘 어떻게 하겠냐. 훈남 길드 말이야. 넌 훈남 길드랑 싸울 거면 나한테 먼저 말을 했어야지 혼자 저지르면 어떡하냐. 이 새끼 빠진다고 하더니 언제 마음 돌렸어? 중경이 형이랑은 얘기한 거야? 다음에는 꼭 나한테 말해라."

"뭐?"

태식은 자신의 귀를 의심했다.

"무슨 소리야? 나 아니야. 내가 훈남 길드랑 싸웠다고 누가 그래?"

"훈남 길드 애들이. 캡처 화면이랑 동영상도 잔뜩 올라왔는데?"

동철은 스마트폰으로 판타지온라인 홈페이지를 보여주었다. 밤사이에 훈남 길드 고렙이 전원 사망한 일 때문에 난리도 아니었다. 무엇보다 무적이라 불리던 인투더레인의 패배에 유저들은 큰 충격을 받았다. 게임상의 죽음에 불과하고 신전에 가면 다시 살아난다는 걸 알지만 그럼에도 놀라운 일이었다.

동철이 엄지손가락을 쳐들며 말했다.

"오늘은 네이버 검색어 8위야. 네이버를 두 번 정복한 남자 김태식. 씨발, 나도 같이 했어야 됐는데."

"내가 죽인 거 아냐. 딴 사람이 한 거야."

태식은 떨리는 목소리로 말했다. 동철은 의심쩍은 눈으로 태식을 쳐다보다가 게시판에 뜬 게임 화면 캡처를 보여주었다. 길드원을 베는 인간 전사의 머리 위로 차도남이라는 이름이 정확하게 떠 있었다.

"이거 합성 아냐? 합성?"

"뭔 소리냐. 유튜브에 니가 인투더레인 끝장내는 영상도 올라왔어. 배경음악까지 깔아서. 그거 니가 올린 거 아냐?"

"나, 나 아니야."

태식은 혼잣말처럼 중얼거렸지만 그 말을 믿어줄 사람은 아무도 없었다. 아마 인투더레인도 믿지 않을 것이다.

▸▸

교실은 쥐 죽은 듯 조용했다. 다들 시험지를 바라보며 열심히 답을 궁리하고 있었다. 옆자리의 준호는 혼잣말처럼 도대체 이게 뭐야, 가르치지도 않았으면서 등의 말을 계속 중얼거리며 문제를 풀었다. 태식은 답안지를 적당히 작성하고 창밖을 보았다. 마음이 무거웠다. 인투더레인을 죽이고 길드를 박살낸 건 중경일 것이다. 하지만 증명할 방법이 없었다.

운동장에서 덩치 좋은 아저씨 몇 명이 농구를 하고 있었다. 아무리 시험기간이라도 남의 학교에서 뭐하는 짓이래. 태식은 살짝 얼굴을 찌푸렸다. 바람이 불어 운동장에 먼지를 일으켰다. 남자 중 한 명이 농구대 아래로 걸어가 가져다둔 물을 마셨다. 몸이 좋은 남자였다. 태식의 눈이 커다래졌다. 인투더레인이다. 그러고 보니 다른 멤버 중 하나는 그날 차를 몰고 왔던 노란머리였다.

태식은 눈을 감고 심호흡을 하다 다시 창밖을 살폈다. 잘못 본 게 아니었다. 인투더레인이 부하들을 데려왔다. 저자들이 여길 왜 왔을지는 물어보지 않아도 뻔하다. 길드를 박살낸 놈에게 복수할 생각이겠지. 길게 늘어진 농구대 그림자가 마치 교수대처럼 보였다.

그날따라 담임의 종례도 짧았다. 그는 늘 하던 청소 상태에 대한 지적도 없이 바쁘게 교실을 빠져나갔다. 아이들이 가방을 메고 밖으로 나갔지만 태식은 자리에 못 박힌 듯 앉아 창밖을 보았다.

인투더레인 패거리는 아직 거기 있었다. 농구도 지겨워졌는지 화단 뒤쪽의 벤치에 모여 앉아 있었다. 체육 선생은 도대체 뭐하는 거야. 저런 새끼들 보면 당장 나가라고 해야지. 초등학생들 들어오면 득달같이 튀어나가 쫓아내더니. 태식은 속이 탔지만 아무도 인투더레인에게 나가달라는 말은 하지 않았다.

계속 교실에 있을 수도 없는 노릇이었다. 태식은 어디로 가야 할지 모른 채 무작정 복도로 나갔다. 운동장으로 나갔다간 당장 놈들에게 잡힐 거고, 그렇다고 유령처럼 학교 안을 배회할 수도 없었다. 담임한테 집까지 태워달라고 하면 어떨까. 태식은 교무실 앞을 서성였지만 곧 포기했다. 이유를 설명하기 전에는 도와주려 하지 않을 것이다.

중경한테 전화할까. 차 가지고 와달라고 하면…… 중경은 그를 지켜줄 힘을 가지고 있었다. 어제 큰소리치고 식당을 나온 게 마음에 걸리긴 하지만 지금은 긴급 상황이니까. 태식이 땀을 뻘뻘 흘리며 생각에 생각을 거듭하고 있을 때 지은에게서 전화가 왔다. 태식은 망설이다 전화를 받았다. 그녀는 앞뒤 생략하고 바로 물었다.

"네 짓이니? 성민이 말로는 아저씨들이 네 이름 말하고 때렸다던데."

"아냐. 난 잘 모르는 사람들이야."

태식은 더듬더듬 말했다. 지은이 목소리를 높였다.

"잘 몰라? 그럼 알긴 아는 거네?"

태식은 입을 다물었다.

"말 없는 거 보니 진짠가보네. 김태식, 너 대체 정체가 뭐냐?"

태식은 머뭇거렸다. 내가 누구지? 평범한 고등학생. 드래곤 슬레이어. 차도남의 주인. 태식은 대답하지 못했다. 변명할 말이 떠오르지 않아서가 아니다. 어느 것도 진짜 자신이 누군지 설명해주지 못했기 때문이다. 그는 여전히 어떻게 살아야 할지 마음을 정하지 못한 채 갈팡질팡하고 있었다.

"너 지금 성민이랑 같이 있니? 병원이야? 걔 많이 다쳤어?"

지은은 태식의 질문에 대답하지 않았다. 전화가 끊어지기 직전, 그녀가 혼잣말처럼 정말 한심해, 라고 말하는 소리가 들렸다.

태식은 끊어진 전화기를 내려다보며 우두커니 서 있었다. 충격으로 얼이 빠져 저도 모르게 인투더레인이 기다리는 운동장으로 걸어나갈 뻔했다. 그를 위기에서 구한 건 성민 패거리였다. 그들은 복도 어디선가 나타나 태식 주위를 둘러쌌다. 태식은 정신이 번쩍 났다. 여기서 이놈들한테 맞고, 나가서 저놈들한테 맞는 걸까.

패거리 중 한 명이 입을 열었다.

"야, 성민이 때린 거 너 아는 형들이냐?"

"왜?"

태식은 억지로 용기를 내 반문했다.

"오해는 풀고 싶으니까 그러지. 우린 너한테 잘못한 거 없다. 다 성민이가 시킨 거야. 너도 알지?"

태식은 정신을 차리고 패거리를 살폈다. 전부 겁에 질려 있었다. 다들 약하구나. 전부 다 여리고 약해. 게임 홍보를 위해 길드까지 바꿔치울 궁리를 하는 중경이나 고등학생한테 복수한다고 부하들을 이끌고 온 인투더레인도 마찬가지다.

태식은 고개를 끄떡였다.

"알았어."

패거리는 안심하고 사라졌다. 태식은 창밖을 보았다. 아직도 인투더레인 일당은 운동장을 지키고 있었다. 이제는 약해지지 말자. 비겁해지지 말자. 태식은 마음을 굳히고 컴퓨터실로 갔다. 다행히 문은 잠겨 있지 않았다. 컴퓨터실은 창문이 없어 어둑어둑했고 플라스틱 타는 냄새가 났다. 태식은 구석의 제일 좋은 컴퓨터를 켜고 판타지온라인을 설치했다. 학교 컴퓨터에 게임을 까는 건 교칙 위반이지만 개의치 않았다. 그는 이미 세상의 법칙을, 게임의 법칙을 여러 번 위반했으니까. 한 번 더 어긴다고 달라질 것도 없다.

▶▶

인투더레인은 운동장 구석의 벤치에 앉아 하드를 먹는 중이었다. 그가 어릴 때 좋아했던 죠스바다. 땀을 뻘뻘 흘려가며 운동을 하다 차가운 하드를 먹으니 목덜미가 으스스했다. 한 입 베어 물자 빨간색 시럽이 뚝 떨어졌다. 딸기맛 퓌레 시럽이다. 인투더레인의 바지에 시럽이 묻은 걸 보고 노란머리가 주머니에서 휴지를 꺼냈다.

"괜찮아."

인투더레인은 손을 내젓고 다시 하드를 먹었다. 안에 시럽이 들어 있던 기억은 없는데. 새로 나온 걸까 아니면 그가 기억하지 못하고 있는 걸까. 그는 어제부로 완전히 파산했다. 길드는 산산이 분해됐고 작업장과 사무실은 머지않아 압류될 것이다. 그에게 남은 건 인투더레인 아이디 하나뿐이었다. 그조차도 중경에 의해 계정 정지가 되었다. 고객센터에 복원해달라고 항의할 수도 있지만 그래 봐야 소용없을 것이다. 그는 패배했으니까. 막판에 사채까지 끌어다 썼다. 이제 진짜 조폭인 동기며 후배들이 그를 추적할 것이다. 그 바닥에 과거의 의리는 없다. 잡히는 순간 그는 끝장이다.

하긴 다른 어디에도 의리는 없지. 노란머리나 다른 녀석들이 충성하는 건 아직 그에게 돈이 있다고 생각하기 때문이다. 그가 완전히 개털이 된 걸 알면 무슨 일을 하려 들지 모른다. 특히 노란머리는. 녀석은 두 달째 월급을 받지 못한 상태로 온종일 그의 잔심부름을 했다. 나중에 크게 한자리 할 수 있을 거란 기대를 품고 노란머리는 지금도 열심히 땀을 닦으며 학교를 감시하고 있었다.

바지가 축축했다. 얼룩은 피처럼 붉은색이었다. 그가 흘리게 할 피. 그가 흘려야 할 피. 진짜로 무서운 인간들이 그를 쫓기 전에 떠나야 했다. 하지만 그전에 손봐주고 싶은 놈들이 있었다.

최중경. 사또딸보. 김태식.

유감스럽게도 앞의 두 놈은 만나기 쉽지 않았다. 그러니 어쩔 수 없이 마지막 한 놈이라도 보고 가는 수밖에. 인투더레인은 다 먹은 하드 막대기를 화단에 던졌다.

▶▶

아직 차도남 계정은 살아 있었다. 태식은 게임에 접속하자마자 중경에게 전화를 걸었다. 중경은 유쾌한 어조로 전화를 받았다.

"태식아. 어제 훈남 길드를 날려버렸더라. 무적이라고 큰소리치던 인투더레인도 잡고. 활약이 대단하던데?"

태식은 가라앉은 목소리로 말했다.

"우리 만나요."

"그래. 그러잖아도 나도 너 보고 싶은데, 어디서 볼래?"

"세상의 끝."

잠시 침묵이 흘렀다. 그러다 중경은 곧 웃음을 터뜨렸다.

"그럴까. 내일이면 거기도 엄청 붐빌 테니까. 그 전에 가보는 것도 괜찮겠네. 언제 보나?"

"지금요."

태식은 '세상의 끝'으로 갔다. 가는 길은 막혀 있었지만 잠시 기다리고 있자 구멍이 뚫리고 통로가 생겼다. 중경이 태식을 위해 일시적으로 입구를 연 모양이었다. 용은 태식이 죽인 그대로 쓰러져 있었고 그 옆에 중경의 캐릭터인 창조주가 서 있었다. 하늘에서 뿌연 화산재가 쉬지 않고 쏟아져 창조주의 모습이 보였다가 사라지기를 반복했다.

—왔냐? 이제 여기가 뚫리고 지옥으로 이어지는 에피소드가 하나씩 나올 거야. 재미있지 않겠냐?

—근데 길드는 왜 없었어요?

—길드? 길드는 네가 없앴잖아. 내가 아니라.

화산재 때문에 잠시 창조주의 모습이 시야에서 사라졌다. 다음 순간 차도남의 앞에 또다른 차도남이 서 있었다. 태식은 깜짝 놀라 글라드릴을 휘둘렀다. 눈앞에서 차도남이 사라졌다. 다음 순간 멀찍이 떨어진 곳에 창조주가 다시 서 있었다.

—인투더레인 완전히 끝났다. 오늘 인맥 길드한테 가지고 있던 사냥터 다 털리고 길드원도 대부분 등을 돌렸거든. 그 새끼 성격상 너 잡아 죽이려고 안달이 나 있을걸? 내가 돕지 않으면

넌 끝장이야. 지금이라도 안 늦었어. 내가 시작한 일이지만 네가 마무리해야 해.

창조주의 모습이 레벨34의 하이엘프 치료사로 바뀌었다. 닉네임은 이노센트걸이었다.

—지은이한테 얘기 들었다. 너 지은이 좋아한다며? 네가 원한다면 내가 도와줄 수 있어. 이게 지은이 캐릭터거든.

—거짓말 치지 마세요. 걔 어차피 게임 안 한다던데요.

태식은 엔터 버튼을 눌러 메시지를 보냄과 동시에 뤼카온의 망토를 클릭했다. 순간적으로 화면에서 차도남의 모습이 사라졌다. 그는 투명해진 상태로 이노센트걸을 향해 돌진했다.

이노센트걸이 다시 창조주로 돌아왔을 때는 이미 한 칼이 들어간 후였다. 창조주는 뒤로 물러서면서 절대 방어 마법으로 차도남의 이어지는 공격을 막고 감시 마법으로 망토의 투명 효과를 풀었다. 이어지는 체인 라이트닝이 차도남의 가슴에 작렬했다. 두 전사는 서로를 마주본 채 잠시 침묵을 지켰다.

태식은 창조주의 에너지를 확인했다. 그래도 이노센트걸일 때 한 방 먹여선지 에너지가 3분의 2 이상 닳아 있었다.

중경이 말했다.

—마지막으로 물어보자. 나랑 같이 일할 거니?

싫다니까, 이 자식아. 태식은 혼잣말처럼 중얼거렸다. 굳이 중경에게 메시지로 보내진 않았다. 행동으로 보여줄 생각이었으니까.

그는 글라드릴의 검을 들고 창조주를 향해 돌진했다. 창조주가 손바닥을 펼쳤다. 훈남 길드를 박살낼 때 썼던 지옥의 불꽃

마법이었다. 화산재 사이로 하나둘 운석이 쏟아졌다. 중경이
말했다.

　―그럼 그만 끝내자.

　'세상의 끝'은 완전히 운석과 불에 뒤덮였다. 불과 재 때문에
앞이 잘 보이지 않았다. 중경은 차도남이 죽었다고 생각했는지
무방비하게 서서 주위를 지켜보고 있었다. 하지만 불은 차도남
에게 아무런 영향도 끼치지 못했다. 지옥의 불꽃은 루키페르의
겁화로 이뤄져 있었으니까.

　태식은 다시 망토를 뒤집어쓰고 창조주에게 일격을 먹였다.
창조주가 충격을 받고 움직이지 못하는 사이 두 번째 공격이
가해졌다. 창조주조차 더 이상 견디지 못했다. 그는 썩은 기둥
처럼 쓰러졌다.

▶▶

　중경의 방에서 쿵, 소리가 났다. 문짝이 부르르 떨렸다. 창식
은 대표이사실로 들어가려다 말고 그 자리에 서 있었다. 중경
의 고함이 들렸다.

　"이 새끼가 진짜! 끝까지 해보자는 거야?"

　와장창 무언가 깨지는 소리가 났다. 중경은 얼음장처럼 냉정
했지만 일이 계획대로 풀리지 않으면 화를 참지 못할 때가 있
었다. 그때마다 보이는 모든 걸 때려 부수며 마음을 안정시켰
다. 혼자 있을 때만 폭발하기 때문에 중경 자신은 아무에게도
들키지 않았을 거라 생각하겠지만 창식은 중경에 대해 많은 걸

알고 있었다.

그는 지금까지 중경이 때려 부순 모니터가 열 대가 넘는다는 사실을 알고 있었고 회사 재정이 생각보다 심각하다는 사실도 알고 있었다. 어쩌면 그가 중경보다 많은 걸 알지도 모른다. 회사의 회계 담당자는 창식의 고교 후배로 한 달에 한 번씩 회사 자금 상태에 대한 비밀 보고서를 보내주고 있었다. 그는 과학고에 다닐 때부터 조금씩 주식투자를 했는데 지금까지 거의 항상 벌기만 했다.

그가 게임을 택한 건 이쪽 일이 더 좋았기 때문이다. 온종일 차트를 들여다보며 고등수학을 동원해 투자 모델을 만들고 컴퓨터가 시키는 대로 사고파는 건 쉽게 돈을 벌 수 있지만 재미가 없었다. 하지만 게임은 달랐다. 새로운 세계를 창조하고 게이머들의 욕망을 반영해 조금씩 고쳐나가는 일은 그의 취향에 딱 맞았다.

창식이 중경의 느리고 낡은 비즈니스에 관여하지 않은 건 그럴 필요가 없어서였다. 그가 원하는 건 안정적으로 게임을 만들 수 있는 환경이었다. 그 외에는 아무래도 상관없었다. 하지만 중경이 자금 문제로 제작을 스톱시켰을 때 짜증이 나는 건 어쩔 수 없었다. 게다가 루키페르 문제조차 빨리 해결하지 못하고 미적대는 꼴이라니.

처음에는 개인적으로 가지고 있는 돈을 투자할까도 생각했다. 돈은 충분히 있었다. 아는 선배들을 통해 꾸준히 해온 프로그램 매매로 이미 상당한 금액을 벌어두었기 때문이다. 하지만 중경이 무리하게 재벌 3세들에게 돈을 빌리고 양아치며 고등학생들을 대상으로 사기를 쳐서 게임 홍보를 하려는 꼴을 보자니 그럴 마음이 싹 가셨다. 끝까지 악착같이 싸우는 건 창식의 취향에 맞지 않았다. 졌다고 생각하면 깨끗이 포기하고 새로 시작하는 편이 낫다. 이미 망한 게임을 잡고 온갖 지저분한 짓을 하는 중경을 창식은 이해할 수 없었다. 능력이 없기 때문일까.

이유야 아무래도 좋다. 창식은 더 이상 중경을 믿을 수 없었고 그것으로 이야기는 끝이다. 그는 새로운 세계를 만들고 싶었다. 하지만 계속 중경과 함께 가다가는 낡은 게임만 고치며 세월을 보내게 될 것이다. 그는 기획개발실로 향하며 전날 통화했던 사람에게 전화를 했다.

"저 이창식입니다. 어제 하셨던 말씀…… 만나서 얘기하실까요?"

▶▶

게임 화면에 단 한 줄의 문장이 보였다.

—계정을 삭제하시겠습니까?

태식은 망설이다 '예' 버튼을 눌렀다. 그가 지우지 않아도 중경이 곧 계정을 삭제할 것이다. 그전에 전부 끝내고 싶었다. 계정을 지우는 데 일 초도 채 걸리지 않았다. 두 번째 질문이 화면에 떴다.

—계정을 삭제하는 이유를 알려주세요.

그 밑에 여러 개의 보기가 있었다. 시대에 뒤처진 그래픽, 월

정액 가격, 서버 불안정 등등. 태식은 '그 외의 이유'를 고르고 직접 답을 적었다. 용을 잡아서. 생각해보면 그때부터 일이 꼬인 셈이다. 하지만 태식은 후회하지 않았다. 그는 지금에야 뭔가 해냈다는 생각에 뿌듯했다.

안녕. 차도남.

태식은 컴퓨터를 끄고 밖으로 나왔다. 운동장에 인투더레인과 부하들은 보이지 않았다. 그가 이미 학교를 빠져나갔다고 생각하고 철수한 모양이다. 태식은 아무 말 없이 건물 앞에 서 있다가 운동장을 가로질러 걸어갔다. 마음이 편했다. 정말로 두려워할 것은 누군가에게 맞고 혼나는 게 아니다. 좋아하는 여자에게 차이는 것도 아니다. 아무것도 하지 않는 것이다.

이제는 정말 제대로, 열심히 살아야지. 태식은 가방을 고쳐 메고 교문 밖으로 나가다 걸음을 멈췄다. 뙤약볕 아래 눈에 익은 랜드로버가 서 있었다. 교문 뒤에 서 있던 노란머리가 태식을 향해 다가왔다. 차문이 열렸다.

.10. 남은 일들

그들은 일식당에 모여 있었다. 종업원들이 바쁘게 코스 요리를 내왔다. 중경이 일어나 축사를 읊었고 다 함께 건배를 외쳤다.

"판타지온라인의 성공을 위하여!"

게임은 완벽하게 성공했다. 용의 죽음부터 고등학생 히어로로의 등장, 혼자서 길드를 파괴하고 세상을 바꿨다는 드라마틱한 이야기는 주요 인터넷 사이트에서 화제가 됐고 때마침 업데이트가 발표되자 회원 수는 급격하게 늘어났다. 태식은 게임을 그만뒀지만 동철이 남아 '혁명'이라는 이름으로 길드를 만들었고 사냥터를 독점하려는 사또딸보와 어렵게나마 균형을 유지한 채 스토리를 발전시켜가고 있었다. 중경은 재벌 3세의 위스키 잔을 채워주며 말했다.

"도와주셔서 감사합니다. 사장님 투자 덕분에 한시름 놨습니다. 판타지온라인2 개발도 새롭게 시작할 수 있게 됐고. 너무 좋습니다."

"별말씀을요. 대표님이 저희를 도와주셨죠."

중경은 동석한 직원들에게 차례로 술을 따라주었다. 그중에는 사또딸보도 있었다. 그는 눈치 빠르게 상황을 파악하고 중경에게 연락해 커넥션에 끼게 되었다. 스토리가 힘을 가지려면 강대한 적이 필요한 법이다. 사또딸보는 그 적의 역할을 위해 살아남았다. 그는 중경에게 눈웃음을 흘렸다. 중경은 역겨움을 감추며 생각했다. 이번 일만 끝나면 네 차례야.

중경은 위스키를 들이켜고 화장실로 향했다. 불콰하게 취해 있었지만 기분이 썩 좋진 않았다. 태식 때문이다. 멍청한 녀석. 아무리 어린애라지만 그렇게 머리가 안 돌아갈 줄은 몰랐다. 바로 전화해서 무릎을 꿇고 도움을 요청할 줄 알았는데 생각보다 고집이 셌다. 게임의 성공에는 태식이 큰 역할을 했다. 아무리 스토리가 좋아도 태식이 인투더레인에게 얻어맞고 병원에 실려가지 않았다면 그렇게까지 잘되진 않았을 것이다. 욕은 엄청 먹었지만 결과적으로 흥행은 성공이었다. 인투더레인은 감옥에 갔고 그는 회사를 키울 기회를 잡았다.

동철이란 놈도 바보긴 마찬가지다. 길드를 운영해서 큰돈을 벌 기회를 줬는데 계속 갈팡질팡하더니 결국 '형 미안해요'라는 문자를 남기고 길드를 떠났고 핸드폰을 꺼버렸다. 지금쯤 병원으로 태식을 찾아가 질질 짜고 있을 가능성이 높다.

하나같이 바보들이다. 중경은 투덜댔다. 모두 다 나이브하기 짝이 없어 어떻게 살아야 할지 모른다. 인생 역시 게임임을, 모든 관계가 계산으로 이뤄진 것이란 걸 인정하지 않으면 아무것도 해낼 수 없다. 정의며 우정이며 자아가 다 무엇이란 말인가. 그런 식으로 굴다간 바로 잡아먹힐 수밖에 없다. 때로는 죄 없는 학생이 두들겨 맞고 병원에 입원해야 하는 일도 생기고, 누군가는 감옥에 가는 일도 생긴다. 하지만 내가 살아남기 위해서는 어쩔 수 없다. 그러니까 먹이사슬의 꼭대기에 서야 하는 것이다. 중경은 애써 자신이 저질렀던 행동들을 합리화했다.

그가 소변을 보는데 옆자리에 누군가 다가와 섰다. 중경은 흘끗 고개를 돌렸다. 재벌 3세가 웃는 낯으로 그를 빤히 쳐다보며 말했다.

"이제 푹 쉬실 수 있으니 얼마나 좋으세요. 사무실은 비워둘 테니 언제든 와서 쓰십쇼."

"예? 뭐라고요?"

이 자식은 무슨 농담을 이따위로 더럽게 하나. 하지만 재벌 3세의 표정은 더할 나위 없이 진지했다.

"방금 주주회의에서 저랑 창식 씨를 공동대표로 선임했다고 연락이 왔습니다. 최 대표님은 너무 오래 일해서 피곤하신 것 같다고."

"그게 무슨 말씀이세요? 제 경영권은 보장해주신다고 했잖습니까. 게임이 잘되니까 욕심이 난 거예요?"

중경은 다급한 마음에 몸을 돌렸고 재벌 3세의 발치에 오줌 방울이 튀었다. 재벌 3세는 얼굴을 찌푸리며 반지르르 윤이 흐르는 수제 가죽구두를 타일 바닥에 대고 털었다.

"아 이거 비싼 건데. 대표님, 쿨하지 못하게 이러지 마시고 좀 쉬세요. 이미 다 끝난 일이에요. 비즈니스가 원래 그런 거 아닙니까."

중경은 그 자리에 얼어붙었다. 재벌 3세는 중경의 어깨를 툭 치고는 돌아섰다.

"지퍼 올리는 거 잊지 마세요."

중경은 멍한 얼굴로 재벌 3세의 뒷모습을 바라보았다. 지금 무슨 일이 일어난 건가. 분명 제대로 들은 것 같지만 머리로는 이해하지 못했다. 중경은 한참을 멍하니 서 있다가 세면대로 가서 얼굴에 물을 끼얹고 또 끼얹었다. 아끼던 와이셔츠와 재킷이 흠뻑 젖었지만 개의치 않았다. 내가 잡아먹힌 건가? 그럴 리가 없는데.

모든 걸 조종해서 결국에는 승자가 되었던 나다. 그저 돈밖에 가진 게 없는 무식한 재벌 3세 따위에게 당할 리 없다. 중경은 흐려진 눈으로 고개를 들고 거울을 보았다. 충혈된 눈과 젖은 와이셔츠 차림의 초췌한 모습이 거울에 비친 순간 중경은 왠지 모르게 태식의 얼굴을 떠올렸다. "아뇨. 안 해요"라고 단호하게 말하고는 문을 박차고 나가던 녀석의 굳은 얼굴을.

중경은 세차게 고개를 흔들었다. 그런 패배자 따윈 떠올릴 필요 없다. 절대 이렇게 끝내진 않는다. 중경은 심호흡을 하고 화장실을 나섰다. 처음에는 걸음걸이가 비틀거렸지만 그는 곧 허리를 펴고 당당하게 걸음을 옮겼다. 재벌 3세는 환한 미소를 지으며 사람들과 인사를 나누고 있었고 창식은 구석 자리에서 조용히 술을 마셨다. 중경은 그 옆에 앉으며 말했다.

"축하한다. 얌전히 있다가 형 뒤통수치느라 고생 많았겠다."

"형이 조금만 잘했어도 이렇게는 안 됐을 거예요. 저쪽에서 안정적으로 자금 지원해줄 테니까 제대로 게임 만들 생각 있냐고 하잖아요. 형도 이해하죠?"

중경은 씩 웃고선 손을 들었다. 창식은 중경이 주먹을 휘두르려는 줄 알고 움찔했지만 중경은 그의 흐트러진 옷깃을 바로 잡아주었다.

"대표이사면 옷을 잘 입어야지."

그는 창식의 귓가에 대고 속삭였다.

"진짜 게임을 시작한 걸 축하한다. 다시 보자."

그는 창식을 두고 일어나 다른 직원들에게 급한 일이 생겼다고 인사를 건네곤 술집을 나섰다.

▶▶

정희는 한참을 망설이다가 마음을 정하고 입원 병동이 있는 삼층으로 올라갔다. 태식에게 면목은 없지만 얼굴을 보며 이야기해야지, 그냥 지나가는 건 더 비겁하다는 생각에서다. 그는 간호사 데스크에서 병실이 어딘지 물어보려 했지만 그럴 필요 없었다. 태식의 병실은 비상계단 바로 옆에 있었기 때문이다. 반쯤 열린 병실 문 너머로 태식이 헐렁한 환자복 차림으로 침대에 누워 텔레비전을 보는 것이 눈에 띄었다. 태식은 정희를 발견하고 텔레비전을 껐다.

"왔냐?"

태식이 반갑게 맞이하자 정희도 용기가 났다. 병실은 2인실로 태식의 침대 오른편에는 하얀색 칸막이가 쳐 있었다. 정희는 문병 선물로 가져온 2프로 부족할 때를 침대 옆 테이블에 내려놓았다. 태식은 캔 음료를 쳐다보곤 쯧쯧 혀를 찼다.

"센스 하고는. 병문안 선물로 2프로가 뭐냐?"

"너 좀 부족하잖아. 야, 그래도 너 그럭저럭 괜찮아 보인다."

그렇다고 정말 괜찮아 보이는 건 아니다. 얼굴은 퉁퉁 부은데다 팔다리에 파랗고 검은 얼룩이 잔뜩 있었으니까. 그래도 어딘가 부러진 곳은 없어 보였다. 태식은 고개를 설레설레 저었다.

"아주 죽겠어. 날은 덥지, 답답하지, 정신은 하나도 없는데 어제는 여기서 시험까지 봤다니까."

"병원에서?"

"응. 두들겨 맞느라 몇 과목 못 보고 남은 거. 담임이 엄청 욕하면서 시험지 가져왔더라고."

"엄마는 뭐라고 안 해?"

"아직은. 지금은 살아 있는 것만으로도 고맙다고 하시는데 퇴원하고 성적표 받으면 맘 바뀌지 않을까 싶다."

의외로 태식의 표정은 밝았고 목소리도 담담했다. 정희는 조금이지만 마음이 놓였다. 다행이다. 편하게 사과할 수 있겠어. 그는 침대 옆 의자에 앉으며 조심스럽게 말을 꺼냈다.

"미안해."

"뭐가?"

"너 이렇게 만든 게 인투더레인이라며. 내가 괜히 그 새끼 만나리고 해가지고……."

"뭐가 미안하냐. 맘대로 안 되니까 주먹이나 휘두르는 새끼가 문제지. 그 미친 새끼, 잡혀갔으니까 됐어. 내가 아빠한테 절대 합의 못한다고 했다."

그러면서 태식은 히쭉 웃었다. 깨진 앞니가 보였다. 부러진 데가 아예 없지는 않구나. 정희는 분위기를 바꾸려고 일부러 목소리를 활기차게 꾸며 물었다.

"동철이는? 왔다 갔냐?"

태식의 얼굴이 어두워졌다. 그는 고개를 흔들며 말했다.

"안 왔어."

괜한 소릴 했나보네. 동철이가 게임 회사 사람들과 어울리고 있다는 얘기는 정희도 들었다. 혁명 길드를 만들어 인맥 길드와 승부를 벌이고 있다고 했다.

태식의 침대 옆 칸막이 안쪽으로 누군가의 실루엣이 비쳤다. 언뜻 보기에도 몸매가 괜찮다. 정희는 태식의 귓가에 조그맣게 속삭였다.

"저쪽 침대 말이야, 여자야? 예뻐?"

"그게……."

태식이 머뭇거리는데 칸막이를 들추고 성민이 불퉁스러운 얼굴을 내밀었다.

"나다."

정희는 흠칫 놀라 벌떡 일어섰다. 태식이 별거 아니라는 듯 손을 흔들며 말했다.

"둘 다 시험 봐야 된다니까 병원에서 같은 병실 쓰라고 하더라고."

"어…… 그렇구나."

너 참 힘들었겠다. 정희는 마음속으로 중얼거리며 성민에게 할 말을 골랐다. 그야 병문안 끝나고 바로 튀어 도망가면 그뿐이지만 태식을 생각하면 어떻게든 두 사람 사이에 윤활유가 될 말을 골라야 했다. 그러나 머릿속에 떠오르는 거라곤 별명이 파괴의 음유시인이라며? 태식이랑은 화해했니? 정도가 전부였다.

태식이 말했다.

"쟤도 인투더레인한테 맞았어. 우리 둘이 동료라고 할 수 있지. 퇴원하면 인투더레인 가만 안 둘 거래."

"그 새끼, 내가 아주 죽여버릴 거야."

성민이 씹어 먹듯 말했다. 그 박력 있는 말투에 정희는 아무 말 안 하기로 결심했다. 괜한 소리를 했다가 인투더레인보다 먼저 씹어 먹히면 곤란하니까.

그때 문을 열고 지은이 들어왔다. 무대에서 바로 내려왔는지 화려한 파티복 위에 추리닝을 걸치고 있었다. 그녀는 태식과 성민을 차례로 쳐다보곤 툭 말을 던졌다.

"안 싸우고 잘 지내고 있네. 다행이다."

성민이 어울리지 않게 눈웃음을 치며 말했다.

"말했잖아. 화해했다고. 이제 우리 친해. 중3 때부터 같은 반이었는데."

태식이 심드렁하게 말했다.

"내가 알려주기 전에는 몰랐지만, 그렇지."

지은은 흡족한 표정으로 고개를 끄떡이곤 성민의 침대 끝에 걸터앉았다.

"몸은 좀 어때?"

"그럭저럭 괜찮아."

"그러니까 이제 성질머리 좀 죽여. 만날 그게 뭐냐."

정희는 놀란 눈으로 성민과 지은을 쳐다보았다. 저 둘이 저렇게 친한 줄 상상도 못했다. 태식이 정희의 옆구리를 툭툭 쳤다.

"나가자. 바람이나 좀 쐬고 오게."

"으응."

두 사람은 복도로 나갔다. 정희는 낮은 목소리로 물었다.

"저 둘, 사귀는 거야?"

태식은 복잡한 표정으로 고개를 끄떡였다. 그는 복도 끝의 벤치에 앉으며 말했다.

"정희야. 너 아까 나한테 미안하다고 했지? 그럼 내 소원 하나만 들어주라. 걱정 마. 어려운 거 아니야."

"말해. 뭔데?"

"지하에 꽃가게 있던데, 거기 가서 꽃 한 송이 사다 줘. 빨간 장미. 크고 튼실한 놈으로."

"그건 뭐하게?"

태식은 대답하지 않았다. 그는 지은이 나오면 꽃을 주고 정말 좋아했다고 말할 생각이었다. 너무 늦긴 했지만 그래도 고백하고 싶었다. 지금껏 게임을 잘해서, 용을 잡아서 그녀에게 어필할 생각만 했지, 그녀 앞에 나서서 좋아한다고 말할 생각은 못했다. 생각해보면 가장 기본적인 것에서부터 비겁했다. 정식으로 고백하고 거절당하고 끝냈으면 아무 일도 일어나지 않았을 것이다. 그랬다면 지금 알고 있는 걸 모른 채로 끝났겠지만. 어쨌든 그는 용을 잡았고, 그것으로 됐다. 세상의 모든 경험은 그 자체로 소중한 것이다.

태식은 문득 복도 저쪽을 보았다. 동철이 겸연쩍은 표정으로 주춤주춤 다가오고 있었다. 그는 울 것 같은 목소리로 말했다.

"태식아……."

태식은 살짝 웃었다. 그는 동철에게 가볍게 손을 흔들며 말했다.

"거기서 뭐하냐. 빨리 와."

동철은 머뭇거리며 태식한테 다가왔다.

"많이 다쳤어……?"

"조금. 근데 너 길드 때문에 정신없다며. 어떻게 시간 냈냐?"

"그만뒀어."

동철은 태식 옆에 털썩 주저앉으며 말했다. 태식은 동철을 새삼스레 천천히 살펴보았다. 그새 살이 조금 빠지고 피부는 더 엉망이다. 눈 밑에는 다크서클이 짙게 드리워졌다. 동철은 그런 태식의 눈길을 받고 슬그머니 고개를 돌렸다.

"잘 안 되더라고."

"뭐가 안 돼. 게임 잘나간다던데."

"아무래도 예전처럼 재미가 안 나. 솔직히 어느 정도 니 책임도 있다. 몬스터 잡는데 자꾸 니 생각나잖아."

"이 자식, 별 희한한 핑계를 대네. 그럼 나 때문에 그만둔 거야?"

"그런 건 아니고, 자꾸 헷갈려서. 중경이 형이 원한 건 우리가 아닌 것 같고, 그냥 도구일 뿐이라는 말도 생각해보니 맞는 것 같고…… 내가 별거 아니긴 해도, 그래도, 도구가 되고 싶진 않아서…… 에이씨, 그래서 미친 척하고 그만뒀다! 그래도 아무튼 속은 시원하네."

태식은 씩 웃었다. 우린 모두 약한 존재다. 쉽게 상처받고 작은 실패도 두려워하며 그 와중에도 욕심을 부린다. 하지만 제자리로 돌아올 수 있다면 그것으로 족하다.

태식은 말했다.

"근데 동철아."

"응?"

"선물은 가져왔냐?" ∎

작가의 말

　내가 처음 만져본 컴퓨터는 애플II였다. 평소 자녀 교육에 관심이 지대하셨던 아버지가 집에 한 대만 있어도 성적이 쑥쑥 오른다는 감언이설에 속아 구입한 것인데, 내게 그것은 신천지로 가는 문이자 최고의 게임기였다. 고마워요. 스티븐 잡스.

　그 뒤로 꽤나 오랫동안 게임에 빠져 살았다. 파릇파릇한 대학 신입생 시절, 남들 소개팅할 때 집에 들어앉아 끝판왕을 깨며 오르가슴을 느꼈고 2학년 때는 게임 회사에서 아르바이트를 하기에 이르렀다. 그러다 때가 되자 성과 사랑에 대한 열망을 품게 되어 게임을 멀리하게 됐고, 나이가 차서 군대에 가게 됐다. 제대하고 나니 때마침 IMF가 터졌고 어떻게든 죽거나 망하지 않기 위해 열심히 살다 보니 게임과 멀어지게 됐다(그렇다고 성이나 사랑과 가까워졌냐 하면 딱히 그것도 아니다). 그리고 내가 다시 게임에 관심을 가지게 되었을 때 세상은 완전히 달라져 있었다.

　이제 게임은 놀이가 아니라 대한민국 IT를 좌시우시하는 거대산업이다. 리니지를 만든 NC소프트는 압도적인 자금력을 바탕으로 프로야구 제9구단을 창설했고 또다른 강자 넥슨은 한국 기업 중엔 처음으로 도쿄 증시에 상장되었다. 거대자본이 끼어들면서 게임은 더욱 화려해지고 고도화되었으며 또한 삭막해졌다. 이제는 게임 자체의 재미와 비전보다는 제작비와 순이익이 더 중요한 시대가 되었다. 다른 모든 산업과 마찬가지로.

작가란 직업이 하릴없이 방구석에 앉아 있는 게 일이다 보니, 게임에 빠지는 사람도 많다. 여러 해 그런 친구들을 곁에서 지켜보았고, 순수와 맹목의 즐거움으로 게임에 몰두했던 나의 시간들을 돌아보게 되었다. 『게임의 왕』은 그 하릴없는 관찰과 경험의 결과물이다. 무라카미 류가 말했다. 소설은 번역이라고. 이 작품이 지금의 한국 사회를 일부분이라도 정확하게 담아냈기를 빌어본다.

2012년 2월
한상운

한상운 장편소설
게임의 왕
ⓒ 한상운 2012

1판 1쇄 | 2012년 2월 28일
1판 2쇄 | 2012년 6월 15일

지은이 | 한상운
펴낸이 | 강병선
편집인 | 이수은
책임편집 | 박혜미
디자인 | 이현정
마케팅 | 방미연 정유선
온라인 마케팅 | 이상혁 장선아
제작 | 안정숙 서동관 임현식
제작처 | 상지사

펴낸곳 | (주)문학동네
출판등록 | 1993년 10월 22일 제406-2003-00045호
임프린트 | 톨

주소 | 413-756 경기도 파주시 문발동 파주출판도시 513-8
문의 | 031-95-2690(편집부) | 031-955-2688(마케팅) | 031-955-8855(팩스)
전자우편 | toll@munhak.com

ISBN 978-89-546-1754-3 (04810)
         978-89-546-1753-6 (세트)

www.munhak.com